中公文庫

代理母、はじめました

垣谷美雨

中央公論新社

目次

代理母、はじめました

1　ユキ

絶対にのし上がってやる。

底辺をウロウロしたまんまで人生終わってたまるかよ。

いつか大金持ちになって、世の中を見返してやるからな。

そんな怒りをぐっと呑み込み、私は筑波高原病院の正面玄関に立っていた。

三日前に降った雪が、まだ残っていて茶色く薄汚れている。四月半ばだというのにドカ雪が降ったときは本当に驚いた。いったいどこまで異常気象が進むのだろう。いや、天候なんかより私の方がよっぽど異常だ。高校を中退させられて、十六歳で代理母をやらされたのだから。

そして、お義父《とう》さんの言葉——立派な人助けだよ——を疑いもしなかった。

だって夢にも思わなかったんだよ。お義父さんがカネ欲しさに私を騙《だま》すなんてさ。

「謝謝《シエシエ》、ユキ」

女の声でハッと我に返った。

ハイヤーに乗り込もうとしていた王明琴《ワンミンキン》が、振り返って私を見ていた。目には感激の涙を溜《た》めている。彼女が胸に抱いているのは、先週私が産んだばかりの赤ん坊だ。

代理出産のコーディネーターから聞いた話では、王明琴は北京大学の修士課程在学中に夫と知り合い、二十代後半で結婚したらしい。しかし、なかなか子宝に恵まれず、何年も不妊治療を続けたが上手くいかず、気づけば四十歳を超えていた。何度か人工授精を試みたが子宮内にうまく着床しなかったため、代理出産を選んだという。といっても、それらはコーディネーターから聞いた話で、王明琴本人から聞いた話は少し違っていた。

王明琴の話はこうだ。「このまま不妊治療を続けても、年齢的に妊娠の可能性は高くない」と医師から告げられた。それを聞いた夫が、若い女から卵子を提供してもらって王明琴に子供を産んでほしいと言い始めた。しかし、王明琴は見も知らぬ女の子供を自分の腹に身籠《みご》もるなんて考えられないと言って反発した。そもそも第三者から卵子提供を受けるのであれば、精子も第三者からもらうべきであって、それはつまり、孤児院から養子をもらえば済む話だ。そうすれば、妊娠出産に伴う母体のリスクを負わずに親になれるし、夥《おびただ》しい数の捨て子の中から、整った顔立ちの賢そうな子供を選《よ》り取り見取りで引き取ることができる。自分は多国籍企業でマーケティング業務に就《つ》いている高給取りなのだから、妊娠や出産でキャリアを中断するのはもったいない。出産後に再びそこで働ける保証もない。それに、親に捨てられて孤児院で暮らす子供が、自分たち夫婦のような高学歴で金持ちの親にもらわれて幸せに暮らすことができるのなら、これぞ一石二鳥ではないかと王明琴は主張した。だが、夫も夫の両親も、昔から決まっている当然の権利とでもいったふうに、夫側の血の繋《つな》がりだけが重要だと悪びれずに言った。卵子と同じく精子だって環境ホルモンによる減少や老化によるリスクが高いのは今や周知の事実だと王明琴は反論したのだが、夫側は全く取り合わなかった。それどころか、卵子提供者は若いだけでなく、遺伝のことも考慮してスタイルのいい美人でなければならないと提案してきた。そんなこんながきっかけで、結婚式以来ずっと夫に対して燻《くすぶ》っていた不満が一気に噴き出した。毎晩のように口論になり、結局は離婚した。

　独り身になって世間をじっくり見渡してみたとき、夫はいなくても子供は必要だということに気がついた。中国では子供がいないと老人ホームにも入れない。ホームでの治療に許可を出し、支払いを保証するのが子供だからだ。霊園業者にしても、子供のいない人間には墓地を売ってくれない。将来の維持費を負担する人間がいないことを懸念《けねん》してのことだ。その点、日本人は恵まれていると王明琴は羨《うらや》ましそうに言った。かろうじて年金制度も保たれているし健康保険もある。それに生活保護もあるじゃないかと。

　お金の問題だけではない。中国では子供がいない人間は社会的に非常に低く扱われ、ことあるごとに軽視されると王明琴は言った。ここで言う子供というのは男児のことであって女児ではないという。中国は一人っ子政策がとっくに終わった今でも、女児が生まれるとあからさまにがっかりされるらしい。それもあって、孤児院にいる捨て子は女児が圧倒的多数を占める。だが、そんな風潮に反して、王明琴は女児を望んだ。三年間のニューヨーク勤務で、アメリカ人の暮らしを間近に見てきたからだ。男の子よりも女の子の方が生涯を通じて親元との行き来が頻繁《ひんぱん》で、互いに助け合えると確信したのだと言う。

　そんな込み入った話をしてくれたのは、私が早産しそうになって、妊娠七ヶ月で入院したときのことだ。心配して北京から飛んできた王明琴は、訪日したところで特にやることもなく時間を持て余したのか、それとも誰かに聞いてもらいたかったのか、病室に見舞いに来てはぽつりぽつりと身の上話をした。

　王明琴の話を聞けば聞くほど頭の中が疑問符だらけになった。だって私なら老人ホームなんかに入らず孤独死したって別にかまわないし、ましてや自分が死んだあとの墓のことなどどうだっていい。子供がいないことで見下されるというのもわけがわからない。人を馬鹿にしたがる愚かな人間どもが周りにいたとしても、相手にしなきゃいいだけだ。そう考える私は、やはり世間知らずの非常識な人間なのか。

王明琴は悩んだ末に、一族の中で最も自分に似ている従妹《いとこ》から卵子を提供してもらい、アメリカの精子バンクから、プリンストン大学卒の中国系アメリカ人の精子を高値で買った。二ccで七万円だったらしい。精子紹介欄に、スポーツ万能で端正な顔立ちと書かれていたのが決め手となったと話してくれた。

アメリカの医療機関で体外受精を行い、そこで培養した受精卵が細胞分裂して初期《しょき》胚《はい》になったタイミングで凍結保存し、代理母斡旋《あっせん》業者である株式会社ベイビーヘルプの手配により筑波高原病院へ送付された。その胚が、十六歳の私の子宮内に移植されたのだった。

王明琴が株式会社ベイビーヘルプに依頼してきたとき、私は年齢を十八歳と偽って登録したばかりだった。成年が二十歳から十八歳に法改正されてからというもの、選挙権だけでなく、あらゆる法律や条例が徐々に十八歳に降りてきていた。

胚移植をする一週間ほど前から家でお義父さんにお辞儀や食事のマナーを何度も練習させられた。

——わかってるよ。ちゃんとやれるから。

そう言ってもお義父さんは許してくれなかった。ママがいなくなってからはお義父さんの命令は絶対だった。あれは私が高校に入学してすぐの頃のことだ。ママは田舎《いなか》のおじいちゃんを介護するために家を出る直前、こう言った。

――お義父さんの言うことをよく聞いていい子にするのよ。茉莉花《まりか》と龍昇《りゅうしょう》の面倒も見てね。ママはすぐに帰ってくるから。

だから、お義父さんの言うことは素直に聞かなきゃならないと思っていた。だけど、あれからママは帰ってこない。認知症のおじいちゃん――お義父さんのお父さん――を介護するために田舎で暮らし始めたけれど、おじいちゃんの暴力や深夜徘徊で疲れきってしまって、とっさにおじいちゃんの首を絞《し》めて殺してしまい、ママは警察につかまった。精神鑑定をした医師はストレスによる適応障害と言い、懲役三年、執行猶予五年を言い渡された。ママは釈放されたのに家には戻らず、行方不明になってしまった。

ママが田舎に行ったのは、お義父さんが仕事で忙しくて、おじいちゃんの面倒を見られないからだった。だけどママの行方がわからなくなってから、お義父さんは仕事に行かなくなり、朝からずっとテレビゲームばかりしている。

「ユキ、出産ご苦労さんでした」

王明琴がハイヤーの窓を開けて日本語で続けた。「また会いましょう」

「は？」

それマジで言ってんのかよ。

また会おうなんて、そんな冗談やめてくれよ。私はお前なんか二度と会いたくない。今すぐにでもお前の存在を忘れたい。妊娠したことも子供を産んだことも、全部記憶から消したくてたまらないんだよ。それなのに、また会おうだなんて能天気にもほどがある。

王明琴は、私が風邪をひかないようにとストールを贈ってくれたり、食事は有機野菜を使うよう、病院側に掛け合って追加料金も払ってくれたりした。だから、親切な女だと思っていた。だがそのうち私を見下す態度や言葉が出てきて、今までの気遣いはお腹《なか》の中にいる胎児のためだとわかった。私のことを赤ん坊を産む便利な機械としか思っていなかった。もうあんな屈辱的な思いはしたくない。

二度と連絡してくんじゃねえぞ。もしも連絡してきたら、ぶっ殺すかんな。

込み上げる気持ちを抑えるためにお腹に力を入れ、笑顔を作って手を振った。車が角を曲がって見えなくなり、やっと解放されたとばかりに愛想笑いを消したときだ。

「ユキちゃん、大丈夫？」

年配の看護師が心配そうな顔で近づいてきて、背中をそっとさすった。私がいきなり真顔に戻ったからだろう。見られていたとは知らず、つい油断してしまった。気をつけなければ。

「ユキちゃん、ここは寒いわ。早く中に入りましょう」

筑波高原病院のロゴ入りのネルのガウンを羽織ってはいたが、素足にスリッパ履《ば》きだった。足許からジワリと冷えてきていて、それが惨《みじ》めさに拍車をかけた。

「異常気象もここまでひどいと恐くなるわね」と看護師は言った。

看護師や患者たちも毎日のように窓の外を眺めては溜め息をついている。

――何か悪いことが起こる前兆じゃないかしら。

いつだったか、担当医師の倉持《くらもち》芽衣子《めいこ》がそう言った。

いま以上に不吉なことが、この世の中にまだあるのだろうか。

連日四十五度超えのジャカルタでのオリンピックが終わった直後から日本各地で大地震が相次いだ。そして、その三ヶ月後に富士山が噴火し、噴煙《ふんえん》が上空十キロメートルにまで上がり、火山灰が偏西風にのって九十九里浜沖にまで到達した。東京でも火山灰が十日間降り積もり続け、その間は昼間も薄暗かった。火山灰は配電設備に不具合を起こし、関東と東海一円が停電になった。

　あれから半年以上が経ち、さすがに電気やガスは復旧したが、灰の処理はいまだに追いついていない。驚いたのは、今回の地震も噴火も規模としては小さい部類だと地震学者たちが発表したことだ。今後何年か以内に、もっと大きな噴火が起こるかもしれないという。何より困るのは、火山灰のミクロの粉が電線をショートさせて停電になり、電車の線路付近にあるセンサーが反応しなくなったせいで、いまだに復旧していない鉄道の路線が何本もあることだ。

上空からの映像をインターネットで見たが、見渡す限りグレー一色の世界が広がっていた。そのうち大雨が降って灰が一気に洗い流されると思っていたら、様々な汚染物質を含んでいるせいで固まってしまい、なかなか消えない。叩きつけるような豪雨でも降れば違ったかもしれないが、雨は意地悪くも降ってほしいときには降らなかった。九州・四国地方は頻繁に豪雨に見舞われているというのに、関東にはほとんど降らず、季節外れの雪が降った日以降の数日以外は、乾燥注意報が出っぱなしだ。誰かがふざけてユーチューブに載せた雨乞いの踊りを見たが、笑えなかった。今の日本は、まるで原始時代に逆戻りしたかのようだ。

原発から出る放射性物質とは違って火山灰は目に見えるから、政府もごまかしようがないみたいだった。批判は行政に向けられたけど、なんせ人手不足だから灰の処理にまで手が回らない。そして、火山灰も放射能汚染もない内陸部のクリーンタウンに住めるのは金持ちだけになった。

「ユキちゃんは本当に立派ね」

看護師は、顔を見るたび心底感心したように言うのだった。

——そんなに立派だと思うなら、テメエが代理母をやったらどうなんだよ。

そう叫びたくなる気持ちをぐっとこらえ、水蜜桃のようだと看護師たちから言われている頬に、笑みを貼りつけて言った。

「私、そんなに立派なことをしたんでしょうか」

「さっき王明琴さんの感激した顔を見たでしょう？　あの人は不妊治療で長い間苦しんできたのよ。ノイローゼ寸前だったと聞いてる。でもユキちゃんのお陰で、彼女の人生はガラリと変わったわ。希望に満ちた顔つきで帰っていったもの」

「だったら私も嬉しいです。お役に立てて」

いったい何回、心にもないことを言わせたら気が済むんだよ。

——代理母っていうのはね、素晴らしい仕事なんだよ。

お義父さんもそう言った。耳にタコができるほど。

——ユキ、よく聞きな。受精卵をユキのお腹の中で育てるだけでいいんだよ。たったそれだけのことで五百万円ももらえるんだ。すごいだろ。五百万だよ、五百万。

——お義父さん、私が代理母をやったら家族が助かるの？

——もちろんだよ。ユキは我が家のホープだ。お陰で茉莉花も龍昇も勉強を続けられるよ。

つい十ヶ月ほど前のお義父さんとの会話だけど、今では思い出すたび反吐《へど》が出そうになる。

私は妹と弟の世話に明け暮れる日々で、代理母をするまでたまに出かけるといえば一條《いちじょう》文庫だけだった。口のうまいお義父さんに簡単に騙された私は、どうやら桁外《けたはず》れの世間知らずだったらしい。それがわかったとき、世の中のことが猛烈に知りたくなった。それ以来、病室が個室であるのをいいことに、朝から晩までテレビのニュース専門チャンネルやドキュメンタリー番組を延々と見た。知らない言葉が出てきたら、すぐにスマートフォンで検索した。そのお陰で、この二ヶ月間で一気に知識が増えた。ネットで検索しまくった結果、未成年で代理出産をやらされるのは、あり得ないほど残酷だってことを嫌というほど思い知らされた。

　自宅のテレビは何年も前に壊れたままだったので、見たのは久しぶりだった。きっと地震の被害状況や火山灰の処理方法についての番組ばかりだろうと思っていたら、バラエティ番組や恋愛ドラマや刑事ものが多くて驚いた。放射能汚染のある地域に取材に入れず、新しい記事が出てこないからだという。ドローンを飛ばして映像を撮り、ネットを通じてインタビューなどを行った番組もあるにはあるが、自宅にネット環境のない貧困層や老人世帯に実態は知らされないままだ。

　まるで、時代に取り残された弱者など日本には存在しないみたいだった。このまま手を差し伸べることもなく忘れ去られていくのだろう。私がそうであるように。

その午後、私物をまとめて病室を出た。

パジャマのクリーニング代や個室代は、株式会社ベイビーヘルプに請求書がいく契約になっているから、自分で清算する必要はない。退院手続きも午前中に済ませていた。王明琴に赤ん坊を渡すときに立ち会ってさえいれば、あとはいつ帰宅してもよいことになっている。

久しぶりに自分の服を着た。モスグリーンのミモレ丈のワンピースは、持っている中で唯一まともな服だ。妊婦用だが、ウエストをベルトで絞《しぼ》れば普段でも着られる。スリッパを脱いでショートブーツを履くと、どこにでも行ける自由を得たような気分になった。実際はお義父さんの待つ家に帰るしかないのに。

エレベーターホールに向かう途中で、華絵《はなえ》の病室の前を通った。二十三歳の華絵も代理母だった。依頼人は衆議院議員の塩月文子《しおつきふみこ》で、不妊治療を続けてきたが出産に至らず、いったん諦めたのだが、五十歳になったのを機に第三者の卵子と夫の精子を用いた代理出産に踏みきったのだった。

文子は若々しくて明るい性格だったから、華絵の病室に集まって三人でおしゃべりをするのが入院中の数少ない楽しみの一つだった。それなのに、華絵は出産のときに大量に出血して死んでしまった。あまりにあっけなかった。赤ん坊だけが助かり、文子が引き取りに来たとき、私の病室にも寄ってくれて、二人で抱き合って泣いたのを覚えている。

「あら、ユキちゃん」

誰にも気づかれずに病院を出るつもりで、足早に通り過ぎようとしたのに、目敏《めざと》い看護師に気づかれてしまった。ナースステーションの前を通らずにはエレベーターにも階段にも辿《たど》り着くことはできないのだった。

「ユキちゃん、お疲れ様でした」

そう言いながら、一人がナースステーションから出てくると、それに気づいた看護師が次々と廊下へ出てきた。

「立派にお役目を果たしたわね」

「ユキちゃん、ご苦労さま」

ウンザリだった。

「お世話になりました」

仕方なくペコンと頭を下げたまま、なかなか顔を上げられなかった。目が怒りに燃えているのを見破られそうで怖かった。

——貧乏で可哀想《かわいそう》な女の子。

そんな同情の眼差《まなざ》しが耐えがたかった。

2　産婦人科医　倉持芽衣子

今日の午後、ユキが退院した。

病室を出て行く後ろ姿を見かけたが、声はかけなかった。足音を立てないよう爪先《つまさき》立ちをしてナースステーションの前を足早に通り過ぎようとしていたからだ。人知れず姿を消したかったのだろう。それなのに、看護師の一人に気づかれてしまい、ユキはあっという間に大勢の看護師たちに取り囲まれてしまった。

ユキが聡明であることは、最初の面接のときから気づいていた。私が様々な質問をすると、テーブルの一点をじっと見つめて、言葉を選びながら静かに答えた。無口で思慮深く、生まれ持った生真面目さが表情に滲《にじ》んでいた。だが残念なことに、育った環境が悪いのか、若さを割り引いて考えても、驚くほど世間知らずで常識もなかった。言葉遣いだけは丁寧で、しかも立ち居振る舞いが上品そうに見えたから、看護師たちの受けはよかったが、私の目にはユキの粗野な部分が透《す》けて見えた。

経産婦でもないのに代理母になる女は、私が知る限りではユキが初めてだった。いくら貧乏とはいえ、他に仕事はなかったのだろうか。それに、あの父親ときたら、軽薄を絵に描いたような男だった。常に笑みを絶やさず、いかにも優しい風を装っているが、自分をよく見せるにはどうすれば効果的か、どういった話し方や言葉遣いをすれば知的に見えるか、そんなことばかりを考えて生きてきたに違いない。そういう類《たぐ》いのクズ男なら過去に何人も見てきた。どんなに取り繕《つくろ》ってみたところで、その薄っぺらい人間性と軽い頭は隠せやしない。そもそも娘に代理出産をさせて稼ぐとはどういう料簡《りようけん》なのか。

　これまでユキは、あんな男に父親面《づら》されて暮らしてきたのだろうか。そしてこれからも利用され続けるのか。それを考えると可哀想でたまらなくなる。だが自分の立場ではどうしようもない。面接時に、私はしつこいほど何度もユキに尋《たず》ねたのだ。代理母になるのは本当に自分自身の意思なのかと。

　――これは立派な人助けで、やりがいを感じるんです。

　ユキは笑顔まで添えてはっきりと答え、契約書にためらいなくサインをした。

　男どもは、どこまで女を犠牲にしたら気が済むのだろう。そもそもユキの母親はどうして一度も見舞いに来なかったのか。何を考えているのか。ユキの話によれば、母親も代理母になることに賛成していると言う。本当だろうか。父親に言わされているだけではないのか。ユキの母親は、己《おのれ》の男を見る目のなさが原因で、娘がひどい目に遭《あ》っていることをどう思っているのだろう。知っていて黙って見過ごしているのか。いや、ユキの母親も犠牲者なのだろう、たぶん。

ユキの行く末が心配になったので、余計なことかもしれないと思いながらも、刷り上がったばかりの名刺を渡しておいた。私はもうすぐこの病院を辞め、クリニックに転職する。困ったことがあったら遠慮なく連絡してくるようにと言い添えた。

私が産婦人科医になろうと決心したのは、高校二年生のときだ。親友の一條明美《あけみ》が自殺したのがきっかけだった。ある日、明美は通学途中の電車内で痴漢《ちかん》に遭い、中年男を駅員に突き出した。

――俺がこんなブスに痴漢すると思いますか？　駅員さん、あんたならこんなデブに触りたいですか？　ホント、もう勘弁してくださいよ。

男がそう言って駅員に訴えると、信じられないことに、駅員は考え込むようにうつむいてしまった。

その当時、冤罪《えんざい》を訴える誠実そうなイケメンがニュースで話題になっていたことも影響したのだろう。全国のバカ女たちが、イケメンだからという理由だけで容疑者を擁護し、その動画の再生回数は二百万回を超えていた。それもあってか、マスコミは痴漢を突き出した女を嘘つき呼ばわりする報道に傾《かたむ》いていった。

明美に痴漢をした男は、駅員が考え込んだ隙《すき》をつき、全速力で逃げ去った。そして、その一週間後に事件は起こった。明美が部活で遅くなり、駅からの帰り道を急いでいたとき、民家が途切れた暗い道で、逆恨みした男に叢《くさむら》に連れ込まれて暴行された。そのときも、そのあと妊娠が判明したときも、家族に打ち明けることができず、親友の私にさえ何も言ってくれないまま、ビルから飛び降りて死んだのだった。

もしも、駅員がすぐに警察に通報していれば。

いや、それ以前に、女性車両をわざわざ作らなければならないほどの痴漢大国でなかったならば……。

当時私が通っていたのは、東大合格者を毎年三十人以上輩出している中高一貫の立《りっ》身《しん》女子学院で、東京でも五本の指に入る名門校だった。遠距離通学生も多く、電車内で痴漢に遭う女子が後を絶たなかったため、生徒会では毎回そのことが議題に上った。アダルトビデオなどの影響なのか、女子高生の制服を見ただけで性的な妄想をかきたてられる男が増えたと聞き、生徒会が制服をなくしてほしいと学校側に何度も訴えたが、聞き入れてもらえなかった。だったらせめてスカートかパンツかを自由に選択できるようにしてほしいと頼んだが、それもダメだった。セーラー服の方がブレザーよりも痴漢に遭いやすいというのは、女子中高生の間では常識だったから、デザインの変更も訴えたが、それも却下された。痴漢に遭うのが嫌で不登校になってしまう生徒もいたのだ。体育の服装もなぜ、あんな水着のようなブルマーでなければならなかったのか。体育祭のときに盗撮された写真がネットで出回っていたのに、男性校長は意に介さないようだった。

　この世に男がいる限り、痴漢もレイプも根絶しないだろう。だが、少しでもその可能性を少なくしようと知恵を絞る女子高生たちの意見に、どうして大人は耳を貸さないのかが全く理解できなかった。次世代、次々世代の子供たちが少しでも生きやすい世の中を作ることこそ大人の役割ではないのか。そのころ、生徒たちの間に絶望感が渦巻き、それと同時に、負けてたまるかという闘志とプライドが芽生え始めた。そんなこんなを、まるで昨日のことのように思い出す。

　明美が襲われたのは真冬のことだった。もしもあのとき明美が制服姿ではなく、ジーンズとダウンジャケット姿だったならばと思うと悔しくてならなかった。明美は寒がりだったから、きっとジーンズの下には分厚いタイツを穿《は》き、ダウンジャケットの下にはセーターやらシャツやらを何枚も重ねていたに違いないのだ。そうすれば格段に痴漢にも襲われにくく、暴行も簡単にはできなかったはずだ。

　せめてアフターピルを薬局で買えたならば、妊娠を逃れることができただろう。欧米の多くの国では、市販の風邪薬より簡単に買えて、それも安価だと聞いていた。それなのに、日本ではわざわざ病院に行って診察を受けなければ、その薬はもらえない。内診台に乗って診察を受けることが、女子高生にとってどれだけハードルが高いか、男性医師どもにわかるだろうか。もしも医師会や国会議員などのお偉方が女ばかりだったならば、もっと暮らしよい世の中になっているはずだ。

ああ、もしも、もしも、もしも……。

この国は、考えると虚《むな》しくなる「もしも」がいっぱいだ。

そして、その「もしも」が叶えられる日は、手をこまねいて見ているだけでは永遠に来ない。だから私は立ち上がった。

明美には姉がいたが、事件のショックで大学に通えなくなり、あれ以来ずっと家に籠もっているという。だが、幸運なことに、たまたま両親が私設図書館を経営していたから、館内で手伝いをしているらしい。とはいえ、それらを聞いたのは、もうずいぶん前のことだから、今は状況が変わっているかもしれない。いつかそのうち気持ちが落ち着いたら、明美の家でもあったその図書館を訪ねてみようと思い続けてきた。だが、気持ちは未《いま》だに和《やわ》らがない。それどころか、心の奥底に燻《くすぶ》った黒い塊《かたまり》がどんどん膨《ふく》らんでくる。この調子だと、死ぬまで明美の家を訪れることができない気がしていた。

いつまで経っても日本の男社会は変化しない。それどころか、後退しているのではないかと思うことさえある。女から見たら、この国は何もかもが時代遅れでクレイジーだ。日本政府の女性活躍推進に対する国際社会からの評価は厳しい。あれはいつだったか、フランスの女性閣僚が語ったことがあった。

——開発途上国で女性の地位が低いというのならわかるが、先進国の日本で、となると、鳥肌が立つほどゾッとする。

その言葉に私は衝撃を受け、そんな社会を変えるため、そして明美の死を無駄にしないために産婦人科医を目指すことを心に誓ったのだった。

だが、医学部を受験したものの受からなかった。進路指導の教師からは、間違いなく受かると太鼓判を押されていた。それなのに受験した三校とも不合格になってしまい、予備校に通いながら浪人生活を送ることになった。一日二十四時間のうち、食事と入浴と睡眠以外の十五時間を受験勉強に充《あ》てたのに、翌年も受からなかった。

現役のときも浪人のときも受験では確かな手応えがあり、受験のプロと言われる予備校講師にも大丈夫だと言われていただけに落胆が激しく、死にたくなった。そのとき、予備校講師は残念そうに言った。

——面接がブラックボックスだからね。

その言葉が心に突き刺さった。どこの大学でも医学部の受験には面接がある。医師には向いていないだとか、人格的に問題があるなどと教授陣に判断されたのだろうか。いったい私のどこがそんなにいけないのか。不合格の根拠を知る手立てがなかった。そうなると全人格を否定されたような気分になり、生きていくのが嫌になった。

――女が二浪するなんて絶対に許さん。

頭の古い父に言われ、仕方なく滑《すべ》り止めで受けた薬学部に入学したのだが、心は絶望感でいっぱいだった。薬剤師として病院に勤めたとしても、親友だった明美の恨みを晴らすことはできない。医師の処方もないのにアフターピルを勝手に出すこともできない。分譲マンションを宣伝するティッシュを配るのと同じような気軽さで、街角に立ってアフターピルを若い女たちに無償で配る夢を見てはうなされたのもその頃だ。そして、常にわけのわからない焦燥感《しょうそうかん》に包まれていた。

やはり医師にならなければダメだ。不幸な女たちのために産婦人科医になるという目標だけが唯一の心の救いだった。明美が亡くなってから、それを支えに生きてきたのだ。

だが、いつまでも気持ちを引きずっているわけにはいかなかった。反面教師の母を見て育ってきた。父に馬鹿にされ続けても、常にへらへらと愛想笑いをしていた母。ああはなりたくないと思ってきた。だから何はともあれ、薬剤師の国家資格を取得して自立の道を進もうと方向転換した。

衝撃的なニュースが飛び込んできたのは、薬学部の二年生になったときだった。医学部の入学試験で、大学側が女子や浪人生を差別し、特定の受験生を優遇したというのだ。連日のように報道されて大問題になった。中でも息が止まりそうなほど驚いたのは、その中に国立の大学も含まれていたことだ。男尊女卑の国であっても、受験の機会だけは平等だと心底信じていたから、この世の何もかもが信じられなくなった。

まさか……自分も本当は受かっていたとか？

そうは思ったものの確かめる手段もなく、モヤモヤした日々を過ごした。点数を公開してほしかった。学科試験の結果はもちろんのこと、面接の評価点とその理由も知りたかった。

どんなに気持ちが塞《ふさ》いでも、薬学部には一日も休むことなく通った。そんなある日、現役のときに医学部を受験した二校から分厚い封書が家に届いた。封を開けると、合格証書と謝罪文の印刷物、そして入学手続きの書類が出てきた。

二十一歳の誕生日を数日後に控《ひか》えていた。本当なら十八歳で入学できていたはずだった。数年遅れだが、それでも何としてでも医学部に入学し直したいと思った。だが既に支払った薬学部の入学金と学費を思うと、なかなか言い出せなかった。だから父を説得するための言葉をたくさん準備して、部屋でひとり予行演習までしてから、意を決して父に言った。

――いいぞ。大賛成だ。医学部なら親戚にも会社の連中にも自慢できる。

拍子抜けしてしまうほど父は即座に了解した。

医学部に入学後、運動系のサークルに入ろうと、部室を訪ね歩くと、高校時代に私と同じ医薬系予備校に通っていた同い年の男子たちに行き合った。予備校では、私の方が模試結果の順位は常に上だったのに、彼らは既に四年生になっていた。彼らのほとんどが、受験差別の犠牲になった私に同情してくれたが、中には、女が医者になっても出産や育児ですぐに辞めるから仕方がない、受験のときに女を排除するのは国のためだと言いきる男子がいて、悔しくて頭がおかしくなりそうになった。その男子は、予備校の仲間内では最も成績が悪かったから、なぜこのバカが医学部に受かったのか、以前から不思議でならなかったのだ。

——下駄《げた》を履かされた分際でいい気になるなよっ。

心の中でそう叫ぶしかなかった。その悔しさが原因で、私はサークル活動に参加するのを一切やめた。

そして決めた。

この男社会を、そして高い下駄を履いた男どもを絶対に許さないと。

それまでの私は薬学部に通いながら、夏休みと春休みを利用して世界中を貧乏旅行していた。世界各国を見て回ることで、日本の良さを改めて思い知った。そのことは世間でもよく言われていることだが、実際は想像以上だった。日本では、道を尋ねれば誰でも親切に教えてくれる。そして何より清潔だ。そんな国は他にはなかった。

戦後の焼け野原を短期間で克服した国なのだ。どこの国よりも頻繁に天災に見舞われているが、そのたびに人々は立ち上がってきた。この国の経済力、男たちが命を削《けず》って連綿と作り上げてきた高い技術による、便利で快適で豊かな生活……つまり、言い換えると、日本から男尊女卑さえなくなれば、世界でも類を見ない素晴らしい国になるということなのだ。

そうでなければこの国の人々は、高度成長期以来ずっと欧米から揶揄《やゆ》されてきた通り、「エコノミックアニマル」に過ぎなかったことになる。結局日本という国は、優秀な女でも平気で試験で落としてしまう国であり、女はみんな北欧で生まれたかったと歯ぎしりする国になる。いや、もう既になっている。

女が幸福になれば、男もきっと息苦しさから抜け出せる。女の議員や首長が増えれば、きっと日本はよくなる。労働時間が短くなり、幸福度が上がるはずだ。北欧諸国が成し遂げたことを、日本でも実現するのだ。

あの受験の屈辱《くつじょく》から二十数年が経ち、そろそろ始動のときがきた。

3　ユキ

病院関係者には最後まで失礼のないようにと、お義父さんはしつこいほど私に念押しした。

――出産してカネさえ受け取ったら、あとはもう関係ないでしょ。どう思われたっていいじゃない。

恐る恐る言い返したら、立つ鳥跡を濁《にご》さずという日本人の美意識を大切にしろとお義父さんは言った。そのときの取ってつけたような笑みが脳裏にこびりついて離れない。何か裏があるような気がしたが、それが何なのか見当もつかない。

「玄関まで送ってあげる」と年配の看護師が言った。

「いえ、もう本当に、ここで……」

「ユキちゃん、出産後しばらくはマタニティブルーといって気分が落ち込んだりイライラすることがあるの。そういうときはすぐに外来に来るのよ」

「……はい」

その外来での医療費はいったい誰が出すのだ。株式会社ベイビーヘルプとの契約は既に今日の午前中で切れてしまい、今後はビタ一文出ない。前金で百万円が既に振り込まれていて、残りの四百万円は再来月入ることになっているが、あれは一家を養う大切なお金で、お義父さんが管理するのだから、そう簡単には出してもらえない。マタニティブルーなどと言えば、お義父さんは鼻で嗤《わら》うに決まっている。

そのとき、ナースステーションから見覚えのある男が出てくるのが見えた。

「おう、ユキちゃんじゃないか。久しぶりっ」

代理母の斡旋《あっせん》業者ベイビーヘルプの営業社員だった。作り笑いをし、いかにも親しげに私の顔を覗《のぞ》き込んでくる。

「あのう……今から振込口座を変更することはできますか？」と、私は思いきって尋ねた。

「振込口座を？　えっと、それは、お義父さんの了承を得てるのかな？　俺は何も聞いてないけどね」

男は疑わしそうに私を見た。その狡《ずる》そうな顔つきを見るたびに蛇《へび》を思い出すのだった。若い女の人格などさらさら認める気はない。そんな本心が、笑顔の下から透けて見えた。

そのとき――。

「まだ間に合うでしょ」と、背後から鋭い声が飛んできた。

振り返ると、担当医師の倉持芽衣子が立っていた。

「あ、倉持先生、いつもお世話になっております」

男は打って変わって低姿勢になった。

「残金の支払いは再来月よね。それに、そもそも親の同意なんて要らないはずよ」

「え、でも……」と、営業の男は宙に目を泳がせた。

「ユキちゃんは成人よ。十八歳なんだから」

次の瞬間、男の顔色がさっと白くなったように見えた。

「あっ、そうでした。はい、そうでしたね。親の同意なんて要らないんでした。ほら、僕の時代は二十歳が成人でしたからね。ハハハ」

「だったら、今すぐ口座の変更手続きをしてあげてちょうだい」

「え？　ええ、それはもう先生のおっしゃる通りにいたします、はい」

「早くしなさいよ」と、芽衣子先生は低い声で脅すように言った。

「えっ、今ここで、ですか？」

「あなた、いつも会社のタブレットを持ち歩いてるじゃないの」

「ええ、まあ」

営業の男は慌てた様子で鞄《かばん》からタブレットを取り出すと、ナースステーションの前にあるカウンターの上に置いた。そして振込口座変更届の画面を出して私の方に向けたので、私は口座番号と名義人をすばやく打ち込んだあと、すぐに送信ボタンを押した。そうしないと、あとで削除される恐れがあると思ったからだ。案の定、私が送信ボタンを押したとき、営業の男は小さな声で「あ」と言った。

私が驚いたのは、芽衣子先生の今にも爆発しそうな怒りを抑え込んだ顔つきだけじゃなくて、変更手続きが終了するまでその場を動かなかったことだ。いつも忙しく走り回っている姿ばかり見てきたから、思わず顔をマジマジと見つめてしまった。

私名義の口座は、ママがずっと昔に作ってくれたものだ。お年玉を預金するような人並みの子供時代が私にもあった。だけど今から数年前、運の悪いことにブティックの店員をしていたママの仕事がＡＩに取って代わられ、ママは失業し、おじいちゃんの介護のために田舎に移住した。

その頃、ほとんどの店がＡＩを導入して無人店となっていたし、高性能のドローンが開発されて、運転手も配達員も不要になった。

だから代理出産だったのだ。コンピューターに任せられない仕事で、何の資格もない若い女ができることといえば、もう風俗か代理母くらいしか残されていなかった。政府はベーシックインカム導入を検討していたはずだが、いつの間にか立ち消えになった。

ママが三人も子供を産んだのは、政府から奨励金が出たからだと聞いている。少子高齢化を解消するために、第一子の出産で百万円、第二子が二百万円、第三子以降は三百万円が支払われたと聞いた。私自身はその法律が施行される前年に生まれたから一円ももらえなかったらしいけど、茉莉花と龍昇のときにはもらえたと聞いた。その制度のせいなのか、同級生の家を見ても、貧乏な家ほど子だくさんだ。しかし、そんな一時金をもらっても、子供が多い分、あっという間に生活費に消えるらしく、更に困窮する家庭が続出した。

振込先の変更手続きを終えたものの、お義父さんにバレたらどうしようと恐怖心でいっぱいになり、心臓のドキドキが自分でも聞こえてきそうだった。だけど、お義父さんは前金の百万円を受け取っているから、しばらくは機嫌がいいに違いない。

営業の男は胡散《うさん》臭いヤツだが、医師の芽衣子にオドオドしているのを見ると、お義父さんに告げ口する可能性は低いだろう。この男は、私が未成年だと知っていて代理出産をさせた。もしもそのことがバレたら、馘《くび》になるだけでなく、警察に捕まる。

「さあ、ユキちゃん、行きましょう」

お節介な年嵩《としかさ》の看護師と一緒にエレベーターに乗って正面玄関を出ると、看護師は迷いなく自動運転のドローンタクシーに歩み寄ろうとした。

「私はバスで帰ります」

「ユキちゃん、八王子に帰るならドローンに乗った方が断然早いわよ。それとも無人タクシーにする？」

「もうここで大丈夫ですから」

　そう言いながら看護師からリュックを取り返し、「お世話になりました」と深々とお辞儀をしてみせた。

「どうしてもバスで行くの？　二時間はかかるのに。くれぐれも気をつけて」

　本当はドローンタクシーに乗って帰りたかったが、お義父さんからは千円しか渡されていなかった。

「ユキちゃん、これを持って行きなさい」

　看護師は白衣のポケットから個包装の使い捨てマスクを取りだし、私の手に無理やり握らせた。

「色々とお世話になり、本当にありがとうございました」

　とっておきの笑顔で一礼し、くるりと背を向けると、愛想笑いを消して真顔になった。

　真っ直ぐに坂を下っていく。外を歩くのが久しぶりだからか、それとも貧血気味なのか、頭がフラフラした。背後で看護師がまだ見送っているかもしれないと思うと、フラつくわけにはいかない。追いかけてきたら鬱陶《うっとう》しい。早くこの場から離れたいと気だけは急《せ》いていたが、地面を一歩一歩踏みしめるように、ゆっくり歩いた。坂を下りきったとき、思いきって振り返ってみると、病院の玄関先から看護師の姿が消えていた。ああ、やっとひとりになれた。そう思ったら、腹の底から解放感が込み上げてきた。

巨大な筑波高原病院を見上げた。高級ホテルにも見える立派な建物だ。ここで過ごした三ヶ月間は、看護師たちの同情の眼差しを除けば、それまで経験したこともないほどの快適な暮らしだった。食事も美味《おい》しかったし、何もかもが完璧なまでに清潔だった。もう二度とあんな贅沢《ぜいたく》な個室で暮らすなんてできないだろう。

バスターミナルに着くと、埃《ほこり》にまみれたバスが停まっていて、前ドアが開いていた。ステップに一歩足を載せた途端、強烈な臭いに包まれた。清潔な病院での生活に慣れてしまったせいか、耐えがたかった。床のあちこちにガムがこびりつき、曇《くも》りガラスかと思うほど窓が汚れていて、その不潔さに吐き気がする。座席は臙脂《えんじ》色のベロア生地で、ところどころ変色したり繊維が抜けたりして汚らしく、触れるとバイ菌が移りそうだった。とはいえ、二時間ずっと立っているわけにもいかない。産後は身体を労《いた》わるよう担当医からも言われていた。

見渡すと、五人ほどしか乗っていなかった。前から三列目は六十代くらいの男で、ぼうっと窓の外を見ている。色白の横顔が扁平《へんぺい》なところを見ると、日本人か中国人か韓国人かモンゴル人か、それともキルギス人か。その何列か後ろに、立派なヒゲを生やした二人のアラブ系の中年男が座っていた。彼らは、申し合わせたように私の身体を上から下までジロジロ眺め出した。そして二人揃《そろ》って胸のあたりで視線を止めた。産後の乳房はそれまでの三倍くらいの大きさに膨らんでいた。今にも舌舐《したな》めずりしそうなほど視線がギラついていて恐ろしくなった。男たちは大柄で、見るからに力が強そうだ。

ふとそのとき、黄色いドロリとした初乳を赤ん坊に与えたのを思い出した。小さな赤ん坊に乳首を吸われるのは妙な感覚だった。自分は犬や猫と同じ、単なる動物に過ぎないと気づいて、ひどくがっかりした。だが初乳を与えれば、その分の料金も加算されるというので仕方がなかった。初乳には免疫物質がたくさん含まれていると助産師から説明を受け、是非にと請われたのだった。

母乳はほとばしるように出た。このまま母乳を与え続けたら赤ん坊に情が移ってしまうと芽衣子先生は心配し、退院直前になって母乳を止める薬を処方された。聞けば土壇場になって赤ん坊を渡さないと言い出す代理母もいるらしい。

だが私の場合は心配無用だった。丸二日間に及ぶ耐えがたい陣痛の末に生まれた真っ赤な猿のような生き物など可愛いどころか気味が悪いだけだった。私には似ても似つかない大ぶりな顔立ちも違和感を増大させた。

母乳を与えなくなれば、乳房は数ヶ月で元の大きさに戻ると看護師は言ったが本当だろうか。一日も早く元のぺちゃんこに萎《しぼ》んでほしい。自分が「女」という生き物であることが、嫌でたまらなかった。

アラブ系の男たちの視線が胸から顔に移った。目が合った途端、男がニヤリとしたので急いで目を逸《そ》らした。いざというときを考えて非常出口に近い席にしよう。そう考えて奥へ歩いていくと、同じ考えなのか、薄汚れたサリーをまとったインド系と見える少女が出口に近い所に座っていた。

アメリカだけでなく、世界各国の都市が人種のサラダボウルと言われるようになりつつある。それぞれの文化が融合する「坩堝《るつぼ》」ではなく、いつまで経っても溶け合わず、異なる種類の具が混じるだけのサラダボウルだ。日本でも彼女のようなインド系や中東・アジアの少年少女がどこの小・中学校でも日本人と席を並べるのが普通になった。

見ると、インド系の少女は脇目も振らずにレジ袋の中身を仕分けているところだった。オレンジの皮や茶色くなったリンゴの芯《しん》を膝《ひざ》の上に広げ、食べられそうな部分をビニール袋に選《よ》り分けている。ゴミ箱から拾ってきたのだろう。その隣には、三歳くらいの男の子がちょこんと座っていて、脚をぶらぶらさせながら窓の外を見ている。顔が似ているところをみると、年の離れた弟だろう。

私が近づいていくと、男の子は大きな目をぎょろりと動かした。まだ幼いのに、警戒心でいっぱいといった顔つきだ。男の子は少女の袖《そで》を強く引っ張りながら、ヒンディー語で「ママ、ねえママったら」と言ったので、私は驚いて思わず立ち止まった。ママだなんて……まだローティーンにしか見えないのに。

母子は吹けば飛ぶように頼りなくて、不幸を絵に描いたようだった。とはいえ、自分も似たようなものだが。

少女はキッとして顔を上げたが、こちらが若い女だとわかり警戒心が薄れたのか、少し表情が柔《やわ》らかくなった。だが次の瞬間、何を思ったのか、少女は再び表情を引き締め、頭から被《かぶ》っていたサリーを下向きに引っ張って顔を隠した。こちらが若い女だからと一瞬油断してしまったが、もしや悪い男の手先かもしれないとでも思い直したのか。黒光りする肌に、緑がかった魅惑的な深い湖のような瞳のせいで、過去にひどい目に遭《あ》ったことがあるのだろうか。

私は彼女の動きを視界の隅に入れたまま、扉《とびら》の横に非常ボタンがあるのを確かめてから、通路を挟んだ隣の席に腰を下ろした。そして、お節介な看護師が持たせてくれたマスクをつけた。

誰だって、滅多に風呂に入らず洗濯もしない暮らしをしていれば臭くなる。恐ろしいのは、たったそれだけのことで人間扱いされなくなることだ。シャワーを浴びて洗濯済みの衣類を着るだけでマトモな世界に戻れるというのに、そのチャンスさえつかめない人々がたくさんいる。

「定刻になりました。発車いたします」

車内に録音放送が流れた。日本語の次は英語、その次が中国語、韓国語、スペイン語、ヒンディー語、アラビア語の五ヶ国の言葉で放送される。

すうっと滑るように、自動運転の電気バスが音もなく動き出した。

「えっ、どういうこと？」

いつもなら警備員が乗り込んできて終点まで同乗するのだ。隣を見ると、インド系の少女も眉根を寄せて心配そうにこちらを見た。

自動運転バスは密室の無法地帯で、これまでにも様々な凄惨《せいさん》な事件が起きていた。それらを受けて、警備員が同乗するのが義務付けられるようになった。それなのに、入院していた三ヶ月の間に法律がまたもや変わったのだろうか。どちらにしろ、その警察官や警備員も様々な事件を起こしているから信用はできない。婦人警官がもっと増えてくれれば嬉しいのだけど、なかなか増えない。

――少子化もとうとうここまできてしまったか。

いつ頃からか、大人は誰も彼も挨拶がわりにそうつぶやくようになった。人手不足が深刻になっているのは今や周知の事実だけれど、特に警察官や自衛官の不足は、国家の安全を脅《おびや》かしている。消防隊員も圧倒的に不足していて、火事を出そうものなら、燃え尽きるのを待つしかなくなった。

　少子化については五十年以上も前から学者は警告を発していたらしい。政府の予測では、日本の人口は二〇五五年には一億人を割るというものだった。だがその見通しは希望的予測だったようで、二〇四〇年時点で既に一億人に近づいている。このままいけば、そう遠くない日に地球上から日本人がいなくなる計算になる。

　天災による死亡者だけでなく、安楽死を選ぶ人間が急増したのも人口減少に拍車をかけていた。今やスイスへの安楽死ツアーが大盛況だ。

――スイスは注射一本で丸儲《まるもう》け。

　そう言って批判する記事も多くなった。その反面、本人がどんなに強く望んでも、日本で安楽死は認められていない。

　都内の道路は空いていた。首都機能が長野県のクリーンタウンに移ったからだ。首相が松本市にセカンドハウスを持っていたのがきっかけで、大臣たちも次々と松本市に移り住んだ。東京に戻ってくるのは、火山灰が処理されてからだという。松本市に建設された国会議事堂や官公庁舎や宿舎を政府は「仮の」と呼んでいるが、とてもそうは思えないほど立派な建物だった。だからか、二度と東京に戻ってこないだろうという噂《うわさ》がある。

前方に座っていたアラブ系の男二人が同時に立ち上がるのが見えた。私は思わずポケットに手を突っ込んで武器を握った。手の平にすっぽり収まるほど小さいが、レーザー光線で相手を倒すことができる優《すぐ》れ物だ。ポケットに忍ばせたまま発射ボタンを押すことができ、目に見えない光線が相手の全身に電気を走らせる。そして相手は目を白黒させたあとドスンと後ろ向きに倒れて気絶し、数分間は立ち上がれなくなる。この武器を３Ｄプリンターで作ってくれたのは、幼馴染《おさななじ》みのミチオだった。

こちらに近づいてくるアラブ系の男二人は、私とインド系の少女を交互に見てにやにやしている。思わず身構えたが、彼らはウィンクを寄こしただけで、あっさりと後ろの出口からバスを降りていった。ドアが閉まり、「発車いたします」と録音のアナウンスが流れた。

薄汚れた窓から、アラブの男たちの四角い背中を見送っているとき、自分も屈強な男に生まれたかったと、考えても仕方がない思いが腹の底から突き上げてきた。あんなマッチョな図体ならバスに乗っても安全だし、ガラの悪い地域にある激安のスーパーに行くことだって平気だ。何よりも、ヤツらは女じゃないから、代理出産をさせられることもない。それに比べて自分ときたら、年齢の割にも子供っぽいし、貧乏だし、高校も中退させられたし、女の中でも小柄な方ときている。同じ女でも百七十センチ以上の長身ならば、世間の景色も違って見えるのだろうか。

自分の不遇を数え始めると、惨めでたまらなくなる。いや、それよりも、この世の中に男なんかいなきゃいいのにと思う。そしたら、夜中でも激安スーパーに出かけられる。どうして女の方が用心して生きていかなきゃならないのか、全くわけがわからない。悪いヤツらこそが夜の外出を控えるべきじゃないのか。若いときは男に襲われないよう常に気をつけて行動し、年を取ってバーサンになったらなったで、力ずくでカネを奪われたり殺されたりしないよう気をつけて生きていかなきゃならない。

ふうっと溜め息が出た。

空を見上げると、自動運転のドローンタクシーが飛んでいるのが見えた。人が乗れるドローンを世界に先駆けて開発したのは中国の会社だ。お義父さんが若い頃は中国製やインド製は粗悪品ばかりだったと言うが、今ではとても信じられない。自動運転のドローンタクシーといえば誰もが中国製の「雄飛《ゆうひ》」か、インド製の「マハラジャ」と口にするほど有名だし、性能が良くて信頼は厚い。

やっと前方に見慣れた風景が見えてきた。

降車ボタンを押そうと手を伸ばすと、横顔に鋭い視線を感じた。顔を向けると、さっきのインド系の少女がこちらをじっと見ていた。車内で女が自分一人になるのが怖いのだろう。屈強そうな二人連れは降りたとはいうものの、この先どんなヤツが乗り込んでくるかはわからない。

「これ、よかったら使って」

リュックから小さな警報装置を取り出して、少女に差し出した。ガラにもなく親切心が湧き起こったのは、もうすぐ口座に四百万円が振り込まれるのを思い出したからだ。少女はびっくりしたのか、大きな目を更に見開いて「私にくれるの？」とヒンディー語で尋ねた。

私は、中国語もヒンディー語もわかるし、英語はもちろんスペイン語もそれ以外の言葉だって話せる。みんなはひどく驚くけれど、私からすれば、なぜ他のみんなが日本語しかわからないのかが不思議でたまらなかった。小学生の頃からクラスには様々な国から来た同級生がいたから、自然に覚えてしまっただけなのだ。

「使い方、知ってる？」とヒンディー語で尋ねると、少女は大きくうなずいて、ここを押せばいいんだよねと言うように、ボタンを指さした。

「大音響だから間違えて押さないように気をつけてね」

「うん、わかった。本当にありがとう」

少女の顔は更に引き締まり、子供を守る母親の顔になっていた。

「何歳か聞いてもいい？」と、思いきって尋ねてみた。

「十九歳よ。名前はジュディ。ムンバイから来たの」

まさか私より年上だとは思わなかった。私より身体が一回り小さいし、手足はポキンと折れそうなほどに細いのだ。

「私はユキ。十六歳」とヒンディー語で教えた。

隣に座った男の子も、私が悪い人間ではないと思ったのか、愛くるしい笑顔で見つめてくる。ふと思いついて、リュックからクッキーとゼリーをいくつか取り出し、男の子に差し出した。茉莉花と龍昇へのお土産にするつもりで、病院の食事に添えられていたのを食べずに貯めておいたものだ。

「これ、あげる。おいしいよ。栄養もあるの」

栄養などという難しい言葉を知っているかどうかは知らないが、男の子は母親の顔色を窺《うかが》い、ジュディがうなずいて見せると、嬉しそうに微笑《ほほえ》んで受け取った。バスを降りる間際にマスクを外し、それもジュディにあげた。赤貧の人間に使い捨てという言葉はない。何度でも使い回すのが当たり前で、他人が使ったものだろうが気にしていられない。思った通り、ジュディは受け取るとすぐにマスクをつけた。車内の臭いを防ぐためというよりも、美しい顔を隠したいのかもしれない。

「バイバイ」

手を振りながらバスを降りて、静まり返ったビル街をトボトボと歩いた。

日本の国土は七割が山で、平地は三割しかないと学校で教わった。原発は沿岸部にあり、そこから遠く離れようと思ったら内陸部に住むしかない。このまま火山活動が続いたり大地震が起きれば、また原発が損壊したり爆発したりする恐れは十分にある。

金持ちの一般人もこぞって岐阜県高山市や栃木県日光市などの、内陸部の中でも人気の土地に移住していった。それに付随して大型商業施設や会社も続々と移転しつつある。

松本市に正式に遷都《せんと》するのではないかという噂が立ってから、東京の地価は急落した。だが、空き家になった東京の自宅を貧乏人に開放してくれようとする金持ちはいない。高級住宅街では、不法住居侵入を防ぐために厳重な戸締まりをし、有刺鉄線まで張り巡らしている家がほとんどだ。火山灰で汚染された大地も大気も水も、今後何十年か元に戻らないだろうと科学者が発表しているのにもかかわらず、だ。金持ちどもは孫のそのまた孫のために残しておくつもりなのか。人間とは、こうも血の繋がりを第一に考えるのが普通なのか。代理母を依頼する女の中には、他人の精子や卵子を使う場合も少なくないと聞いているのに。

前方を見ると、歩道に座り込んでいる老人がいた。大量の大根に囲まれて地べたに座り、切れ味の悪そうなナイフで大根葉を落とす作業をしている。

東京がスラム化したとはいうものの、貧乏人はそう簡単には引っ越せないから、今も東京はそれなりに人口が多く、店はあちこちにある。といっても、歩道にビニールシートを広げて空き地で作った野菜を売ったり、中古の衣類を取り扱っている店がほとんどだ。商業ビルの中にあるおしゃれな店舗は、厳重にシャッターが下ろされている。

「おじさん、手伝ってあげようか」

声をかけてみると、老人はあからさまに警戒の目を向けた。

だから正直に言った。

「手伝ってあげる代わりに葉っぱをくれない？」

「葉っぱ？　そんなのいくらでもくれてやるよ。犬だって食わねえもん」

「ありがとう。でも、タダじゃ悪いから手伝うよ」

そう言って老人の隣にしゃがみ、予備のナイフを借りて葉を落とす作業を始めた。

こんな簡単なことなら何時間でもできるはずだった。それなのに、五分も経たないうちに眩暈《めまい》がしてきた。産後の身体が回復していないのだろうか。産んだらすっきりして終わりだと思っていたが、その考えは甘かったらしい。

お義父さんは、妊娠出産なんか病気じゃないからどうってことないと言った。だけど、華絵は死んでしまった。お腹の中で十ヶ月も子供を育ててこの世に産み出すことが、「どうってことない」などという軽いことだとは到底思えなかった。どんな病気よりも身体に負荷がかかる大仕事ではないのか。

だって華絵は、出産の前日まであんなに元気だったのに死んでしまったのだ。あのあとも衆議院議員の塩月文子は、乳児健診や予防接種で筑波高原病院を訪れるたびに私の病室に寄ってくれ、華絵の茶目っ気を思い出しては涙を溜めたものだ。私が子供を産んだときも、わざわざ見に来てくれて、メールアドレスも交換した。

「もうその辺でいいよ。ネエちゃん、顔色が悪いぞ」

老人はそう言うと、私に立派な白い大根を一本差し出した。

「私にくれるの？」

「ああ、やるよ。葉っぱも持てるだけ持っていきな」

「ほんと？　ありがとう」

私はナイロン製のエコバッグの口を大きく広げ、大根葉を詰め込めるだけ詰め込んだ。エコバッグは常に持ち歩いている。道端に食べられるものが落ちていることもあるし、ジュディのようにゴミ箱を漁《あさ》ることもあった。

大通りから脇道に逸れ、坂を上る。途中にある小さなお稲荷《いなり》さんの赤い鳥居は、相変わらず色褪《いろあ》せていた。慣れているはずの坂道なのに、今日はやけに息切れした。産後で貧血気味というだけでなく、ずっと病院のベッドで過ごしていたから身体が鈍《なま》っているのだと思い当たった。

竹林の中に分け入って進んだ。季節外れの雪解け水で、地面がひどくぬかるんでいる。竹が天に向かってどんどん伸びて日差しを遮《さえぎ》っているせいで、何日経っても地面が乾かない。黒革のブーツを履いていてよかった。

早産の恐れがあり、急遽《きゅうきょ》入院したのはちょうど三ヶ月前だった。筑波高原病院へ向かった日は、雲ひとつない晴天だったのに、お義父さんは黒革のブーツを履いて行くよう私に命じた。ヒールの高いブーツよりスニーカーの方が安全だと私は言ったのだけど、気をつけて歩けば大丈夫だと言ってお義父さんは譲らなかった。まさか退院の三日前に季節外れのドカ雪が降ることを、お義父さんが予想していたわけではないだろうけど。

お義父さんは貧乏なくせに高級ブランドに対するこだわりが強い。ママはそれを時代遅れだと嗤《わら》ったが、それでもお義父さんは何とかしてブランド物を手に入れようとするのが常だった。どうしてこうも見栄っ張りなのだろう。この中古のブーツもどこかで激安で手に入れてきたらしい。病院ではスリッパで過ごすから、このブーツは病室の目につく場所に置いておくようにと、お義父さんは言った。

しばらく歩くと、竹林の隙間《すきま》から自宅が見えてきた。自宅といっても列車の車両だ。昭和時代に払い下げとなった車両を買って庭に置いた趣味人がいたらしい。そこに私たち一家は勝手に入り込んで住んでいる。電車の正面には、「ゆうなぎ」と書かれたプレートがついたままだ。

近隣のほとんどが空き家だった。竹は生命力が強く、地下茎《ちかけい》がどこまでも伸びていき、民家の床を突き破って顔を出し、次々に民家を壊してしまう。相続人のはっきりしない空き家が多いせいで、この一帯の古家はどんどん竹に侵食されつつあった。

　天災の前は、ここは都心に近い割には庶民的で住みやすい街だったと聞いているが、今ではもう誰も見向きもしない。だからこそ誰にも見つかることなく、ひっそりと暮らせている。ここに来る前は、朽ちかけの一軒家に勝手に潜《もぐ》り込んで住んでいたのだが、隣家の老夫婦に通報されてしまい、警察が来て追い出されたのだった。

　車両に住むようになってからは、吊り革で遊んだお陰で、きょうだい三人とも懸垂《けんすい》が得意になった。電気も水道もないから、最初の頃は少し離れたキリスト教会か公園まで水汲《みずく》みに行っていたが、それではあまりに不便だと気づき、トイレは隣の空き家に忍び込んで無断で使い、水道も隣家の庭の蛇口からゴムホースで電車内に引き込み、電気も同じく庭の水銀灯の差込口に延長コードを繋《つな》いで拝借している。いまだにバレないのは、隣家は安全地域に引っ越せるほどの金持ちだから家計管理がずさんなのか、それとも相次ぐ災害で行方不明者が甚大《じんだい》な中、まだ死亡が確認されていないかのどちらかだとお義父さんは見ている。

　電車のドアは二ヶ所あるが、奥のは閉めたままにして、手前のドアから出入りすることになっている。手動で開け閉めするには重すぎるから年中開けっ放しで、カーテンを吊り下げていた。夜間や冬は、段ボールとベニヤ板で塞いでおくのだが、隙間風が冷たい。そしてそのドアに最も近い場所に私の寝床がある。真冬は凍《こご》え死ぬかと思うほど寒い。

二人掛けの座席が向かい合わせになっていて、それが左右に十列ずつある。私に割り当てられているのは、一列目と二列目のＡＢＣＤの座席だ。ＡＢの座席はベッドとして使っている。向かい合わせになった座席の間にビールケースを同じ高さになるように並べて、その上に板を渡してある。ＣＤ側には拾ってきたダンボールで棚を作り、衣類や文房具などを並べている。後ろの列の八席分は妹の茉莉花の陣地だ。背もたれが高いので、ベッドに寝転べば互いの姿は見えず、少しだがプライベートは保たれる。一番奥がお義父さんで、その手前が弟の龍昇だ。そして車両の真ん中の八席分は共有スペースになっていて、粗大ごみ置き場から拾ってきたテーブルを置いて食卓として使っている。

「ユキ、お帰り」

お義父さんは上機嫌だった。代理出産の前金百万円が入ってからというもの、それまでと同じ人物かと疑いたくなるほど優しくなった。とはいえ入院中は一度も見舞いに来なかったが。

車両内を見渡すと、新しい物が増えていた。足許には絨毯《じゅうたん》が敷《し》かれ、テーブルが立派な物に代わっている。網棚を見ると、缶詰やトイレットペーパーなどの生活必需品がぎっしり詰め込まれていた。買い置きする余裕ができたのだろう。残金の四百万円が近く入金されることを、お義父さんはこれっぽっちも疑っていないだろうから。

「ユキ、偉かったぞ。本当にご苦労さん」

テーブルには、好物のオムライスとエビフライが、コンビニのパックに入ったまま置かれていた。

お義父さんに優しくされることに慣れていなかった。私の知っているお義父さんは、外面《そとづら》はいいが、家では朝から晩まで怒鳴り散らし、相手が子供でも容赦なく平手打ちを喰らわす。特にママが田舎へ行ったあと、不法入居していた一軒家を追い出されて、ここに住むようになってからというもの、お義父さんの苛々《いらいら》は更にひどくなった。仕切りのない車両の中にはプライベートがなく、息が詰まるようだ。

――お義父さん、代理出産が立派なことだなんて嘘ばっかり言って、子供の私を騙したの？

もしも詰め寄ったら、どう答えるのか、聞いてみたい気もした。お義父さんは、体調が悪くて働けないと言い続けてきたが、本当なのだろうか。代理出産をさせて悪かったと、涙ながらに謝ってくれたら、許せはしなくとも少しは気持ちが楽になる気がした。だけど、お義父さんを目の前にすると怖気《おじけ》づいてしまい、詰め寄ってみることなどできなかった。

「茉莉花と龍昇は？」

「塾へ行ってるから帰りは遅いよ。冷めないうちに食べな」

お義父さんはにっこり笑ってそう言ったが、私はハッとして目を逸らした。お義父さんの笑顔が、機嫌の良さから来るものではなく、作り笑いだったからだ。

不気味で、背筋がすっと冷たくなった。もう同じ空間にいたくない。

残金四百万円の振込先を変更したことがバレないうちに家を出なければ。

4　倉持芽衣子

「院長、どうして今日の患者を断わったんですか？」

つい声が大きくなってしまった。

「あんなの公序良俗に違反するだろ」

嵯峨《さが》冬樹《ふゆき》院長は、窓を背に肘掛《ひじか》け椅子《いす》に座っていた。最上階にある院長室は、見晴らしの良い広い部屋だ。院長はいつものように穏やかな笑みを浮かべ、ゆったりと構えていた。

「芽衣子先生、そうカッカしなさんなって。美味しいコーヒーを淹《い》れてあげるから」

院長はそう言うと、柔和な笑顔のまま立ち上がった。七十代だが、きちんとネクタイを締めて白衣を着ているからか、六十歳前後にしか見えない。白髪はきちんとオールバックに櫛目《くしめ》が通っていて、いかにも紳士といった身だしなみの良い男だ。

「院長、私はＬＧＢＴＱ＋の人々にも子供を持つ権利があると思うんです」

今日、レズビアンのカップルが生殖医療を求めてきたが、院長は迷う余地なく断わったのだった。取り付く島もない態度で、彼女らの傷ついた顔を思い出すたび胸が苦しくなる。

「あのね芽衣子先生、生殖医療は男女の夫婦だけに施すべきものと決まっているんだよ」

「ですから院長、それはもう古い考えだと思います。海外ではとっくの昔に認めている国もあるんですから」

「僕は古い考えだとは思わないね。誰が子供を持つのにふさわしい人間かを考えるのは医師の責任だと思うがね」

「そうでしょうか。私は産婦人科医が口出しすべき領域ではないと思うんです」

「本当にそうかな？　考えてもごらんなさいよ。そもそも女二人で子供を持とうなんて気味が悪いじゃないか。それに、彼女たちが子供の将来のことを考えているとは僕には思えないよ。ああいうのこそ女の浅知恵というものじゃないかね」

女の浅知恵……日本の女は、こういった差別的な言葉をシャワーのように浴びながら生きていかねばならない。女たちのストレスたるや精神を蝕《むしば》むほどのものなのに、男どもは全く気づいていない。

心の中から屈辱を消し去ろうと何度目かの深呼吸をしたとき、池部《いけべ》道則《みちのり》がドアをノックして入ってきた。配属されたばかりの研修医で、院長の遠縁に当たる。私はこの男の指導係を命じられ、先週は院内の倫理規定や今後の仕事内容などを説明してやったのだが、会話の端々に女を見下している雰囲気があり、実は憂鬱《ゆううつ》なのだった。

「さあ二人とも、そんなところに突っ立ってないで、ソファに座って休憩しなさい」

そう言うと、院長は窓辺に置いてあるコーヒーメーカーをセットした。

「院長、そんなことは僕がやりますよ。院長は座っててください」

「そうかい？　君は男なのに気が利くね」

どういう意味なのか。男なのに、とは。

男でもこんなに気が利くのに、女のお前はやろうともしない。そう皮肉っているのか。この病院を辞めて他のクリニックに転職すると決めてからというもの、以前ならできた芸当——何を言われても愛想笑いで受け流す——ができなくなった。それどころか、いちいちカチンときて顔にもろに出てしまう。

気にしない、気にしないと、自分に言い聞かせた。いちいち気にしていたら、この世の女は正常な精神で仕事をすることなんてできない。

「院長、ＬＧＢＴＱ＋の話ですが、先日ゲイのカップルが来院したときは、言葉を尽くして法律のことも説明してから断わっておられたじゃないですか」

「ゲイのカップルとレズビアンじゃあ、わけが違うでしょう」と、院長は言った。

「え？　どう違うんですか？」

「動物としての感覚といえばいいのかな。あ、ほら、古代ローマ時代から男色というものは存在したから。ね？」

「そうですよね」と、池部がいつものように調子を合わせる。「おネエだとかオカマなんていうのも、日本では既に市民権を得ていますしね」

問題発言がオンパレードの院長と池部は気づいてもいないだろうが、女になりたがる男は許せるが、逆は許せないというだけの話だ。つまり、一級市民である男が、何を血迷ったか酔狂《すいきょう》にも二級市民である女になり下がったりカップルになるのは本人の勝手だが、その逆は許せない。女の分際で生意気にも一級市民に成り上がろうとするなんて言語道断だし、そんな権利を認めてなるものか、ということだ。

「だけど惜しいねえ。二人ともすごい美人だったのにさ」と、院長はニヤニヤしながら言った。

「えっ、美人？　本当ですか？　なんだ、僕も見たかったなあ。美人なのにレズビアンなんて、ほんと、もったいないですよねえ」

池部はまだ若いのに、中年のオジサンのような言葉を吐き脂下《やにさ》がっている。

「全くもって不幸な女たちだ。男のすごさを知れば改心するんだろうけど」と、院長がにやついた顔のまま言ったので、私は思わず目を逸らした。

池部はコーヒーを応接セットの所まで運んできた。そして、嵯峨院長の向かいに座る私の隣に腰を下ろした。

「若い頃の僕は生殖医療にはさほど関心はなかったんだ。だがある日、美しい姉妹が来院したことがあってね」

また始まった。何度も聞いた話だった。ボケているとまでは言わないが、同じ話を繰り返すのは高齢のせいなのか。それより、さっきのレズビアンの患者の話は、もう終わったのか。

「妹さんの方はまだ二十代だったが、子宮筋腫《きんしゅ》のために子宮全摘出の手術を受けていたんだ。妊娠はできないから、自分の卵子とご主人の精子を使って、お姉さんのお腹で育てて出産してもらいたいと言うんだよ。僕はびっくりしたね。だって、そのときまで代理出産なんて考えたこともなかったんだから。そのとき僕は、そんな無茶なことあり得んでしょうと言ってお引き取り願った。だけど、その後も何度もあの悲しそうな瞳を思い出してしまって、どうにも落ち着かなくなってね」

池部も私も黙ったまま、院長の次の言葉を待った。

「だってね、子宮筋腫くらいで、なんで子宮を全摘出しなきゃならなかったの？」

そう言って、院長は私と池部を交互に見た。何度も聞かされているが、この場面では、「さあ？」と首を傾《かし》げる演技をしなければならない。

「本人から病状を聞く限りでは、不必要な手術だとしか思えなかったんだ」

「不必要？　それはまた、どうして？」

池部は、前回も聞いて知っているくせに、初めて聞いたふりをする。まだ三十歳にもなっていない若造なのに芝居が堂に入っている。

「まだ続きがあるんだよ。それからしばらくして別の女性が来院した。その女の人は、子宮だけじゃなくて卵巣まで摘出されていた。その人も子宮筋腫だったというが、どう考えても必要のない手術だとしか考えられなかった」

「やっぱりカネ、ですか？」と、池部が前回と同じように遠慮がちに尋ねると、院長は池部をじっと見つめたあと、ふうっと息を吐き出すと同時に言った。

「君の言う通り、カネ、だな。それしかない」

「そんな……」

池部は驚いた風に院長を見つめた。この男は学生時代、演劇部員だったのだろうか。

「残念なことだが、そういう医者は少なからずいる。筋腫部分だけを切除するより子宮全摘出の方が保険点数が高いし、手術もずっと簡単だ。そのうえ左右の卵巣まで取ればもっと儲かる」

「……信じられません」

そう言ったあと、池部は絶句するふりをした。

「僕が手術したわけじゃないが、同業者の医師として連帯責任を負っているような気持ちになってね。本当に申し訳なくて、懺悔《ざんげ》したくなった」

そう言うと、院長は深い溜め息をついた。

「情けない話だが、金儲けを優先する医師は少なくない。そういった輩《やから》を、国も医師会も全日本産科学会も、何のペナルティも与えず放置している」

「それはひどい、ひどすぎます」

池部はそう言うと、コーヒーをひと口飲んだ。

「患者は泣き寝入りするしかないですよね。なんせ医学的知識がないわけですから」

と、池部が言った。

「いや、方法はあるよ。手術の前に、『筋腫や腫瘍《しゅよう》を取りきれなくてもいいから子宮は絶対に残してください』と、患者さんがはっきり確実に医師に伝えることだ」

「なるほど。確かにそうですね」

前回もそうだったが、ここで相槌《あいづち》を打つ池部の気持ちが私には到底理解できない。この院長の考えを初めて聞いたとき、私は大きな声で「ええっ、そんな馬鹿なっ」と、叫ぶように言ってしまったのだった。

だが、現実は院長の言う通りだ。いつの時代も自分の身は自分で守るしかない。無知な人間は舐《な》められる。私が担当した代理母のユキは、世間知らずの子供であることを義父は利用した。そして悪徳医師たちは、子宮筋腫の女たちに医学的知識がないことにつけこみ、全摘出しなければ命に関わるなどと、きっと嘘八百を並べたてたに違いない。

「つまり院長先生は可哀想な女性たちを救おうとして、代理出産に踏みきられたんですね？」

池部は尊敬の念を込めたような目で院長を見た。本当に小憎らしい。

「僕が救わなければ誰が救うんだと思ったんだよ」

七十歳を過ぎても、まるで純粋な青年のごとく使命感に燃える目をしている。それを見た人々は感激するのだ。

「そうするうち、この病院が代理出産をやっていることが漏れ伝わって、色々な事情を抱える女性たちが次々に来院するようになった」

院長はコーヒーを美味《うま》そうに一口飲んでから続けた。「子宮を全摘出された女性以外にも、生まれつき子宮のない女性や、子宮があっても排卵のない女性、排卵はあっても妊娠出産に至ることができない女性たちが押し寄せたよ。みんな思い詰めた暗い目をしてね。そんなの見たら放っておけないだろ？　できるだけのことをしてあげようと決めたんだ」

嵯峨院長がマグカップをゆっくり口に持っていく横顔を見つめた。

代理出産が認められていない日本で、それを実行することにより、院長はマスコミから注目されるようになった。当時は勇気ある行動だったろうし、世間から非難されても屈しなかった院長には信念がある。だが、今やそれだけでは足りない世の中になっている。院長はＬＧＢＴＱ＋の人々に対する差別意識が抜けない。そして子供というものは、両親揃って初めて幸福になるという確固たる刷り込みがある。だから、別姓を選択している夫婦の代理出産の依頼も門前払いにしている。

その一方で、離婚している王明琴の、代理出産は許可したのだ。外国人だからではなく、たぶん大金を出したからだろう。そういった方針に賛同できないため、私は別の病院に移ろうと決めたのだ。

「ところで話は変わるけどね、芽衣子先生はどうしてもここを辞めるの？」

「はい。すみませんが」

「残念だなあ」

そう言いながら、院長は池部の方を向いて続けた。「芽衣子先生はね、女にしておくのがもったいないくらい優秀なんだよ」

女にしておくのがもったいない……。

思わず溜め息が漏れた。その言葉が誉《ほ》め言葉になると、いまだに信じている。そして、それを言われた女は例外なく喜ぶと思っている。

——いちいち目くじらを立てるなよ、悪気はないんだからさ。そもそも院長は七十代の爺《じい》さんなんだろ？　その世代の男は仕方ないよ。もっと大人になれよ。たまには女らしいフリでもしてやれよ。そしたら仕事もスムーズにいくはずだよ。俺たち男だって、古い考えの上司には顔で笑って心で泣いてんだからさ。

以前つきあっていた男はそう言って私を諫《いさ》めた。

「宮野《みやの》くんも残念がってたよ」と、院長は言った。

宮野というのは産婦人科の看護師長だ。この病院は看護師の九割が女だが、なぜか各科の看護師長に就いているのは七割方が男だ。呼び名が看護婦から看護師に変わったとき、男女平等の世の中にまた一歩近づいたと喜んでいたのだが、それは大きな間違いだったらしい。何時間でも残業できる人間が組織内では勝つ。

労働力不足を埋めるため、女性を社会に引っ張り出そうと様々な法律ができたが、いつも抜け穴だらけだ。そのうえ、少子化社会になっても保育園は足りないままで、産休も育休も少なくて、会社ではマタニティハラスメントが一層ひどくなり、家庭では家事も育児も老人介護も妻に押しつける現状はほとんど変わっていない。そのことで政府を批判すると、自業自得だ、自己責任だと逆に責められる。女たちの間に諦《あきら》めムードが蔓延《まんえん》していると何かで読んだ。女たちは日本を諦め、日本の男を諦め、外国人の男と結婚する例が増えた。だが国際結婚の離婚率が七割を超えていると発表されて以降、生涯独身を貫く女たちが急増した。となると、更に少子化が進むのは自明の理だ。その急速な少子化を政府は嘆いている。バカじゃないのか。

とにもかくにも一日も早くここを辞めなければならない。ストレスで頭がおかしくなる前に。

女が自由に生きようと思ったら、男に雇われないよう自営業に就《つ》くか、どこに行っても通用する国家資格を取得するしかない。そして夫の家政婦役にならないで済むよう生涯独身を通すしか道はない。

「そうなんですか。へえ、芽衣子先輩って、そんなに優秀なんですか」

池部はそう言って、わざとらしく目を見開いて私を見つめた。私を持ち上げたつもりらしい。

こういった類いの男がいない世界で私は生きていきたい。

他の診療科にはマトモな男性医師もいると、同僚の女性医師に聞いた。

私はたまたま運が悪かっただけなのだろうか。

5　ユキ

一條文庫へ向かった。

原付バイクに乗り、風を切って林の中を走り抜けると、立派な赤煉瓦《あかれんが》の洋館が見えてきた。五十メートルほど手前でブレーキをかけ、地面に足を下ろした。

ああ、やっと帰ってこれた。

この私設図書館は、どこよりも心休まる場所だった。林の中に忽然《こつぜん》と現れる蔦《つた》の絡まる大きな三階建ての三角屋根には靄《もや》がかかっていて、いつだったか名画集で見た、パリの郊外を描いた印象派の絵のようだ。

見慣れているはずなのに、あらためて誇らしさが込み上げてくる。この図書館は、審査をクリアした者だけが入館カードをもらえるからだ。以前は公立図書館がたくさんあったが、市区町村の財政破綻《はたん》で次々に閉鎖されていった。あらゆる局面で、天災や少子化の影響が目に見えるようになった。

　そんな中、一條文庫は貴重な存在だった。運営者の一條祥子《しょうこ》には二歳違いの妹がいたらしいが、事故で亡くなったあと、相次いで両親も亡くなったので、今は祥子一人が両親の遺志を継いで運営している。利用料が無料なのは、莫大な遺産を受け継いだからだと聞いた。

　私は九歳のときに入館審査を通った。それ以来、年一回の更新をクリアし続けて今日までできた。審査基準は明かされていないが、審査に落ちた同級生たちは貧乏人限定の図書館だと陰口を叩いたものだ。

　門の中に入り、庭の隅にある駐輪場にバイクを停めた。建物まで薔薇《ばら》のトンネルが続き、そのまわりにイングリッシュガーデンが広がる。丹精込めて季節の花々の手入れをしているから、常に色とりどりの花が咲き誇り、いい香りがする。庭から富士山の火山灰を取り除くときは、全身灰だらけになって手伝ったのも、今となっては懐かしい。

　重厚な扉に体重をかけて押すと、ギイッと音がして、真正面に大きな柱時計が見えた。そのまま奥へ進むと、大理石がモザイク模様に敷きつめられた広い閲覧室がある。様々な形の椅子やソファが余裕をもって配置されていて、好きな場所でゆったりと過ごすことができた。ガラス越しに庭を眺めながら推理小説を読んだり、テラスに出て花の香りを楽しみながら絵画集を眺めたりするのが好きだった。天井まである本棚にはびっしりと本が並べてあり、柱や壁の細部にまで精巧な彫刻が施されていて、何度見ても惚《ほ》れ惚《ぼ》れする。

本棚に立てかけてある梯子《はしご》に一度でいいから登ってみたいと思っていたが、残念ながら梯子係は、体重が二十五キロ以下の小学校三年生と決められていて、小三になるとみんなこぞって応募した。合格すると腕章が与えられ、誇らしげに腕に巻くのだった。だがその頃の私は、賞味期限切れの菓子パンばかり食べる生活のせいで太っていて、身長は低いのに三十キロ以上あったから応募できなかった。

閲覧室を覗くと、小学生と中学生たちが本を読んだり勉強したりしていたが、祥子が見当たらない。二階だろうか。いったん広間に取って返し、螺旋《らせん》階段を静かに上ると、広々としたホールに出た。壁から顔を覗かせている鹿の剝製《はくせい》の下には、黒光りしたグランドピアノがあり、反対側の壁には大きな絵画が並んでいる。

年に一度の入館資格の更新日が近づいていた。貧乏人限定の図書館だと言われたのを思い出すと不安になった。代理出産で五百万円も稼いでしまったのだから、今回はダメかもしれない。もしも審査に落ちて、ここに来られなくなったら、この世に安らげる場がなくなる。それを想像しただけで泣きたくなった。だから今日は思いきって、祥子に審査基準を尋ねてみようと思っている。

二階の閲覧室では、小学生の男の子たちが机を囲んで算数の問題を解いているのが見えた。大地震と富士山の噴火で通学が困難になったことがきっかけで、家庭学習だけで義務教育の修了が認められるようになった。その法改正で、被害が及ばなかった地域でも、半数以上の子供が学校を辞めた。格差が広がったことで更にイジメが蔓延《まんえん》し、それを見て見ぬふりをする事なかれ主義の学校や教師に対する不信感も募っていたらしい。

　金持ちなら家庭教師を雇ったり塾に行かせたりできる。そもそも高学歴で専業主婦の母親が家にいて、勉強だけでなくヴァイオリンやバレエまで教えるという。だが貧困家庭では親が働き詰めで、子供の勉強まで見てやる余裕も学力もないから、近い将来、読み書きさえできないまま大人になる日本人が増えるだろうと推測されている。この図書館にも、その予備軍とされる子供たちが入ってくる。だが、ここでは、祥子や年上の子供たちが勉強を見てくれる。勉強するのを嫌がったり怠《なま》けたりする子供はほとんどいなかった。誰にも邪魔されずに勉強できる環境が、どれほどありがたいことかを幼いながらも身に染みてわかっているからだと祥子は言う。そして、知識を身につけることでしか身を守れないことを、祥子が口酸っぱく言っているのだと。

　奥へ進むと、カウンターの中で返却本の整理をしている祥子の後ろ姿が見えた。丈の長いシックなワンピースに身を包み、艶《つや》のある漆黒《しっこく》の髪は白いバレッタでまとめられている。

「祥子さん、入館の審査基準を教えてほしいんです」

背後からいきなり声をかけたからか、振り向いた祥子は、まるで幽霊《ゆうれい》でも見たかのように目を見開き、両手で口を押さえた。

「ユキちゃんじゃないのっ」

そう言うなり、カウンターから走り出てきて私の腹回りを遠慮なく見た。そして、額《ひたい》と額がくっつくぐらい近づくと、「無事に生まれたの？」とギリギリ聞き取れるくらいの小さな声で尋ねた。私がうなずくと、祥子は私をギュッと抱きしめた。私より十センチ以上も背が高く、その分腕も長いから、背中をぐるりと一周し、しっかり守られているという安心感に包まれた。

「つらかったでしょう。ユキちゃん、よく頑張ったわ」

そう言われたとき、私の目から涙がこぼれ落ちたので、自分でもびっくりした。泣くまいとすればするほど、大粒の涙がポロポロと流れてくる。悲しみとか悔しさとかいった感情ではなく、もう人生に疲れ果ててしまった、これ以上頑張れないといったような崖っぷちギリギリの気分だった。

「泣いていいのよ。思いきり泣きなさい。今までずっと我慢してたんだもの」

祥子に背中をそっと押され、カウンター奥にある司書室の扉の中へ導かれた。その部屋に入るとき、ちらりと背後を振り返ると、閲覧室にいた小学生たちが一斉に顔を上げ、羨ましそうな顔で私を見た。

司書室は滅多に入れない部屋だった。何か特別なこと――親が急死したり、お腹が空いて我慢できずに万引きをして捕まったり――があったときだけ、祥子は招き入れてくれた。

「さあ、そこにお座りなさい」

この部屋に入ったことのある子は、みんな口を揃えて言う。祥子が紅茶とクッキーを出してくれたのだと。

「お茶を淹れましょうね。クッキーもあるのよ」

優雅な手つきを見るのが好きだった。指が長く、美しい手をしていて、爪はいつも短く切り揃えられている。茶葉をポットに入れるのを見つめながら、梅が蕾《つぼみ》をつける頃に久しぶりに来館した日のことを思い出していた。あのとき祥子は、私の大きく膨《ふく》らんだ腹回りを見て、今日のように両手で口を押さえて絶句したのだった。そして涙を浮かべた。

――こんなにお腹が大きくなるまで、どうして私に相談してくれなかったの？　警察には届けたの？

ひどい男にレイプされたと、祥子は勘違いしたようだった。

――祥子さん、違うんです。これは立派な人助けなんです。

祥子を安心させようと、代理母のことを早口で説明すると、祥子の表情が、見る見る悲しみから怒りに変化した。そのときの私は、祥子が何に対してそんなに憤っているのかがわからなかった。王明琴はすごく喜んでくれたし、報酬の五百万円で家族を救えると思うと、自分が家族を背負っていることに誇らしささえ感じていた。

――なんて、可哀想な子なの。ユキちゃん、恋したことある？

このときも、祥子がどうしてそんなことを聞くのか、真意がつかめなかった。

――恋、ですか？　えっと、あるような、ないような……。

――ユキちゃんは、好きな人とキスしたこと、ある？

その質問には心底驚いたし、祥子はいったい何が知りたいのか、質問の意図が皆目わからなかった。

――そんな相手、いるわけないじゃないですか。

　高校にも通っていないんだし、家事や妹弟の世話に追われて自分の時間なんてないんだし、最近は妊娠してるんだし。

――ユキちゃん、ごめんなさいね。そんなひどい目に遭っていたなんて、想像もしたことがなかった。それに、恋愛や妊娠出産の知識を何一つ教えてあげてこなかった。許してちょうだい。

　そのときの祥子の横顔が、見たこともないほど暗かったのを覚えている。何かに絶望したようにも見えた。

「このクッキー美味しいのよ。召し上がれ」

ハッと我に返ると、目の前に美しい皿が置かれていて、その上にクッキーが行儀よく並んでいた。

「いただきます」

この部屋で初めてクッキーをご馳走《ちそう》になったときは、ミチオと一緒だった。ミチオのママが中国の出稼ぎツアーに参加して連絡が取れなくなり、私のママが認知症のおじいちゃんを介護するために田舎へ行ってしまった翌日だった。寂《さび》しくて不安でたまらなかったが、人前で泣いたりはしなかった。ミチオは義父と二人暮らしになり、ひどく殴られるようになったが、必死で平静を装っていた。そのときの紅茶の香りやクッキーの素晴らしさは、ママがいなくなった悲しさを、ほんの一瞬忘れさせてくれた。

それなのに今日は……あの日のような感激はなかった。どうしてだろう。豪華な病院食を食べ慣れたせいなのか。人間というものは、こうも簡単に贅沢に慣れてしまうものなのか。滅多に味わえない楽しみを失ってしまったと思うと残念でならなかった。それでも、向かいに座った祥子がこちらを見つめてくれているのが嬉しかった。見守ってくれる人がいるという安心感は何物にも代えがたく、気持ちが和らいだ。

「まだ子供なのに……」

祥子は何度目かの溜め息をついた。

「案外平気でしたよ。お医者さんも看護師さんもみんな親切でしたし」

祥子をこれ以上悲しませたくなかったので、口角をキュッと上げて笑顔を作った。

「あのね、ユキちゃん、前にも言ったと思うけどね」

予想に反して、祥子は更に悲しそうな顔をして続けた。

「私は何でも包み隠さず言うようにしているの。相手が何歳であってもね」

その方針なら前から知っている。たとえ十歳以下であっても、しかも傷つけるとわかっていても、祥子は本当のことを言う。その子が大人になるまでこの図書館に通える保証があるなら、いっときの慰《なぐさ》めを言ってやり過ごすかもしれない。だが実際は、ある日突然、何の理由も告げずに来なくなってしまう子が少なくなかった。

ここは快適な場所で、誰もが来たがる図書館だ。それなのに来なくなるというのは、親の事情によるとしか考えられなかった。仕事の都合で遠くに引っ越したり、中にはここに通うのを意味なく禁じる親もいる。自分たち親には何一つ楽しみもないのに、子供が楽しげに通っているのが気に食わないからだと聞いたこともある。

「お医者様や看護師さんたちが親切なのは当たり前よ。ユキちゃんはドル箱だもの」

「私がドル箱、というと？」

「あのね、ユキちゃん」と、祥子は背筋を伸ばし毅然《きぜん》と顔を上げてこちらを見た。これは、重要なことを口にするときの癖だった。

「周りの大人たちは、これからもユキちゃんに代理母をやらせようとするわ」

絶句していた。

「ユキちゃんは一回で済むと思ってた？」

「もちろんですっ」と叫んでいた。「だって五百万円ももらったんです」

「たった五百万円でユキちゃん一家がこれからもずっと食べていけると思う？」

正直言って、お金のことはよくわからなかった。今まで手にした最高額は三万円だ。ママがおじいちゃんを介護するために田舎に行く日の前の晩にそっと握らせてくれた。

棲《す》み家《か》にしている電車の「ゆうなぎ」は不法占拠だから家賃は要《い》らない。電気や水道は隣家から引き込んでいる。食料品はボランティア団体が毎月食材を届けてくれるが、もちろんそれだけでは全然足らない。遠すぎて滅多に行かないが、本当に困ったときにはＮＰＯ食堂だってある。

「どんなに節約しても、二年か三年しか持たないでしょうね」

「たったの三年？」

五百万円というのは、とてつもない大金だと思っていた。

だが考えてみれば、ママは茉莉花を産んで二百万円、龍昇のときは三百万円を政府からもらった。あのお金も生活費に消えてしまったのだろうか。だとすれば、お義父さんはこの先どうやって生活していくつもりなのだろう。いくらお義父さんでも、私にもう一度代理出産しろなんて……。

「祥子さん、これを預かってくれませんか?」

その小さな箱にはママからもらったブローチが入っていた。赤いプラスチックの石が輝いている。

「いいわよ。預かってあげる」

この部屋には、貸金庫のようなロッカーがあり、大人から奪われたくない物を入れておくことができる。この世で唯一の安全な隠し場所だった。親の度重なる離婚と再婚に翻弄《ほんろう》される子供たちも少なくなかったから、実の母親や父親の写真を入れている子もいたし、幼いときの小さな靴下を入れている子もいた。その靴下は母親と暮らしていたときに履いていた宝物だと言う。

「ユキちゃんが代理出産をしたことは、お母さまはご存じないのよね?」

「……はい。あれから連絡がつかないので」

「やっぱり、そうだったの」とだけ祥子は言って俯《うつむ》いた。

「祥子さん、次回の入館審査の基準のことなんですが」

「そのことならいつも言っている通りよ。審査基準は教えられないわ」

ここに通う子供たちを見れば、貧困家庭の子供しか通らないというのは間違いないだろう。自分も文句なしの貧乏な子供だったが、今回は代理出産で稼いでしまった。それに、祥子は本当のところはどう思っているのだろう。可哀想だと涙まで浮かべてくれたが、生理的嫌悪感があるのではないか。神聖な図書館を汚されたくないと思っていてもおかしくない。

「そんな顔しないで。きっと大丈夫よ」

そう言って祥子がにっこり笑ってくれたので、一気に安心感が広がった。

この図書館に通う以前は、本が大嫌いだった。小学校の先生が薦める本はどれもこれも退屈だった。一ページ目から情景描写が延々と続く。次のページからは面白くなるんじゃないかと辛抱して読み進めても、最後までたいした事件は起こらない。そして結末は道徳的で説教臭い一言が添えてあるから馬鹿馬鹿しくなる。

本好きでもない私がここを訪れたのは偶然だった。ママと二人で三十分も歩いて魚屋に行った帰りだ。魚の頭や骨――つまり廃棄される部分――をもらいに行ったのに、いつもの店はコンビニに変わっていた。ママは落胆して疲れきり、近道して帰ろうと言いだした。車の入れない幅の狭い一本道で、両脇には雑木《ぞうき》が生い茂っているから見通しがきかず、私は不安になった。それでも我慢してママについてしばらく行くと、ぱあっと開けた所に出て、いきなりこの洋館が姿を現したのだった。

水を一杯もらって休憩させてもらいましょうとママは言ったが、絵本から抜け出たようなこんなきれいな図書館に、薄汚い格好の自分たちが入れてもらえるわけがない。冷たく追い払われる場面を想像して怖気《おじけ》づいたが、ママはふらふらと庭を通り抜けて正面玄関に歩いていった。そのとき、庭師のおじいさんがこちらに気づいて微笑んでくれ、驚いたことに案内してくれたのだった。

建物の中に入ってみると、そこにいた子供たち――四歳くらいの小さな子供から高校生くらいまで――の身なりが私たちと同じくらいか、それ以上にみすぼらしいことに気がついた。

――ここは初めてですか？

声の方をみると、優雅な足取りで階段を下りて来た女の人が見えた。それが祥子だった。

祥子が薦めてくれる本は、学校の先生が薦めるのとは違い、どれもこれも現実的で面白く、先が気になって夜も眠れないほどだった。中でも夢中になったのは、昭和時代の物語だ。極貧の家庭に生まれた女の子が上京して下働きをし、苦労の末に大金持ちになる成功物語などは繰り返し読んだものだ。狭い自宅と比べると、広々とした図書館は天国のようだった――。

「ユキちゃんにはこの本を薦めるわ」

祥子が差し出したのは、英語で書かれた本だった。

「祥子さん、どうして他の人は日本語しかできないんでしょうか？」

ずっと前から不思議に思っていたことを尋ねてみた。保育園に通っていた頃から、中学を卒業するまで、クラスには外国人労働者の子供たちが何人もいた。中国人や韓国人に至っては、街を歩いていても日本人より多いように思うときもある。それくらい普段から外国語を耳にすることが多い環境で育ってきた。

「今まで言わなかったけどね、ユキちゃんはギフテッドなのよ」

「ギフテッド？　英語の受動態の『与えられた』という意味の？」

「そうよ。天才という意味もあるの。ユキちゃんは知能指数が高いから、すぐに何でも覚えてしまうの。中学の入学式の帰りにここに来て、学校でもらったばかりの歴史の教科書を読んだでしょう？　そのときのこと覚えてる？」

あの頃の情景が目に浮かんだ。校庭の桜が満開で、昇降口の花壇には色とりどりのチューリップが咲いていた。

「分厚い教科書を、ユキちゃんは一回読んだだけで全部覚えてしまったわ。人名も年号も正確に。そういった人間は、地球上に数パーセントしかいないのよ」

そう言うと、祥子は笑みを消して声を落とした。

「このことは誰にも言わない方がいいわ。ユキちゃんを利用しようとする悪い大人が寄ってくるといけないから。他人に言うとしたら、もっと大人になってからにしなさい。でも、喜ぶべきことよ。ユキちゃんも嬉しいでしょう？」

　すぐには返事ができなかった。抜群に記憶力がいいというのは幼い頃から自分でも感じていた。だがそれは、果たして喜ぶべきことなのか。学校の勉強では苦労なしに満点ばかりだったのは助かったが、その一方で嫌なことも全部覚えている。イジメられたときの相手の言葉や顔つきまでが脳内の記憶の整理ダンスに、時系列順にきっちり並べられていて、いつでも瞬時に引き出すことができる。引き出したくないときでも、嫌というほど鮮やかに……。

　例えば中学時代の担任教師の、あの目つき。

――またカンニングしたの？　卑怯《ひきょう》なことはやめなさいっ。

　指導室に呼ばれたとき、担任教師だけでなく学年主任のいかつい男性教諭と、更に教頭までもが待っていたのだ。窓から差し込む夕陽や、教頭のネクタイの色まで覚えている。テストの点はよかったのに、教師たちからはなぜか疎《うと》まれ、内申点はよくなかった。そのうえ、ママが朝から晩まで働き詰めで、妹や弟の世話や家事は私に任されていたので、遅刻や欠席が多く、希望していた進学校へは進学できなかった。それらを脳内の精密な録画機能は繰り返し再生し、いつまで経《た》ってもセピア色になってくれない。

あんなに悔しい思いをした光景なら、ギフテッドでなくても一生忘れることはできないかもしれないけれど。

6　倉持芽衣子

院長室へ向かった。

衆議院議員の塩月文子が来院したらしく、一緒にお茶でもどうかと院長から誘いがあった。

院長室に入っていくと、文子がソファから立ち上がってお辞儀をした。その奥のミニキッチンに目をやると、池部道則がお茶の用意をしている後ろ姿が見えた。

「芽衣子先生、お久しぶりです。その節は本当にお世話になりました」

「いえ、私は何もお役に立てなくて……」

代理母の華絵が出産時に大量出血して死亡したが、私は担当医師でないばかりか、その日は研修に行っていて留守にしていた。

「赤ちゃんは、その後、どうですか？」

文子の並びに腰を下ろしながら、私は尋ねた。

「はい、お陰様で、すくすく育っています」

「代理母が亡くなったのは本当に残念だったね。まだ若かったし、小さな子供もいたらしいな」

向かいのソファに座った院長が、まるで他人事《ひとごと》のように言った途端、文子の横顔が苦しそうに歪《ゆが》んだ。院長は、華絵の担当医師だったのだ。そして無痛分娩を強く望んでいた華絵に対して、「この病院では無痛分娩に対応していない。それにお腹を痛めてこそ一人前だ」と言って自然分娩を執拗に勧め、無痛分娩のできる病院へ転院したがっていた華絵を押しとどめたのだった。

欧米では百年以上も前から麻酔を使って分娩しているのに、日本は遅れている。無痛分娩に反対する院長に言ってやりたい。外科手術が必要になったとき、麻酔なしで受けてみろと。歯科でさえ我慢できないくせにと。

出産の痛みを経験すると、もう二度とごめんだと第二子を産まない女も少なくないと聞いている。少子化が進んで当然だ。

「華絵さんは、いわゆる妊娠中毒症というやつだった。定期健診をきちんと受けてくれていれば、早く発見できたんだが」

「院長、これからは代理母の斡旋業者に、定期健診を義務化して代金も払ってもらうのはどうでしょうか」

この提案をするのは、既に三度目だった。

「芽衣子先生、それは難しいよ。病院側が口出すことじゃないからね」

「だったら院長、定期健診代を負担する斡旋業者としか契約しないことにすればどうですか？」と、文子も言った。華絵が定期健診を受けていなかったことを、文子は華絵の死後に知り、相当なショックを受けたのだった。吟味して代理母斡旋業者を選んだつもりだったのにと、涙を浮かべたこともあった。

「そう簡単な問題じゃないんだよ。金さえ儲かればいいという悪徳ブローカーみたいな代理店が多くてね、ほんと嫌になっちゃうよ」

いつものことだが話がズレていく。高齢によるものなのか、若いときからそうだったのかはわからない。それとも政治家のように、揚げ足を取られないよう話をはぐらかす高度な話術なのか。

「例えばね」と、院長は何がきっかけなのか、突然興に乗ってきたらしく、身を乗り出して言った。「代理母を依頼するのにアメリカまで行って一千万円も払うなんて、僕は切なくなっちゃうわけよ」

嵯峨院長は、代理出産などの生殖医療サービスを提供するエージェントがアメリカや東南アジアで続々と増えていると語った。

「代理出産を希望する女の人はね、いつか絶対この手に我が子を抱くんだって、みんな固い意志を持っている。法律がどうであろうが、抜け道を見つけようと必死だよ。だからみんなアメリカに行く。でも誰だって、より安く、より安全に、と願うよね。となると、やっぱり日本人にとっては日本が最も安心だよ。だから国内で代理出産ができるようにすることが現実的だし大切なことなんだ」

「おっしゃる通りです」と、文子が冷めた声で続けた。「代理出産の需要は増え続けるでしょうね。日本の晩婚化や晩産化は見ての通りですから」

「だったら塩月さん、あなたは国会議員なんだから法整備を頼みますよ。生殖医療は日に日に進歩してるんだから、日本の法律や規約を見直すべきなんだ。それをしないせいで、みんな外国に行かなきゃならない。いったいいつまで政府は現実に背を向けているつもりなのかね。時代遅れなんだよなあ。まっ、それもそのはず。国会議員はカビの生えたジジイばっかりだもんなあ」

そう言うと、院長はにやりと笑った。「おっといけない。僕の方がもっとジジイだった」

それは、周りの笑いを誘う定番の言葉だった。池部は心得ているらしく、さもおかしそうに声を出して笑った。文子も一票を確保するための演技ならお手の物なのか、無理やり大笑いしたので、嵯峨院長が満足そうに何度もうなずいた。

「実はね、アメリカも情けないんだ。ほとんどの州で代理出産に関する法律や規制がないんだからね。だけど日本政府はもっとタチが悪い。なんせ全日本産科学会という任意団体に、ガイドラインの策定を丸投げしているんだから」

「その団体が代理出産を許可していないのにこの病院では可能ですね。つまり、この病院はその団体には加盟していない、ということですね？」と、文子が尋ねた。

「そうなんだよ。僕は代理出産を引き受けるために脱退したんだ」と院長が胸を張った。

　そもそもその団体は、不妊治療の専門医の集団ではない。産婦人科医の団体というだけで、生殖医療について知識のない医師が少なくなかった。

「ＡＩＤというのをご存じかな？」と、院長が尋ねた。

「ええ、知ってます。夫側に不妊の原因がある場合に、他人の精子で人工授精する方法ですよね。日本でも大学病院が、確か……一九四八年から実施しています」

「さすが国会議員だ。よく知ってるね。一九四八年といえば戦後すぐのことで、その頃は、他人から精子をもらったことは、墓まで持っていく秘密とされていた。世間的にも実子を装って家族を作ったんだ。精子提供のことは戸籍にも載せなかった」

男同士の暗黙の助け合いということだろうか。当時は子供ができないと、「種無し」

などと言われて馬鹿にされたと何かで読んだ。それを思うと生殖医療の歴史は古い。

「院長は卵子や精子の提供者の実名を依頼者に明かしていますよね」と私は尋ねた。

「そうだ。子供の身になってみれば遺伝上の親を知りたいだろ」

「僕もそう思います」と、池部が感心したように何度もうなずく。

日本では医師団体の規約で様々なことを禁じている。不思議なのは、彼らは物事の善悪を決める権利が自分たちにあると思っていることだ。医師であるというだけで、どうしてそこまで思い上がることができるのか。女というものは俺たち産科医の命令に従うべきだと言っているのも同然じゃないか。日本中見渡しても、どこの組織も上層部は男ばかりだ。つまり、意思決定の場に女がいない。

「院長、この病院では今後も代理出産を引き受ける方針は変わらないんですよね」と、池部が尋ねた。

「もちろんだ。僕だけじゃなくてこの病院で働く医師たちも同じ考えだよ」

「やはりすごい使命感ですね。この病院で働くことができて僕は幸せ者です」

池部は、いかにも尊敬しているというような微笑みを浮かべて院長を見た。

「生まれてくる子供が幸せなら、誰も文句を言うべきじゃないんだよ」

「院長はお年の割に考えが新しい。素晴らしいです」と池部は持ち上げた。

そのとき、一瞬だったが文子が呆れたような顔で池部を見た。

「あのう院長、昨日の患者のことですが」と、私は切り出した。

「どの患者だ？」と院長は聞いた。

「中絶手術を予約して帰った女子高生です」

このことは昨日も話した。だが再びここで持ちだしたのは、文子にも聞いてもらいたかったからだ。

「まだ妊娠初期で飲み薬で堕胎《だたい》できるんですから、わざわざ手術をしなくても……」

と言いかけると、「それはできない」と院長はきっぱりと言った。

「院長、掻爬《そうは》手術は危険が伴います。子宮に穴が開いてしまうこともあるんですよ」

「そんなこと君に言われなくてもわかっとる。だが僕はベテランだから穴を開けたりはしない。大丈夫だ」

「ですが、飲み薬なら麻酔も要らないですし、身体に負担もかかりません」と、なおも私は食い下がった。

「あのね、芽衣子先生」と、院長は怒りを押し殺したような声を出した。

文子はそういった院長の姿を見たことがないのか、目を見開いて院長を見つめている。

「慈善事業じゃないんだ。ここだけの話だが中絶は儲かる」

「院長、なんてことを……」と、文子が口を出した。

「何でもかんでも理想通りにはいかないよ。もう少し大人になってくれないと」

これ以上、話すと頭が変になりそうだった。

「そろそろ仕事に戻ります」

私がそう言うと、文子も腕時計を見ながら立ち上がった。「私も行かなきゃ」

玄関先まで塩月文子を送っていった。

「それでは、また」と、文子は一歩行きかけて振り返った。「ああいう男こそ日本の害虫だわね」

「本当に嫌になります」

「ここを辞めて他のクリニックへ移るんですってね。よかったら、新しい連絡先を教えてくださる？」

私はポケットに忍ばせていた名刺を渡した。

「ありがとう。また連絡させてもらうわ。ねえ、私たち女は団結しなきゃダメよね。そして男性の搾取《さくしゅ》や抑圧から立ち上がらないと」

そう力強く言うと、文子は帰っていった。

7　ユキ

一條文庫からの帰り道だった。

前方からバイクに乗ったミチオが、こちらに向かってくるのが見えた。ミチオは近くまで来てからようやく気づいたらしく、急ブレーキをかけた。

「ユキじゃないか。びっくりしたなあ。いつ退院したんだ？　身体は大丈夫なのか？」

矢継ぎ早に質問してくる。ミチオはママがいなくなってから義父の虐待《ぎゃくたい》が一層ひどくなり、逃げ回った末に地下にねぐらを見つけて一人で暮らしていた。義父が執拗に捜し回るので、高校を中退せざるを得ず、ゴミ箱から拾ったパソコンでプログラミングを独学で習得した。クラウドソーシングで仕事を受注し、なんとか食いつないでいる。ミチオは二歳上だが、小学生の頃は同じくらいの身長だったのに、今では頭一つ分大きくなった。

「例のアレ、無事に出てきたのか？」

「うん、生まれた。ねえミチオ、女子グループ、なんか言ってなかった？」

同じ小・中学校出身の荒《すさ》んだ雰囲気の女子グループに、いつの間にか目の仇《かたき》にされるようになっていた。あんなに仲が良かった渡瀬《わたせ》キラメキも、いつの間にかそのグループに入り、それ以来話もしていない。とはいえ、高校は別々だったし、私は入学してすぐ中退したから接点はなくなっていたのだが。

——ユキの頭が良すぎるからだよ。みんな嫉妬《しっと》してるんだ。

ミチオにそう言われたことがあるが納得できなかった。女子グループは、頭脳より外見に価値を置いていた。そして渡瀬キラメキは誰もが思わず振り向いてしまうほどの劇画タッチの美人で、はっきりした性格なのに、笑うとすごく優しそうに見える。男から見たら言うことなしの女ってことだ。どう考えても私よりずっとうまく世間を渡っていける。それなのにどうして私なんかに嫉妬するのか。

キラメキというのは本名で、普通ならからかわれるところだが、美人だから妙にぴったりした名前に思えてくる。

「安心しな。ユキは盲腸で入院したって言っといたから」

「ありがとう。助かるよ」

ミチオは頭の回転が速くてスポーツ万能だからか女にモテる。ミチオに気に入られたくて、みんなミチオの言うことなら素直に信じたそぶりを見せる。だが、誰もミチオがゲイだとは知らない。

妊娠中ほとんど外出しなかったとはいえ、大きく突き出たお腹を女子グループに目撃されなかったのは奇跡だった。初産《ういざん》だったこともあって、上着で隠せば妊娠七ヶ月くらいまでは気づかれなかったし、そのあとは早産しそうになって入院してしまった。

でも、あの日……。

信号待ちをしているとき、向かいの道路を歩いているキラメキを見た。一瞬目が合った気がしたのだが、そのまま彼女は通り過ぎていった。それ以降も妊娠が噂になっていないことを考えると、やはりあのとき気づかれなかったのだろう。そのまま誰にも知られずに済むと思っていたら、久しぶりに行った図書館の帰りに、この道でミチオにばったり会ってしまったのだった。ミチオはこちらの腹部を凝視したまま静かにバイクを降りた。

――どうしたんだよ、その腹。

ミチオの声は掠《かす》れていた。そのときの私は、立派な人助けだと信じていた代理出産への思いを、直前に祥子に打ち砕かれたばかりで、気持ちがひどく沈んでいた。

――俺が仕返ししてやるよ。

よからぬ男にひどい目に遭わされたのだと、ミチオも思ったらしい。

――そうじゃないんだよ、ミチオ。

事情を話したあとも、ミチオの眉間《みけん》の皺《しわ》は消えなかった。

――代理出産が人助けだって？　ユキ、それ本気で言ってんのか？　オヤジに利用されてるだけだろ。

ミチオにそう言われたときのショックは今も忘れられない。

――お義父さんが私を利用するなんてこと、あるわけないじゃない。

そう叫んだとき、ミチオは可哀想な小動物を見るような目で私をじっと見つめた。

それらは、この一年間に私の身に起こったことなのに、なぜか遠い昔の記憶のように感じる。一日も早く忘れたいという思いがそうさせるのだろうか。だけど私は細部まで記憶し、決して忘れることができないのだった。なんでギフテッドなんかに生まれてしまったんだろう。

「で、ユキは今、何してんの？」

ミチオはバイクを停め、こちらに近づいてきた。

「今のところ家にいる。そろそろバイトに行かなきゃならないけど」

「がっぽり儲かったのにバイトかよ。まさかオヤジに全部巻き上げられたとか？」

「え？　うん……まあね」

残金の四百万円は私の口座に振り込まれる予定だ。それを正直に言おうかどうか迷ったが、やめておいた。迷ったときはやめておく。それは身を守るために学んだ数少ない処世術だ。人をどこまで信じていいのかわからなくなっていた。身内であるお義父さんでさえ信用できないとなれば。

「まったく、あのオヤジは」

ミチオは吐き捨てるように言うと、身体に括《くく》り付けた革のボディバッグのファスナーをするすると開け、財布から一万円札を二枚取り出した。

「これ、ユキにやる」

「いいよ。ミチオだってお金は要るでしょ。私は大丈夫だから」

何度も辞退したのに、ミチオに手首をつかまれ、無理やり札を握らされた。

「たまには服でも買えよ。俺からの誕生日プレゼントだよ」

「えっ、誕生日って？」

そのとき、十七歳の誕生日がいつの間にか過ぎているのに気がついた。

「ユキ、お前、家を出た方がいいんじゃないか？」

「なんで？」

「全くもう、お前ってヤツは頭がいいんだかバカなんだか。このままだと、きっとまた二度目の代理出産をやらされるだろ」

「冗談やめてよっ」

知らない間に大声を出していた。「あんなこと二度と嫌だよ。それに、いくらなんでもお義父さんだって……」

ミチオは何も言わず私から目を逸らし、遠くの空に目をやった。

——たった五百万円でユキちゃん一家がこれからもずっと食べていけると思う？

祥子の言葉が胸に刺さったままだった。

「実は俺さ、ハッキングしたのがバレそうでヤバいんだ。だからこの町を出る。俺と一緒に遠くに行かないか？」

「でも、茉莉花や龍昇の面倒も見なきゃならないし。それに私がいなくなったら、茉莉花が家事を全部やらされるかも。まだ十四歳なのに」

「お前だってまだ十七歳になったばかりだろっ」

穏やかなミチオが大きな声を出した。顔を真っ赤にして怒っている。

「ごめん。デカい声出して。でも、茉莉花と龍昇は、ユキと違ってお義父さんに大切にされてるだろ？」

それは以前から薄々感じていたことだったが、他人のミチオまで気づいていたとは思わなかった。三人きょうだいの中で、犠牲になるのはいつも自分だけではないかと勘繰ったことが何度かあった。食べ物が少ししかないときでも、お義父さんは妹と弟に優先的に与えた。それはママがいなくなってから更にひどくなったように思う。

「だって、あの子たちは私より小さいんだから仕方ないよ」

「本当にそれだけか？」

そう言うと、ミチオは溜め息を一つついた。それはまるで、俺はお前の家庭の事情をお前より知ってるけど、他人の俺がこれ以上口を出すべきじゃないから黙ったんだ、というふうに見えた。

「三人の中で、ユキだけがオヤジさんと血が繋がってないだろ」

「それはそうだけど、血の繋がりってそんなに大切なこと？」

そう尋ねると、ミチオは呆れたような顔をした。ミチオは義父に虐待されていた。だけど、私はお義父さんも妹も弟も家族だと思ってきた。そうでないとしたら、あまりに悲しい。それに、王明琴は私が産んだ赤ん坊を胸に抱いたとき、感激していたじゃないか。卵子は従妹に提供してもらったのだから王明琴と血の繋がりが全くないわけではないが薄い。そして華絵が命と引き換えに産み落とした女の子。あの子だって衆議院議員の塩月文子とは血の繋がりはない。けれど文子は赤ん坊の成長に一喜一憂してブログを毎日のように更新している。

「とにかくさ、月曜日の夜に時計台の下で待ってるからな」と、ミチオは言った。

「そんなこと急に言われてもね」

だが、再来月には残金の振込先がバレる。それまでには家を出るつもりだったが、考えてみれば行く当てがなかった。

「夜の九時までは待ってる。それを過ぎたら俺は一人で行く」

「行くってどこに？」

「それはこれから考える。とにかくこの町から出るんだ。ユキは自分のバイクで来てもいいし、何なら俺の後ろに乗っけてやってもいいよ」

「なんだか不安だよ。私は無理かも……」

ミチオは悲しそうな目をして、ふっと空を見上げた。

「とにかく、月曜の夜の九時だから」

またしてもミチオはそう言うと、バイクに戻ってエンジンをかけた。

ミチオがバイクで去っていく後ろ姿を、私はぼんやりと見つめた。

竹林の手前にバイクを停めてから、「ゆうなぎ」に向かって歩いた。

近づくにつれ、いい匂いの正体がはっきりしてきた。きっとビーフシチューだ。最近のお義父さんは、贅沢な総菜やレトルト食品を買ってくるようになった。ママがいなくなって以降、料理は私の担当だったのに、私に作れと言わなくなった。退院した日もそうだった。昔はあんなに喜んでくれた大根の葉を、チラリと見ただけで「よくやった」の一言もなかった。青々としていた葉は黄色くなってしまったが、捨てるのも面倒なのか、隅の方に捨て置かれている。

「だいたいさあ、政府が腰を上げるのが遅すぎたんだよ」

食事中のお義父さんは、いつも通り饒舌《じょうぜつ》だった。茉莉花や龍昇は食べることに夢中で聞いていない。それがわかっているからか、お義父さんはいつも私の方を向いて話す。

「すべて廃炉にするって慌てて決めたってダメだよ。そうだろ、ユキ。だって廃棄物を埋める場所がないんだ。それに、どうやって廃炉にするんだか、その方法だって確立されていないんだし、作業員だって確保できない。おい、聞いてるのか、ユキ」

「うん、聞いてるよ」

耳にタコができるほど、という言葉を呑み込んだ。前金の百万円が手に入って機嫌がいいのか、お義父さんは前にも増してよく飲み、よくしゃべるようになった。これまで根気よくつき合ってきたのは、お義父さんを怖いけれども信頼していたからだ。だけど、今は同じ空間にいることさえ苦痛だった。そろそろ聞き役を茉莉花に代わってもらいたい。

「ご馳走様」と、茉莉花がスプーンを置いた。

「お腹がパンクしそう」と、小五の龍昇が中年男のように腹をさすっている。

あればあるだけ腹に詰め込むのが飢餓感のせいだと知ったのは、入院してからだ。いつでもお腹いっぱい食べられる環境にいたら、いつの間にか腹八分目で箸《はし》を置くようになった。

お義父さんは、茉莉花と龍昇にとっては実の父だが、私は自分の本当のお父さんのことを何一つ知らない。私がまだ幼い頃、「パチンコに行ってくる。スロットでどかんと当てて、何でも買ってやるからな」と言い置いて家を出て行ったまま帰らなくなったとママからは聞いている。

姉弟の中でも待遇に差があるのは、ミチオの言う通り、血が繋がっていないせいなのだろうか。茉莉花と龍昇は今も学校や塾に通っているから、ある程度は身なりを整えるべきだというお義父さんの考えで、二人は私とは違ってまともな洋服を何枚も持っている。

名前にしても、私は「ユキ」とカタカナだが、茉莉花と龍昇は、中国が世界を牛《ぎゅう》耳《じ》っても通用するようにと名付けられた。カタカナが日本でしか通用しないと思うと悲しくなる。せめて「雪」にしてくれたらよかったのにと思う。そのことを一度だけミチオに話したことがあった。ミチオは同情したのか、それ以降、自分の名前をカタカナで書くようになった。学校のテストでも同じ調子だったので、教師から何度も注意されたらしい。確か本名は未知央だったはずだ。祥子だけはユキという名を褒《ほ》めてくれた。画数が少ないからどんな人でも書きやすくて親しみやすいと言って。

最近の茉莉花と龍昇は、ますます生意気になって可愛くなくなった。学校にも塾にも行っていない姉の存在を恥じているように感じるときもある。龍昇が赤ちゃんだったときは、ブティックで働いていたママに代わってあんなに世話してやったのに。

その夜は、まだ八時半だというのに眠気が襲ってきた。

——睡眠が一番の薬です。

入院中、担当医師の芽衣子先生から何度も言われた。眠くなったら無理をせず、すぐに横になるようにと。そして看護師が席を外して奥へ引っ込んだ隙に、素早く名刺を差し出して言ったのだった。

——ここを辞めて他のクリニックで働く予定なの。困ったことがあったら連絡しなさい。

名刺をもらうのなんて生まれて初めてだった。だから嬉しくて、今でも財布に大切にしまってある。

車両の端っこにある寝床に潜り込んだ。祥子に薦められた英語の本『自分の人生をつかみ取るために』を読むのを楽しみにしていたのに、数ページで眠りに落ちてしまった。

どれくらい時間が経ったのだろう。

夜中に目を覚ますと、奥の方からお義父さんが誰かと電話で話しているのが聞こえてきた。

「ノブ、お前の言う通りだよ。確かに若い頃は、自分が贅沢しているなんて思わなかった。海外旅行といえばハワイに一回行ったきりだし、アパートも狭くて不満だらけだったからな。それでも、たまには外食もしたし温泉にも行ったよな。あの当時に比べて今の生活はひどいよ。格差がここまで広がるとはな」

電話の相手は、お義父さんの友だちのノブさんだ。毎度同じような話ばかりだ。

「ノブ、失ってわかるって、こういうことなんだな。日本は宝島のような国だったんだよ。まさかこんな時代が来るとはねえ。俺たちがここまで落ちぶれるなんてさ」

何十回も聞かされた話だった。

「なあ、ノブ、政治が変わると社会がどう変わるかは、俺ら底辺層を見ればすぐにわかる。貧乏人にはダイレクトに政策が響いてくるんだ。それに比べて、生活に響かない金持ちはそれがどういうことなのか気づかないんだよ」

もう一度眠ろうと、背を向けて布団を被り直した。

「それでさ」と、お義父さんは電話口でいきなり声を落とした。

子供たちに聞かれたらマズい話でもあるのだろうか。妙に気になり、耳を澄ました。

茉莉花と龍昇の寝床からはすうすうと寝息が聞こえてくる。

「一年ぐらい間を空けた方がいいって医者は言ってた。だけど俺は三ヶ月くらいで十分じゃないかと思うんだよ」

何の話だろう。三ヶ月って？

「昔から年子ってのもいるわけだろ？　となると、三年に二回、五百万ずつ受け取れる計算になるわけだ」

えっ、三年に二回って？

まさか、代理出産のこと？

両腕に鳥肌が立った。祥子やミチオに何を言われても、心の底ではお義父さんを信用したい気持ちが強かった。血が繋がっていなくても身内には違いないのだし、ママがいなくなってからというもの、頼りになる大人はお義父さんしかいない。

それなのに……。

出産なんて二度と嫌だ。あんな痛い思いをするのは日本人の女だけだと看護師が教えてくれた。欧米では一八〇〇年代後半から、つまり百年以上も前から麻酔をして無痛分娩をするのが常識だと言った。日本では「お腹を痛めて一人前」などという考えがまかり通っていて、いまだに麻酔分娩は広まっていない。それに、悪阻《つわり》も耐えがたかった。九ヶ月もの間、ずっと具合が悪くて自分の身体じゃないみたいだった。お義父さんに訴えても「病気じゃないから我慢しな」と一喝されただけだ。だけど、どう考えても、それまでに経験した腹痛やひどい胃痛や頭痛や風邪なんかより何倍もつらいうえに、それが何ヶ月も続くのだから、あんな苦しい思いは二度とごめんだ。

布団からそっと抜け出て、忍び足で義父の方へ近づいた。

「しかし、俺もワルだよな」

そう言って、お義父さんが声を押し殺して笑っている。焼酎をコップに注ぐ音が聞こえてきた。

「ネットを検索してみるとさ、卵子の老化は早いけど、子宮の老化は遅いらしくて、閉経したあとでも代理母になれるんだってさ。ユキが五十歳になるまでに、まだ三十年以上もあるから俺も長生きしなきゃな」

心臓の鼓動が自分の耳に聞こえてきそうだった。

この家から逃げ出そう。急がなければ。

待て待て。緊急のときほど落ち着いた方がいい。焦《あせ》るな、自分。

そっと寝床へ戻り、布団を頭からすっぽり被って深呼吸し、暗闇の中で宙を睨《にら》んだ。

細心の注意を払って計画的に行動しなければお義父さんに怪しまれる。残金四百万円のことがバレるのは時間の問題だが、お義父さんはきっと捜索願いを出すことはできないだろう。警察に調べられたら、未成年に代理母をやらせたことや、隣家の電気や水道を無断で使っていることがわかってしまう。それ以前に、「ゆうなぎ」への不法侵入で捕まる。

今後はひとりで生きていかなきゃならない。この家を出て行くのは不安でたまらないけれど、ここに留まっていたら二度目の代理母をやらされる。

それにしても、お義父さん……いや、もうお義父さんなどと呼ぶのはよそう。ミチオだって母親の再婚相手をアイツと呼んでいる。私も今後はアイツと呼ぼう。

でも……悲しくてたまらないよ。

家族って何なのか。温かい関係は、映画やテレビドラマの中にしか存在しないのか。遠慮せずに利用できるのが家族なのか。

もう、そんなことどうだっていい。

もうすぐ四百万円が私の口座に振り込まれる。だから大丈夫だ。

お金がこれほどまでに勇気を与えてくれるものだとは知らなかった。この世はカネが全てじゃないというバカがいるが、どう考えてもカネが全てだ。

さて、どこへ行こう。

祥子に相談してみようか。

だけど祥子は代理出産のことで、私以上に落ち込んでいる様子だったから、これ以上心配させるわけにはいかない。それに、あの図書館には、私よりずっと不幸な子供たちがたくさん通っているのだ。

8　倉持芽衣子

筑波高原病院を退職し、雨宮《あめみや》産婦人科クリニックに転職した。

ここで働くことになったきっかけは、ネットで検索した募集ページだった。

――後を継いでくれる医師を探しています。

院長の雨宮静《しず》子《こ》は七十二歳で、生涯独身で後継ぎがいないと書かれていた。

――私自身は健康でまだまだ働けるのですが、やはり年齢を考えますと、動けるうちに閉院した方がいいのではと考えておりました。ですが、設備も整っておりますし、父の代からの思い出の詰まった医院ですので、閉じてしまうのが惜しくなりました。私と一緒に働きながら、少しずつバトンタッチしていければと考えております。なお、代理出産も承《うけたまわ》っておりますので、その趣旨に賛同してくださる方に限らせていただきます。

堂々と代理出産に関して明記されていることに驚いた。筑波高原病院のような大病院でさえ公表はしていないのだ。この医師は変人なのだろうか。関わらない方がいいのではないか。ウェブサイトの最下段に、米粒くらいの小さなフォントで、「女性の人生を応援します」と書かれているのが、なんとも胡散臭い。だが、とにもかくにも代理出産をやっていることは確かなようだから、会うだけ会ってみよう。そう決めて面接に訪れたのは、今から三ヶ月前のことだった。

　クリニックの建物は昭和時代を彷彿《ほうふつ》とさせる古い石造りだが、内装は小ぎれいで掃除が行き届いていた。玄関を入ると、助産師だと名乗る五十代と見える女が出てきて、院内を案内してくれた。診察室とは別に相談室が設けられていることが気に入った。布製のソファや肘掛け椅子がゆったり配置してあり、大きな窓から小さな庭が見える。ここなら患者もリラックスできるだろう。

「初めまして。院長の雨宮静子です」

　相談室に入ってきたのは、七十代とは思えないほど背筋がピンと伸びた女だった。身長は百五十センチくらいで、体重は四十二、三キロといったところか。「矍鑠《かくしゃく》」というのは皺だらけの老人に対する言葉であって、静子のような女には似合わない言葉だと思った。老女というよりも、中高年女性と言った方が合う。

　労働条件など一通りの説明が終わったあと、静子が尋ねた。

「あなたはどういった医療を目指しているの？」

抽象的な質問だったので、一瞬戸惑ったが、日頃思っていることを答えた。

「女性が幸せになる医療を目指したいと思っています」

「具体的にはどういったことかしら」

「代理出産を取り入れ、麻酔を使った無痛分娩、それに飲み薬での中絶、アフターピルを気軽に処方することなどです」

そう言うと、静子は私を真正面からじっと見つめてから言った。

「私の方は、いつ来てもらってもいいわ」

「えっ？　あ、そうなんですか？」

もう面接は終わったらしい。

私を気に入ったのではなく、応募してきたのは私だけだったのではないか。そう考えると不安もあったが、実際に働いてみないと内情はわからないし、少なくとも女を見下している嵯峨院長の下で働くよりはストレスは少なくて済みそうだ。働いてみて自分には合わないと思ったら、また転職すればいい。なんせ医師の資格を持っているのだから怖いものなしだ。大学時代の友人の中には、趣味のダイビングを優先するために、全国各地の病院を転々として時給で働いている医師もいる。時給が高いから食うに困っている様子はない。

「それでは、よろしくお願いいたします」

五月から勤め始めることになった。

夜中に緊急に呼び出されることを考慮して、クリニックのすぐ隣にあるマンションに引っ越した。不動産屋の話によると、造りが頑丈だから、地震の被害は小さかったという。三階建てだがエレベーター付きという贅沢な設計で、全戸数が三十戸と小ぶりだ。大地震後は街全体が寂《さび》れてしまい、家賃が下がりに下がったという。どの部屋も大型の３ＬＤＫで、一人暮らしには持て余すが、安かったので即決した。エントランスに続く前庭も広々としている。以前は芝生が広がり、ぐるりには花壇もあったらしいが、今では草ぼうぼうで見る影もない。聞けばお婆さんの一人暮らし世帯が五戸あり、半分近くが空き部屋だという。

最初に静子に相談されたのは、ウェブサイトを刷新することだった。いかにも素人《しろうと》の手作り風だったが、助産師の娘である高校生が作ってくれたと聞いて納得した。

確か、ウェブ制作会社を経営している立身女子学院時代の同級生がいたはずだ。彼女は新卒で勤めた不動産会社をセクハラ被害に遭って辞めたあと、会社を立ち上げて軌道に乗せている。同級生の大半が果敢に社会と闘っていることを嬉しく感じて早速連絡してみると、快く引き受けてくれた。

その朝も早めにクリニックに出向き、相談室のソファに深く沈み込んで受診申込書に目を通した。私のすぐ隣で、静子は新聞に目を通している。不妊治療の相談に来る女性は予想以上に多かった。じっくり時間をかけて相談に乗ってくれるという口コミが広がっているからなのか、予約の順番待ちができている。最初の一週間は、ここでのやり方に慣れるため、静子の傍《かたわ》らに控えてパソコンでメモを取るようにした。

――大滝《おおたき》美佐《みさ》、二十八歳、ＩＴ企業の開発部長。代理母の斡旋を希望。

　昨夜の静子との事前の打ち合わせでも、美佐の若さが話題に上った。しかも治療歴の記載がないことから、知られたくない何かがあるかもしれないと静子は言った。

　しばらくすると、看護師に案内されて美佐が入ってきた。若くして部長に昇進したというだけあって、細身のパンツスーツをセンスよく着こなし、表情もきりりと引き締まっている。

「よろしくお願いいたします」

　これほど屈託のない笑顔を見せる不妊症患者は珍しかった。みんなそれぞれに深い悲しみや怒りを抱えていて、表面上いくら明るく振る舞っていても、苦悩が透けて見えるのが常だった。まだ二十八歳だから、不妊治療歴も浅いということか。筑波高原病院でも、体外受精を一回やっただけで、もう二度とごめんだと見切りをつけて代理出産を希望する患者も珍しくなかった。

　それとも不妊治療の過程で癌《がん》が見つかって子宮を摘出してしまったのか。卵管はまだ残っているのだろうか。

　美佐の妙な明るさが悲惨な過去を封じ込めているようで、今までになく聞きづらかった。治療歴の記載がないとなると、隠したい過去を暴《あば》くようで、どういう尋ね方をしたところで傷つけてしまうだろうと思った。

「申込書によると、代理出産を希望しているのね？」と、静子は明るい調子で尋ねながらも、注意深く美佐を観察しているのが見て取れた。

「そうです。卵子は私のものを使ってもらいたいんです」

どうやら卵管は残っているらしい。摘出したのは子宮だけということか。

「精子はパートナーのを使う、ということでいいのね？」と静子が尋ねたが、なかなか返事がないので、私はパソコンから顔を上げて美佐を見た。すると、さっきまでの明るさが消え、宙に目を泳がせている。

「実は私、なんと言いますか……」

さっきまでとは打って変わって、美佐の言葉は切れ切れになった。

「先生、私は……」と言い、美佐は息を大きく吸ってから正面にいる静子を見た。そして一気に息を吐きながら言った。「私、独身なんです」

不倫相手の子を産もうとしているのか。それも、わざわざ体外受精して？　いや、それより代理母を頼んでまで？

「私、独身のまま子供が欲しいんです」と美佐は言った。

「夫婦別姓を貫き通すために籍を入れていないってことね」と、静子は納得したといったふうに言った。

なるほど、そういうことか。美佐には後ろ暗い雰囲気など皆無だし、若くしてスピード出世するくらいだから、封建的な社会に対して問題意識を持っている女性なのだろう。仮に嵯峨院長ならば、正式に籍を入れていない夫婦なら門前払いにする。代理出産を請け負う筑波高原病院でさえ断わるのだから、きっとどこの医院でも断わられて、やっとこのクリニックに辿り着いたのだろう。

――女性の人生を応援します。

美佐はウェブサイトの一文に一縷《いちる》の望みを託したのだろうか。胡散臭いから削除した方がいいと進言したのだが、静子は頑として譲らなかった。

「それで、パートナーの男性はどう言ってるんですか？」と、私は尋ねた。

「パートナー？　そんな人いませんけど」

「いない？」と、静子は首を傾げた。

「だって先生、男なんか邪魔になるだけじゃないですか。私はこの先も結婚するつもりはありません。結婚制度なんて、国が庶民を統治しやすくする目的で作られた契約に過ぎません。夫は要らないけど子供だけ欲しいんです。精子バンクを利用したいんですが、可能ですか？」

「えっ？　それは……」

予想もしないことだったので、それ以上言葉が続かなかった。

そういえば、いつだったかネットニュースで見たことがある。最近になって、独身のまま子供を産む女たちが急増していると。

「先生、そんなに驚くことでしょうか」

ポカンとした静子を見て、美佐はこのままでは断わられてしまう、とでも思ったのか、いきなり早口になった。

「あのね先生ご存じだと思いますけどね、アメリカではそういうのを認める州がいくつもあるんですよ。経済基盤が安定している女性に対してだけですけどね。人生のパートナーが見つかるまで待っていたら年を取ってしまいますでしょ。産んで育てながら、そのうちいいご縁があれば結婚すればいい。もちろんしないのもいい」

そこでやっと美佐は息をついた。「つまり、そういう考え方も増えてるんです」

嵯峨院長が聞いたら驚くだけでなく、きっと軽蔑《けいべつ》を露《あら》わにするだろう。院長の世代の人々のほとんどが、女というものは二十代で結婚して、数年おきに第一子、第二子を産むべきであって、そのレールから外れると可哀想な女だとかマトモではないと烙《らく》印《いん》を押したがる。

何歳で何をしなければならないなどと法律で決められているわけでもないのに、世間の目や平均値なるものを意識して、みんな窮屈な人生を送ってきた。

生涯未婚率が高いのを危機的状況と報じているが、大きなお世話だ。一人の方が楽だし幸せで有意義な人生が送れるという考え方もある。一回きりの人生なのだから、もっと自由に思った通りに生きればいいのに、いったい日本人の頭の中はどうなってるんだか。だけど戦後ずっと、日本は常にアメリカを追いかけてきたことを思えば、いつかは日本もアメリカのように独身でも生殖医療が許可される日が来る可能性は高い。

あれは何年前だったか、アイドルの桃《もも》葉《は》が精子バンクを利用して子供を産んだことが衝撃ニュースとして全国を駆け巡ったことがあった。嵯峨院長は古き良き家族の形がどんどん失われて無秩序な世の中になると嘆き、桃葉のことなどよく知りもしないくせに、ロクでもない女に違いないと、顔を紅潮させながら批判した。

いい年をした評論家の男どもが、桃葉に裏切られたと悔しがっている姿は気味が悪かった。マスコミが扇動するしつこいバッシングのせいで、桃葉のアイドル生命もこれまでかと思われたが、桃葉の生き方は、世の女たちの絶大なる共感を呼び、今は女優に転身して引っ張りだこだ。そして、それまで世間から見下されることが多かった未婚の母たちは、桃葉主義者などと言われて市民権を得つつある。

その後、桃葉主義を目指す女たちは、学生時代の男友だちなどから精子を調達し、アマゾンで千五百円で購入した注入器を使って、自分で子宮腔に入れて妊娠を試みるようになった。その方法が最も安上がりで簡単だからだ。しかし、産んでから生活が行き詰まることも少なくなかった。産休明けに子供の預け先が見つからなかったり、運よく保育園に入れたとしても、子供の病気で会社を休みがちになって馘《くび》になる事例が後を絶たない。そこへいくと、同じ方法で出産しても、レズビアンのカップルは生活が安定していると聞いた。どちらかが仕事をセーブし、互いに協力しあっているらしく、そこには理想的なパートナーの姿があるという。

「ところで、あなたはどういう経緯で自分が不妊症だとわかったの？」と、静子が尋ねた。

「不妊症？　私が、ですか？　どうして私が不妊症なんです？」

美佐はきょとんとした顔で静子を見た。どうやら不妊症ですらないらしい。病院で調べてもらったことさえないようだ。

静子が私の方に顔を向けて首を傾げたので、私は思わず首を横に振った。

——私だって、わけがわかりません。

そんな二人の様子を見て、美佐はこの医院でも断わられると思ったのか、更に早口でまくし立てた。

「先生、お願いです。法律違反だということはわかっています。生殖医療は夫婦間でしか認められていないですよね。ですが、そこをなんとかお願いできませんでしょうか。ここがダメならアメリカまで行かなきゃならないんです」

静子が断われれば、美佐は海外のコーディネーターに依頼するという。国内でもできることを、どうしてわざわざ慣れない外国でやらなければならないのか。大金も要るし、心細いことは想像に難《かた》くない。そのことは私としても納得がいかなかった。だが、嵯峨院長なら速攻で断わるだろう。既婚か未婚かという紙切れ一枚の違いで背を向けるのだ。

「妊娠出産を自分でやるとなると、会社に勤め続けるのが難しくなるんです」

「あら、どうして？　産休があるでしょう？」と静子が問う。

「もちろんありますけど、産前は出産予定日の六週間前からです。それまでは大きなお腹で通勤しなくてはならなくて大変だし、だいいち危険です」

法律で育児休暇が手厚くなったとはいうものの、なぜか産前休暇は短い。悪阻で苦しみ、妊娠中に退職してしまう女は後を絶たなかった。こういうところにも、国会議員に女が少なすぎる弊害が出ている。

「それに今まで散々見てきたんです。お腹が大きくなった女性社員を見て、手の平を返したように見下す態度を取る上司や部下の男たちを」

「この国はちっとも進歩しないわね」と静子が溜め息まじりに言った。

美佐はいきなり立ち上がり、「なんとかお願いいたします」と言いながら深く頭を下げた。

「うーん、そう言われてもねえ」

静子は腕組みをして、自分の膝のあたりに目を落とした。事実婚でもないまったくの独身女性が代理出産の依頼をするとは長い医師人生といえども初めてで、夢にも思わず戸惑っているのだろう。だが世間を見渡せば、未婚の母はざらにいる。妊娠がわかった途端に逃げ出す男は昔から少なくない。

美佐は部長職に就いている。ということは、何人もの部下を抱えていて、残業も多いだろう。子供が熱を出したなどという理由で会社をちょくちょく休むわけにはいかないのではないか。子持ち女は役立たずなどと陰で非難され、馘にはならないまでも居づらくなる可能性は大きい。だからといって会社を辞めて時間調整のできるパート仕事に就けば経済的に苦しくなる。どっちに転んでも八方塞《ふさ》がりだ。美佐はどうやって子供を育てていくつもりなのか。綿密な計画と覚悟があるのだろうか。会社を辞めて精神的にも行き詰まり、子育てを放棄するといった悲惨なことになりはしないだろうか。

今までの患者は既婚者ばかりだった。早く孫の顔を見たいと舅《しゅうと》や姑《しゅうとめ》からせっつかれるのがプレッシャーだと話した女たちは、考えようによっては却《かえ》って安心かもしれない。万が一、女が子育てを放棄しても、子供を待ち望んだ親族が救ってくれる確率は高い。

　人の生き方や倫理観を判断する資格は医師にはない。だが、そうはいうものの、やはり無謀なことは引き止めないではいられない。

「芽衣子先生はどう思う？　何か質問があればどうぞ」と静子が私の方を見た。

「はい。一つ気になることがありまして」と、私は切り出した。

「なんでしょうか」と、美佐は真正面から私を見つめた。何を言われても説得して見せるといったような気迫が見えた気がした。

「申込書によると、ＩＴ企業の部長をしておられるとか」

「ええ、そうです。ですから経済的なことは心配ないんです。我が社の売り上げも順調に伸びておりますし、今後も需要が拡大していくと見ています」

　さっきまでの若い女といった雰囲気が消え、エリート社員の顔を覗かせた。

「すごく忙しいんじゃありませんか？」

「おっしゃる通りです。残業も多くて、たまに休日出勤や徹夜もあります」

「そんな状況で、どうやって子供を育てていかれるおつもりですか？」

　昼間は保育園、そのあと美佐が帰宅するまで夜間保育かベビーシッターか。夜遅く自宅に連れ帰り、疲れきった身体で育児と家事はきつい。やっとベッドに入れても、赤ん坊に夜泣きはつきものだ。遅かれ早かれ心身ともに行き詰まるのが目に見えている。

「そのことでしたら大丈夫です」と答える美佐の表情に明るさが戻った。

「母と姉が面倒を見てくれます。年の離れた姉が離婚して実家に戻っておりまして、父が数年前に亡くなって以来、女三人暮らしです。姉も子供好きなんですが子宝には恵まれませんでした。母は孫を抱っこするのを今からとても楽しみにしてます」

聞けば、母親は公立保育園の園長を定年退職したばかりで、姉は家でピアノを教えているという。つまり、二人とも家にいて万全な態勢らしい。

「母は六十五歳ですが、年の割には体力がある方だと思います。母も姉も赤ちゃんが来るのを心待ちにしているんです」

反対する理由がなくなった。だけど……。

違和感があった。何かが間違っている気がする。私が黙ってしまったからか、美佐は「それでもやっぱりダメなんでしょうか」と畳《たた》みかけてくる。そして寂しげに微笑んだ。「やっぱり日本で依頼するのは夢のまた夢だったのかな」

あ、わかった。違和感の原因が。

「厳しいことを尋ねるようですが、生まれてくるのは自分の子供なのに、子育てを母親と姉に任せるということですよね？」

そう尋ねると、美佐は一瞬にして硬い表情になり、再び真正面から私を見据えて口を開いた。「それのどこがいけないんですか？」

挑戦的な目つきのまま美佐は続けた。「世間の既婚男性はみんなそうではないですか？　子育てを妻に任せきりにしてキャリアを中断することなく働き続けていますよね。違いますか？　それに、母や姉に手伝ってもらうとはいっても、子育てに責任を持つのは私だと覚悟していますし、そのことは母にも釘を刺されています」

美佐の真剣な怒りに触れた気がして、私は何も言い返せなかった。

「だったらさ、子供なんか持たずに仕事に邁進《まいしん》すればいいんじゃないの？」

静子が妙にのんびりした声を出した。心にもないことを言って美佐の出方を試しているのが、その横顔から見て取れた。

「先生は既婚男性にもそうおっしゃいますか？　男性は家庭も子供も仕事も持っています。姉は妊活のために仕事を辞めたんです。離婚後も姉の元夫は相変わらず安定した暮らしを送っていて、若い女性と再婚しました。でも姉はパートだけでは家賃が払えず実家に戻ってきたんです」

「なるほどね」と、静子は言い、腕組みをして正面の壁を見つめた。

つい先日、「子供は要らない」と題したブログをネットで読んだばかりだった。

――男性に負けず劣らず残業して、週に何回かは仕事帰りに仲間と居酒屋に行って情報交換する。そんな滅私奉公的会社員生活を送るためには、子供なんか産んで育てている場合じゃない。自己実現とか社会参加とかいうカッコいい話じゃなくて、マジで食べていけなくなる。

最近は、地震や火山噴火に巻き込まれて夫が亡くなった家庭も多く、生活が危うくなっていることが連日報道されているが、政府の援助くらいでは焼け石に水だ。

地震や噴火だけでなく異常気象による洪水や大型台風や竜巻、そして原発の放射性物質による汚染、そのうえ様々な新型ウイルスの相次ぐ流行で、ホワイトカラーの一部に在宅ワークが浸透したように見えた時期もあった。だが、ワクチンが安定して供給されるようになり、災害復興が進むと、また元の木阿弥の残業地獄に戻ってしまう。

単純作業はＡＩに取って代わられたとはいうものの、職種によっては通常業務にＡＩを管理する仕事が加わり、新しい知識も必要となり、さらに多忙になった。

戦後から今日まで、相変わらず男は会社に縛られている。それどころか少子化のため人手不足になり、ますますサービス残業が多くなったと聞いている。

その一方で、明治時代から続いてきた夫婦の分業形態は完全に崩れていた。今や共働き家庭が圧倒的多数となったのに、相変わらず家事や育児の負担は女にのしかかっている。しかも夫婦別会計が浸透し、妻は子供の教育費や住宅取得のために節約して貯金に励むが、男は自分の収入を飲食代や趣味のために使いきる場合が多い。そうなると、男などいない方が楽だと女が考えるようになるのも当然の成り行きかもしれなかった。

「さっきアメリカの例を出したでしょう？」と静子が続けた。「人生のパートナーが見つかるまで待っていたら年を取ってしまうから、若いうちに産んで育てながら、いつかいいご縁があれば結婚すればいいんだって。それはつまり、いつか結婚したい相手が現れたら子連れで結婚するということなの？」

なんだ、そんなことか、とでも言いたげに、美佐は力が入っていた肩をストンと落とした。

「私は結婚するつもりはないんです」と、美佐はあっさり答えた。

「理由を伺ってもいいかしら」と、静子が尋ねる。

「女性の先輩たちを見ていて絶望したんです。育休明けで職場復帰してきたばかりのときは張りきっているけど、半年もしないうちに疲れ果てて、結局はキャリアを捨てて家庭に入るんです。一人や二人じゃないですよ。半数の女性がそうなんです。ああいうのを見ていると、日本の社会構造だけでなく、ダンナさんにも絶望します。先輩方にたまに会ってお茶するんですが、ダンナさん一人の給料じゃ生活が厳しいらしくて、ぎりぎりまで節約して暮らしているんです。あんなに華やかで生き生きしていた先輩がと思うと……」と、美佐は言葉を区切った。「こんな言い方、すごく失礼だけど、こっちまで惨めな気持ちになります。先輩の中には、ダンナさんのことを子供がもう一人いるようなものよって冗談めかして苦笑いする人もいますけど。世間ではそういうのをデキた女っていうんですか？　だったら私、デキた女になんかなりたくないです」

「うん……わかる」と静子がつぶやいた。

「つまり」と、美佐は背筋を伸ばした。「毎晩考え抜いた結果わかったことは、結婚せずに子供を持つのが最も素晴らしい人生になるってことなんです」

「あら、そうなの。でもそうすると、父親のいない子になるわよね？」と、静子がとぼけた顔で尋ねる。

「両親が揃っていないと健全な子供が育たないなんて、いったい誰が決めたんでしょう。その考えは間違っていると思います」

「それは一理あるわね。だったらこうしましょう。私たちも考えてみるわ。それで後日連絡します」と、静子は落ち着いた声で言った。

遠回しの断わりの返事と受け取ったのか、美佐は沈んだ表情で「そうですか。わかりました」と力なく言い、のろのろと立ち上がって帰り支度を始めた。

ドアを出て行くときに、美佐は鋭く振り返って言った。

「つまりダメってことなんですよね？　だって法律違反ですもんね」

「それはそうなんだけどね、とはいえ、違反しても罰則はないからね。それに、バレない方法もなくはないしね」

静子の言葉に、美佐の諦めの表情が一瞬にして懇願するような切ない目つきに変わった。罰則がないことは調査済みだろうが、まさか法律に違反してまで代理出産を請け負ってくれる医師がいるとは考えていなかったということか。だから、申込書に詳しいことを書かないままダメ元でここを訪れたのだろう。門前払いを避けるために。

今日の診察が全て終わり、窓の外を見ると、すっかり日が暮れていた。

「芽衣子先生、今日はうちで夕飯を食べていきなさいよ」

診療所と渡り廊下で繋がった自宅のダイニングに行くと、静子は馴染みの店から天ぷら蕎麦《そば》の出前を取ってくれた。白衣を脱いでエプロン姿になった静子は、ベビーリーフとトマトのサラダを手早く作ってテーブルについた。

「それにしても」と静子は言葉を区切り、ビールをごくりと飲んだ。「独身の女性が来るなんて想定していなかった。七十超えても驚きがあるなんて、これだから長生きするのは面白いわ」

「私も驚きました。入籍していないだけかと思ったら違いましたね」

「患者の前でも言った通り、法律は関係ないわよ」

静子ははっきりそう言うと、私を真正面から見た。

「だってそうでしょ。未婚の母がザラにいることを考えたら、矛盾するじゃない？」

「ええ、本当に」

「母親とお姉さんと同居しているから子育ての手は十分足りるし、経済的にも安定してる。生まれてくる子は、きっと可愛がられて育つわ」

そう言うと、静子は天ぷら蕎麦に向き直り、エビの天ぷらにかぶりついた。

「ということは、静子先生は引き受けるおつもりなんですか？」

「今の時点では何とも言えないわね。とにかく母親とお姉さんを一度ここに連れてきてもらいましょう。話はそれからよ」

「えっ？　医者が普通そこまでしますか？」と、思わず正直に問うていた。

「だって私、安心したいんだもん。心おきなく仕事するために」

「それはつまり、母親と姉と面談して問題がなければ、引き受けるってことですか？」

「うん。私はそれでいいと思う。芽衣子先生はどう思う？」

「実は……私も賛成です」

「なんだ、早く言ってよ。そもそも未婚の女が中絶したり出産したりは、うちのクリニックでもしょっちゅうだもの。何の問題もないわ」

その翌週、美佐が母と姉を連れて来院した。母と姉どちらも朗らかによく笑う人で、明るい色の洋服が似合っていた。

静子は次々に不躾《ぶしつけ》な質問を連発した。美佐の年収だけでなく、一家の預金額や、家の間取り、母や姉の健康状態まで、こと細かに尋ねたのだった。それでも一家三人は驚く様子もなく、真摯《しんし》な態度で答えてくれた。

「わかりました。問題ないと思います。うちでお引き受けいたします」

静子がそう言うと、「嬉しいっ」と美佐が叫ぶように言った。

飛び上がらんばかりの歓喜の表情を見て、私は大きな責任を背負ってしまったことに、身が引き締まる思いがした。静子もそう思ったのか、笑顔を見せなかった。世間のバッシングと闘う日が来ることを予想したのかもしれない。

9　ユキ

アイツの目を盗んで、毎日少しずつ身の回りの物をリュックに詰めた。

もともと洋服も下着も少ししか持っていないから簡単だった。枕元に置いている写真立ても入れたかったが、ママの写真が突然消えたら、茉莉花か龍昇が気づくかもしれない。だからそのままにしておいて、家を出る直前に入れようと決めた。

約束の日、ミチオが指定した待ち合わせ場所へバイクで向かうつもりだった。

アイツは毎晩散歩に出るので、その隙《すき》を狙って家を出ようと計画していた。だがその日に限って、いつもより早い時間帯にノブさんから電話がかかってきて、またしても長電話を始めてしまったのだった。

じりじりとした気持ちで電話が終わるのを待った。

――夜の九時までは待ってる。それを過ぎたら俺は一人で行く。

ミチオの声が頭の中で木霊《こだま》する。このままだと約束の時間を過ぎてしまう。

どうしよう。

そのときだった。

「お父さん、僕、ジュース飲みたい」と、龍昇が甘えた声を出した。小学校高学年になっても、ゴネればどんな我儘《わがまま》も通ると思っている。

「もしもし、ノブ、ちょっと待ってて」

アイツは電話口に向かってそう言うと、振り返ってこっちを見た。

「ユキ、悪いけどバイクでひとっ走りして、ジュースを買ってきてやってくれないか」

「えっ、私が？　もう外は真っ暗だよ。それに女の子が一人で出歩くのは……」

「ユキはもう女の子じゃないだろ。なんといっても経産婦なんだからさ」

そう言うと、アイツはいきなり噴き出した。そのとき、私の心の奥底に最後までしつこく残っていた糸がプチンと切れた。家族を捨てる罪悪感と私とを繋ぐ細い糸だ。

「わかったよ。ジュース、買ってくりゃいいんでしょ」

わざと怒ったような声を出した。そうしないと、緊張を悟《さと》られる気がした。

「もしもし、ノブ、待たせてすまん」

アイツは、早速電話に向き直った。

急ごう。でも、落ち着いて。

こういうときこそ集中して頭を働かせないと。

そっと深呼吸をした。

ドキドキしながら、それでも素早く古着屋で買ったサファリジャケットを羽織った。ポケットがたくさんある優れ物だ。ファスナー付きの胸ポケットに財布を入れた。その財布にはミチオからもらった二万円や、アイツからもらった少ない小遣いも一円残らず入れてある。リュックには、着替えと預金通帳とキャッシュカードが入っている。カーゴパンツのポケットの上からスマートフォンの硬い感触も確かめた。充電器はリュックの中で、手にはバイクのキー。

よし、完璧だ。

「じゃあちょっと行ってくるね」と、私は言った。

龍昇はちらりと私に目を向けると、「じゃあ頼んだぞ」とでも言うように偉そうに片手を上げた。茉莉花はと見ると、漫画に夢中でタブレットから目を上げようともしない。車両の一番奥にいるアイツは一瞥《いちべつ》をくれただけで、こちらに背中を向けた。

「もしもし、ノブ、残金が入金されたら一杯おごるよ。豪勢な店に行こうぜ」

「残金……」と、私は知らない間に声に出していた。

そのとき、アイツが振り返って目が合った。

「おい、ユキ、ちょっと待て。そのパンパンに膨らんだリュックは何だ？」と、鋭い声が飛んできた。

「これは……えっと、別に……」

心臓の鼓動が激しくなる。

「ちょっと見せてみろ」

「えっ、でも……」

そう言う間にも、アイツは私を睨んだまま立ち上がり、こちらに向かって歩いてくる。リュックの中を見られたらおしまいだ。

私は開けっ放しのドアから外へ飛び出し、全速力で駆けだした。

「おい、待てっ。ふざけんなっ」

背後でアイツの大声が聞こえたが、声がくぐもっているところからして、まだ車両の外へは出ていないようだ。床にたくさんの物が置かれているから、そう簡単には出口に辿《たど》り着けない。龍昇も茉莉花もベッドに寝転んでいて、投げ出した足が通路を塞《ふさ》いでいたはずだ。

「おい、こらっ」と、大声が聞こえてきたが、まだくぐもっている。

恐ろしくて心臓が破裂しそうだった。振り返らず、ぬかるんだ坂道を転げ落ちるように走った。

あっ。

　ぬかるみに足を取られて転んでしまった。急いで立ち上がりながら後ろを見ると、アイツが車両から出てくるところだった。幸か不幸か今夜は月明りがなく、竹林に入ると真っ暗だった。手探りで前へ進むが、笹の葉が顔に当たって傷だらけになるのがわかった。長い間の入院で筋力が衰えていて、足がもつれそうになったが、根性を出して力いっぱい走り抜け、バイクが停めてある所に出た。

「おい、待て」

　すぐ後ろでアイツの声が聞こえ、口から心臓が飛び出しそうなほど驚いた。だらだらと日々を送っているアイツが、それほど早く追いつくとは思いもしなかった。

　バイクに飛び乗り、すぐさまエンジンをかけると、勢いよく前へ飛び出した。アイツの手がバイクの後方に触れる寸前だった。

　それでもまだアイツは走って追いかけてくる。

「もしもし、東都タクシー？　今すぐ自動運転のドローンを寄こしてくれ。いや待てよ。上空からだと街路樹が邪魔して見失うかもしれないな。やっぱり無人タクシーにしてくれ」と、背後からアイツの声が聞こえてきた。

「タクシー、近くにいるの？　そしたら大通りに出た所で待っててくれ」

恐ろしくて足が震えてきたが、ここで捕まったら何をされるかわからない。下り坂だったが、かまわず私は速度を上げた。

バイクを走らせながら、アニメに出てくる魔物を思い出していた。その魔物は、何十メートルも腕を伸ばせるのだった。そのうちアイツの手が伸びてきて、バイクの荷台をひょいとつかまれそうな気がして、更にスピードを上げた。

幹線道路に出ると、早くも無人タクシーが「迎車」の表示を出して停まっていた。

ミチオはとっくに行ってしまったに違いない。

でも、もう家にはいられない。これからどうすればいいのか。

心細い思いでバイクを走らせた。せめて東西南北どちらの方角へ行くのかくらい、ミチオに聞いておけばよかった。

タクシーをまくために、裏道に入った。

メールしてみようか。それとも電話をかけてみようか。だけど今頃ミチオはバイクで走っているだろうから、メールや電話には気づかないだろう。気づくとしたら休憩したときだ。ミチオは体力があるから、休憩するのは何時間も先になる。

夜に女一人で街中をバイクでウロウロするのは危険だった。バスの中で見た屈強そうなアラブ系の男たちを思い出すと恐ろしくてたまらなくなる。だったらいっそのこと、どこかで龍昇のためにジュースを買って、素知らぬ顔で「ゆうなぎ」に戻ったらどうだろう。そしてじっくり計画を練り直す。でもリュックの中をアイツが点検したらどうなる？　疑われて監禁されるかもしれない。

裏道から再び幹線道路に出ると、前方に約束の時計台が見えてきた。水銀灯が照らし出す文字盤を見ると、九時を三十分も過ぎている。シンと静まり返っていて不気味だった。時計台の下には猫一匹歩いていない。暴漢に襲われないためにはスピードを落とさず突っきろう。そして次の角でUターンして……そうだ、祥子の図書館へ行くのはどうだ。そうだ、そうしよう。それしかない。

時計台の横を通り過ぎようとしたとき、男がぽつんと一人いるのが見えた。停めたバイクの横でストレッチをしている。私は慌てて急ブレーキをかけてから、振り返った。

「ミチオ？」

「おうユキ、やっと来たか」

ミチオは天に向かって伸ばしていた手を下ろし、安心したような笑みを浮かべた。

そのとき、後ろから猛スピードでタクシーが近づいてきた。

アイツだった。

「ミチオ、お義父さんが追いかけてくる。どうしよう」

「ユキ、どうしたんだ？」

ミチオは、切羽詰まった私の様子に驚いている。

タクシーが急ブレーキをかけて、すぐ後ろに停まった。すごい形相のアイツが車から降りようとしている。

「ユキ、とにかく俺の後ろに乗れっ、早く。お前のバイクじゃ追いつかれる」

私は自分のバイクを放り出し、ミチオの大型バイクの後部座席に飛び乗った。

「しっかりつかまってろよ」

ミチオの腰に両手で抱きつくと、ミチオは猛スピードを出して直線道路をまっしぐらに走った。映画で見たカーチェイスが始まるのかと思っていたが、一旦タクシーから降りてしまったアイツはもたもたしたらしく、振り返ってみると、まだ時計台の前に突っ立っていた。アイツは私の交友関係など興味もないから、まさか男と待ち合わせしているとは夢にも思わなかったのだろう。

三十分ほど走ったところで、小さな公園が見えたので休憩することにした。

「ミチオがいてくれて助かったよ。とっくに出発しちゃったと思ってた」

「何度かユキにメールしたんだ。返事が返ってこないから、今頃バイクでこっちへ向かってるんだろうと思って待つことにした」

「ありがとう。もしかして九時半までは待ってみようと思ってた？　だとしたらギリギリセーフだったね」

「九時半？　いや……そんなこともないけどね」

「そうなの？　何時まで待ってくれるつもりだったの？」

「うーん、朝まで、とか？」

そう言って、ミチオはフフッと笑った。

「えっ、朝まで？　どうして？」

意外にも、ミチオも一人では不安だったのだろうか。

「ユキ、おしゃべりはこのくらいにして、そろそろ行こう」

ミチオはバイクにまたがり、エンジンをかけた。

「行くって、どこへ？」

「俺もわかんねえよ」

行き先が決まっていなくても、ここを離れて遠くへ行くしかない。今頃アイツは家に帰って、私の寝床や棚をひっくり返し、預金通帳やキャッシュカードがないことに気づくだろう。

「高速に乗ろう」とミチオは言った。

首都高は貸し切り道路のように空いていた。火山灰が消えていたのは意外だった。昼間はそれなりに交通量があるのだろうか。

三十分ほど走っただろうか。いつの間にか高級ブランドの看板が立ち並ぶ広い道路に出ていた。ミチオがビルを見上げながら速度を落とし、道の脇にバイクを停めた。

「ミチオ、ここ、もしかして銀座っていう場所じゃない？」

「そうみたいだな。俺、初めて来たよ」

「私も」

生まれたときから都内に住んでいるが、こういった高級な街には縁がなかった。親が金持ちなら、こんな華やかな街で買い物三昧の楽しい日々が送れたのだろうか。

どんな家に生まれたかによって、子供の人生は大きく左右される。その容赦ない現実が、深い悲しみとして胸の奥に蓄積《ちくせき》されていくのを感じていた。金持ちにとっては世の中の格差は当たり前のことで、疑問にも思わないだろう。小学校時代の担任も、貧乏なのは怠け者だからだ、創意工夫ができないからだ、そして頭が悪いからだと決めつけた。政府の姿勢も似たようなもので、要は人生まるごと自業自得ということだ。災害に遭ったヤツが悪い、騙された方が悪い、襲われた方が悪い、盗まれた方が悪い。

「ユキ、疲れたか？」

「まだ大丈夫」

「だったら、あと少しだけ行ってみよう。ねぐらを探さないと」

少し走ると、高層ビル街へ出た。東京湾の沿岸地域だろう。この辺りは、もともと埋め立て地だから、地震による液状化がひどいと聞いていた。それがわかっているのに、わざわざミチオがここを選んだのは、廃墟になったという噂が広まっていて、誰も探しに来ないと見越してのことに違いない。

スピードを落としてバイクを走らせていると、タワーマンションの谷間に埋もれるようにして、こぢんまりとした瓦屋根の鮨《すし》屋があった。店全体が灰色に薄汚れていて、壁に大きくヒビが入っている。

「ユキ、今夜はここに泊まろうぜ」

ミチオはそう言ってバイクを降りると、店の鍵を壊してガラス入りの格子戸《こうしど》を一枚外《はず》した。そしてバイクを押して中に入り、戸を元通りに嵌《は》めると、外から開けられないよう暖簾《のれん》の棒をつっかい棒にした。

富士山の噴火で店を閉めたのだろう。開店してから日が浅い店のようだった。白木のカウンターが新しい。

「畳があるぞ」

奥へ進んだミチオは畳の海にダイブした。

「この匂い、懐かしいなあ」

ミチオは二つ折りにした座布団を枕の代わりにして、仰向けに寝転んで天井を見上げた。

「畳の匂いって、どんなのだっけ」

そう言いながら、私もミチオの隣に寝転んだ。この匂いは、ずっと昔に嗅《か》いだ覚えがある。畳の部屋があったのは、まだ茉莉花や龍昇が生まれる以前にママと二人で暮らしていた狭いアパートかもしれない。

あ、写真立て。

何ということだろう。ママの写真をベッド脇に置いたまま出てきてしまった。祥子にギフテッドと言われたのに、こんな肝心なことを忘れてしまうなんて。

「どうかした？」

ミチオが仰向けに寝転んだまま、顔を私の方に向けた。

「えっ、別に？　どうしてそんなこと聞くの？」

「今、ユキが息を呑んだ気配がしたから」

「そう？　そんなことないよ」

小さな子供じゃあるまいし、わざわざ話すことではない。ミチオの気持ちまで暗くさせてしまう。ミチオは平気な顔を装ってはいるが、見えない明日に不安を抱いていないわけがない。二人とも何の力も持たない、吹けば飛ぶような存在なのだ。不安でなかなか眠れそうにないと思っていたのに、そのあと二言三言、言葉を交わしただけで、それまでの緊張と疲れからか、すぐに眠りに落ちた。

雨戸の隙間から、眩《まぶ》しい光が差し込んできたことで朝だと気づいた。近所に無人のコンビニを見つけて、牛乳とバナナで朝食を済ませたあと、付近の探検に出かけた。

　生暖かい風に吹かれて気持ちがいい。どこからかホーホーホッホーとキジバトの鳴き声が聞こえてきた。目を閉じると、山に囲まれた田んぼの中にぽつんと立っているような気になってくる。だが、それが錯覚であることは潮の香りが鼻を掠《かす》めたことでわかった。林立するビルやタワーマンションが立ちはだかって海は見えないが、東京湾のすぐそばにいるらしい。

　空を見上げると、高いビルの隙間から四角くて小さい青空が見えた。液状化や地震で傾いた建物がたくさんある中、無傷のように見える建物を見つけて見上げていると、首が痛くなってきた。

「三十階くらいはありそうだな」とミチオが言う。「ともかく中に入ってみようぜ」

「ミチオ、こんな高級そうなマンションに勝手に入って大丈夫？」

今いちばん欲しいのは安全な棲み家には違いないが、不法侵入で見つかったらと思うと不安でたまらなかった。

エントランスへ通じる自動ドアは開けっ放しになっていた。

「電気が来てないみたいだな」と言いながら、ミチオは奥へ進んでいく。突き当たりにエレベーターを見つけ、ボタンを押してみたが反応しなかった。

「君たち、何をしてるんだ」

男の鋭い声に驚いて振り返ると、中年の男が仁王立《におうだ》ちになっていた。

「ねぐらを探しているのか」

「まあ、そんなところです」と、ミチオは悪びれもせず答えた。

「僕はマンションの管理人でね。エレベーターが使えないから下層階が人気で、一階から十二階までは全室が塞がってる。といっても、まともに生活できるのは六階までがせいぜいだ。七階以上となると、上りがきつい。だから、みんな籠もりっきりで滅多に下に降りてこない」

管理人というのは本当だろうか。この辺りの住人のほとんどがいなくなり、死んだような街になっているのではないか。そう思った私の表情を敏感に読み取ったのか、男は私の不審に答えるように言った。

「僕は一階の角部屋に住んでる。富士山の噴火のあとは、住人のほとんどが内陸部に引っ越していったよ。でも僕は事業に失敗して金欠でね、ここに留まるしかなかった、妻も仲間もみんな離れてしまったよ」

初対面なのに、込み入った事情まで早口で話すのはなぜなのか。昨今は長い間誰とも話すことなく暮らしている人が増え、そういう人々はたまに話す機会があると、しゃべりまくる傾向があると何かで読んだ。

「即金で買った僕はマシな方さ。巨額な住宅ローンを抱える世帯のほとんどが行方をくらましたよ」

新規分譲時は、最も安い部屋で一億円もしたという。それが今ではどんなに値を下げても買い手がつかないらしい。その一方で、銀行は経営が悪化しているからローンの返済を猶予《ゆうよ》してくれない。となれば逃げるしかなく、連絡の取れない所有者が半分近くいるという。

「あなたは管理組合の理事長か何かですか？」とミチオが尋ねた。

「組合なんてもう機能してないよ。僕が勝手に管理人だと名乗ってるだけさ。不法侵入者だらけで、もとの住人は僕を含めて十世帯くらいしかいない。地震で外壁が剝《は》がれたけど、修繕《しゅうぜん》なんて夢のまた夢さ。奇跡的に液状化から免《まぬか》れて建物が傾いていないだけでもありがたいと思わなきゃね」

修繕には目を剝《む》くような高額な費用が必要だという。超高層マンションは足場を組めないのでゴンドラ作業となり、百メートルを超える高さでは強風が吹くから、作業時間がほとんど確保できないためらしい。

「こんなに立派なマンションなら、自家発電機があるんじゃないですか？」と、ミチオが尋ねた。

「そりゃあるよ。でもそんなの使わなくても……」

言いかけて男は周りを見渡し、声を落とした。「ここだけの話だけどね、実は停電していないんだ。共益費を払うヤツがほとんどいないから、僕の独断でエレベーターを止めたんだよ」

「この近所で下層階が空いているマンションをご存じないですか？」

「みんなそれを聞くんだけどね、そんなマンションがあると思うかい？　あるとしたら液状化して傾いた建物だけだよ」

「そうですか。どうもお邪魔しました。ユキ、もう行こう」

ミチオと二人で踵《きびす》を返そうとすると、男は慌てて呼び止めた。

「ここの十三階より上なら全部空いてるぞ。何部屋使ってもいい。上層階は眺めがいいぞ」

なぜ引き留めるのだろう。それも必死の形相《ぎょうそう》に見える。

「何部屋使ってもいいなんて、そんなことを言う権限がどうしてあなたにあるんですか？」と私は尋ねてみた。

「権限なんてないさ。でも、誰も使わないと老朽化が早まるだろ。それなら不法侵入でもいいから使ってくれた方がいいと僕は思ってる」

住宅ローンを焦《こ》げつかせた住人はもちろんのこと、内陸部に移住した金持ちたちも、二度と戻ってこないだろうと彼は言う。

「君たちのようなまともな若者が住んでくれると心強いしね」

「俺たちがまとも？　それはどういう意味で？」

「目が死んでいない若者を久しぶりに見たよ。クスリもやってないようだし、敬語も使える。きちんとしていて、愛情深く育てられたのが一目見てわかる」

思わずミチオと目を見合わせていた。とんでもない誤解だ。ミチオは義父に奴隷《どれい》のように働かされたうえに殴られ続け、私はアイツに代理出産で稼がされたのだ。だけど、思い当たる節がないこともなかった。病院で過ごした三ヶ月間は、素性がバレないよう立ち居振る舞いに気をつけたし、祥子に憧れていたことも影響しているかもしれない。

だけど、ミチオはどうして？

悲惨な育ちなのに、穏やかで優しげな雰囲気を保っている。ミチオのママが優しい人だったことを思うと、生まれつきの気質というものだろうか。

「お言葉は嬉しいですが、生活を考えると十三階に住むのはきついです」とミチオは言った。

「おいおい、その若さで階段がきついなんて情けないこと言うなよ。いい運動になってジムに行くより安上がりだ。三十階ならわかるけど、たかが十三階じゃないか」

「下層階は老人が多いんでしょうね。年寄りに階段はきついから」

ミチオがそう言うと、男はいきなり相好《そうごう》を崩した。「やっぱり君たちはいい子だね。昔は弱者に譲るという考え方があった。それが今じゃあ殺伐として……実はね、腕力の強い若者が三階以下を占めてるんだ。僕もいつか力ずくで追い出されるんじゃないかと思うと……」

そこまで言うと、男はハッとして口を噤《つぐ》み、周りを素早く見回した。

「こんな所で立ち話もなんだから、ちょっとうちに寄っていかないか」

小声でそう言うと、一〇二号室のドアを指さした。

――どうする？　このおじさんの部屋に行っても大丈夫かな。

ミチオの目を見つめて、心の中で問いかけていた。ミチオは幼い頃から苦労した分、自分よりずっと人を見る目がある気がしていた。

「それならお言葉に甘えて」とミチオはあっさりと言った。

男の部屋に入ると、広々としたリビングがあり、物の少ないすっきりした暮らしをしているようだった。

「僕の名前は沼田《ぬまた》次郎《じろう》。今は一人暮らしだ。お茶でも淹れるよ。適当に座ってて」

「きれいなお部屋ですね」と、私は言った。

「リビングだけはね。あとの二部屋は物が溢《あふ》れてる。先行き不安で不要な物も捨てられなくなった」と、沼田は苦笑した。

「これ、もしかして沼田さんじゃないですか？」

ミチオは、壁に貼ってある映画のポスターを指さした。

「よく僕だってわかったね。嬉しいなあ。今は年を取って見る影もないって、口の悪い友人たちが遠慮なく言うんだよ」

若い頃は、脇役として活躍した俳優だったらしい。

「新築分譲のときは最上階が最も高くて三億円以上もしたよ。最上階にＩＴ企業の社長が住んでいてね、花火大会のときに呼んでくれたことがあった。内装も豪華で宮殿みたいだったよ」

沼田が淹れてくれた紅茶を飲みながら、近隣の様子なども尋ねたが、さっきからなぜかミチオは黙ったままで、腕を組んで宙を睨んでいる。

「沼田さん、最上階を全部屋貸してもらえませんか？」と、突然ミチオが言った。

「君、それ本気で言ってる？　最上階は三十階だぜ」

「ミチオ、階段で上り下りするなんて無理だよ。食料品を買ったときはどうするの？　飲み物だって重いし、それに……」

言いかけて、たとえ手ぶらでも無理だと気づいた。

「ミチオ、持ち主が黙ってないってば。三億円もしたんだから。それに……」

不法侵入で捕まるかもしれないよ、と言いかけて、それ以外の方法で棲み家を見つけるのは不可能だと気づいて黙った。

「その点は大丈夫」と、沼田は続けた。「持ち主はもう見限ってるよ。たとえ誰かが通報したとしても、警察は人手不足で、こんな些末なもめごとで三十階まで階段で上がる気力はない。問題は共益費もないのにどうやってエレベーターを動かすか、だ」

「俺、なんとかして動かしてみます」

「どうやって？　小ぶりのマンションと違って、タワマンの電気代はすごいんだぜ」

「たぶん、やれると思います」

ミチオには何かいい考えがあるらしいが、それが何なのか見当もつかない。

「どちらにせよ、君たちがここに住んでくれると嬉しいよ」

沼田の部屋を辞してから、林立する高層マンションの狭間にある小道を散策した。

以前はきっと洒落た散歩道だったに違いないが、今では敷かれた赤レンガの隙間から雑草が伸び放題だ。火山灰を被ったであろうに、樹木は枝葉を広げて天に向かって伸びている。

壊れていないベンチを見つけて並んで座った。

「俺はさっきのマンションがいいと思う」

「私は嫌だ。下層階に腕力の強い若者たちが住んでるって言ってたでしょ。沼田さん一人じゃ対処できないから、私たちの力を借りたいんだよ。そういう輩とは関わりあわない方がいいよ」

「どこのマンションでも似たようなもんだろ。だとしたら、沼田さんみたいな常識のある大人が一人いるだけでもマシだと思う。俺たちが気に入られたのもラッキーだし」

「それはそうかもしれないけど、でも、沼田さんを信じて大丈夫かな」

「油断大敵には違いない。俺がガキの頃、家出してホームレスになったとき、いろんな男が親切そうに近づいてきたからな。嗜虐《しぎゃく》趣味の気味の悪いオヤジもいた。アイツもそうだったけど、最初はみんな優しそうな顔するんだ」

幼い頃、ミチオは痩せっぽっちで私より小さくて、年齢より更に幼く見えた。当時のミチオを思い出すと胸が詰まる。

「でも、中には自分も貧乏なのに食べ物を分けてくれた心優しいおじさんもいたよ」

少しは幸せなこともあったらしいと知って心が慰められた。母親同士が仲が良かった時期があったから、ミチオとは幼い頃からいとこ同士のような感覚で育ってきた。茉莉花や龍昇よりもミチオの方が親しみを感じるほどだ。

気づけば日が傾き始めていた。

「ミチオ、そろそろ鮨屋に戻る？」

「あそこはやめとこう。表からも勝手口からも窓からも入ろうと思えば入れる。暴漢が大勢で入ってきたら、俺一人ではユキを守れない」

そこまで考えていなかった。ミチオと一緒にいるだけで安心だと思っていた。自分は危機意識が低いらしい。だけど私に暴漢の考えていることなどわかるはずがない。事件のたびに警察も法律も、不用心な女が悪いだとか、本当はその気があったんだろうとか、女からしたら理解不能な滅茶苦茶な論理で女を不利な立場に追い込んでいく。今までも、夜の外出を控えろと言われるたび、自由をもぎ取られた気がして閉塞感でいっぱいになった。格差がひどくなると、誰もが自分より弱いものをイジメようとする。男は女を馬鹿にし、強い男が弱い男を見下そうとする。つまり、底辺に皺寄せが来る。そして底辺の人間はプライドを保つために、更に底辺の人間を探しだして痛めつける。それは子供たちの世界にまで及んでいる。

「ユキ、今夜から早速、さっきのマンションで暮らそう」

「うん、わかった」

もしもエレベーターが動かせなかったら、十三階の空き部屋まで階段で上ればいいだけのことだ。

ミチオが一緒で心強かった。

ずっと一緒にいたい。

10　倉持芽衣子

雨宮産婦人科クリニックで働き始めて一ヶ月になる。

最初の数日は、ここでのやり方に慣れるため、静子の傍らに静かに控えているつもりだったが、初日から静子は私に意見を求めてきた。

「最近は人生相談みたいなのが増えてきたのよ。棺桶に片足突っ込んだ年寄りの判断でいいのか迷いが生じてね、芽衣子先生のような若い世代の意見を尊重しようと思ったわけよ」

その日、相談に訪れたのは山《やま》田《だ》博美《ひろみ》と名乗る三十二歳の女だった。紺《こん》地《じ》に花柄のフレアスカートにレモン色のカーディガンを合わせている。

「懐かしいファッションね。昭和時代を思い出すわ」と、静子が言った。たまにこういった無神経なことを言うのだった。案の定、博美はドアのところに突っ立ったまま、自分の全身を見下ろし、「すみません」と小さな声で言った。

　申込書には独身と書かれている。

「独身のまま子供が欲しいということね。それはどうしてですか？」

　私は博美の不安を取り除こうと、にこやかに尋ねた。愛想笑いは本来あまり得意ではないが、静子の失礼な言動と相殺《そうさい》できるならばと一生懸命だった。

「私、子供が大好きなんです。でも彼氏ができたことは一度もなくて、結婚も出産も中学の頃から諦めてたんです。ですけど、高校時代の親友が離婚してシングルマザーになったのをきっかけに考えが変わったんです。彼女を心配して団地を訪ねてみたら、結婚していたときよりずっと生き生きしてたんです。私に手伝えることがあったら遠慮なく言ってねと言ったら、給料は安いけれど生活は安定してるから大丈夫だと言うんです。彼女は高卒で市役所に勤めています。そんな彼女を見ていて思ったのは、もともと夫なんて要らなかったんじゃないかってことです。もしかしたら私も子供を育てていけるんじゃないかって。申込書にも書きましたが、私は住紅《すみべに》商事で総合職として働いています。男女同一賃金で給料もいいですし有給休暇も多いです。とはいえ、いつか何かの拍子に……例えば保育園に空きがないとか、あ、それは大丈夫だ。うちの会社は、空きが出るまで育休を延長できるんです。ですが、不慮の事故か病気で勤めを続けられない事態に陥る可能性は、誰にだってありますよね。それを考えてユーチューブを始めました。「非モテ女子の人生」というタイトルをつけて、今まで男たちから散々ブスだのデブだの言われて、どれほど傷ついて生きてきたかを赤裸々に語ってみたら、あっという間に登録者が一万人を超えたんです。そしたら運営会社から声がかかりまして、今ではマネージャーもつけてもらえました。その後も登録者数は順調に増えて三十万人になりました。自分でもびっくりしたんですけど、住紅商事からもらう給料の何分の一かは稼げるようになりました。お陰で貯金も増えたし、ユーチューブのチャンネルを増やしていこうと思っています。ですから、子供がいても暮らしていけると思います。それに、同じ団地に引っ越してきたら助け合えるよって高校時代の親友が言ってくれたので、子供が生まれたらそうしようと計画しています。最近は自然災害や様々な新型ウイルスの流行でテレワークが多くなったので、会社に顔を出すのは週に一回でよくなったんです」

　そこまで一気に話すと、博美は上目遣いで静子と私を順番に見た。医者が賛同してくれるかどうか心配でたまらないといった表情だった。

「用意万端ね。感心だわ。でもね、あなたまだ三十二歳なんだから、誰かと恋愛する未来が待っているかもよ」と静子は言った。

「私に限って男性との恋愛なんてありえません。決して若気の至りではないと思っています」

「だって、会社にはたくさん男性がいるんでしょう？」と静子は尋ねた。

本気度を確かめるために、こういった意地悪な質問をするのはいつものことだ。

「おっしゃる通り、周りは男ばかりです。総合職の女性は少ないですからね。どうして私なんかが大企業の就職試験を通ったかというと、ドイツ語がネイティブだからです。父の仕事の関係で子供の頃にドイツに住んでいたんです。私以外の総合職は全員美人です」

「なるほど。つまり美人ばかりをチヤホヤする男性社員たちにホトホト嫌気がさして、社内恋愛もしたくないってことね」

「はい。それに、うちの会社の男たちの間では、四十代になってから二十代の女と結婚するのが勝者だ、みたいな風潮があります」

「あら嫌だわ。逆はないの？　例えばアラフォー女性と二十代男性の結婚とか」

「一例だけありました。派遣のイケメン男子と美人部長のカップルです。部長はイタリア人とのハーフで、モデルみたいにきれいな人です」

「あっ、そう」と、静子が溜め息をついた。

「先生、バンクから取り寄せた精子を私の子宮に注入するといった方法でお願いしたいんです。最近では男友だちから精子をもらって、注射器で注入する方法を選ぶ人が多いと聞きました。でも私には精子を提供してくれる男友だちなんていません。だいたいからして、『子供が生まれてもあなたには絶対に迷惑かけないから精子だけちょうだい』と女から頼まれたとしても、普通は断るでしょう？」

「そう言われればそうねえ」と、静子が首を傾げた。

「そんな無茶なお願いに応じる男は相手の女を好きなんだと思います。あとで女が結婚を迫ってきたら受け入れてもいいと思ってるんですよ。そうじゃなければ能天気すぎます」

「あなたの計画や気持ちはよくわかったわ。でも二、三日考えさせてちょうだい。また後日連絡しますから」と、静子はいつものように言った。

今までの例に漏れず、博美も断わりの返事と受け取ったのか、暗い表情で床の一点を見つめてから、すっくと立ち上がって帰り支度を始めた。

「やっぱり無理なんですね。法律違反ですもんね」

「それはそうだけど、違反しても罰則はないのよ」

静子の言葉に、博美の顔がパッと輝いた。

「まだ引き受けるって決めたわけじゃないから、そんな嬉しそうな顔しないで」

静子のつっけんどんな言葉で、静子が引き受けようとしているのを私は感じ取っていた。

窓の外を見ると、とっぷりと日が暮れていた。

「芽衣子先生、うちで夕飯を食べていきなさい」

静子は看護師たちを帰宅させ、その場で馴染みの鮨屋に電話をかけた。

「特上寿司二人前お願いね。赤だしもつけてちょうだい」

診療所と渡り廊下で繋がった自宅のダイニングで向かい合って座った。

「芽衣子先生は、どう思う？」

「引き受けても問題ないかと思います」

「やっぱりね」

「どんなことがあっても絶対に子供を持つんだっていう気迫がすごかったです」

「そうなのよ。だったらきちんと病院で精子を注入した方がいいのよ。自分でやると感染症にかかることもあるからね。今度来るときに、会社の在籍証明書と預金残高証明書と給与明細なんかを持ってくるように連絡してちょうだい」

「わかりました」

11　ユキ

マンションの最上階での生活は快適だった。

それまで住んでいた「ゆうなぎ」は、水はけの悪い場所にあったから、あのジメジメした生活とは雲泥の差だった。見晴らしが抜群にいいことは知っていたが、実際に住んでみると、そんなことよりも富士山の噴火の状態や、街に暴動や大渋滞などの異変がないかどうかなど広範囲で目視できることが安心感をもたらした。

エレベーターはミチオが動かしてくれた。得意のハッキングで、電気代の請求を政府の外郭《がいかく》団体に行くようにした。今のところ気づかれていないけれど、いつかバレるんじゃないかと気が気じゃない。そんな私の不安を感じとったのか、ミチオはこのやり方は正当だと主張した。ミチオはその外郭団体の三次下請けの土木会社で富士山の火山灰処理の仕事をしていたことがある。遅刻も欠勤もなく真面目に半年も働いたのに、契約時の半分の賃金しか支払われなかった。だから今、電気代くらい払ってもらってもバチは当たらないというのだった。

最上階は、ワンフロアに四戸しかなかった。二百平米以上もある４ＬＤＫで、全戸が角部屋だ。何戸使ってもいいと沼田は言ってくれたが、今のところは二人で一戸を使っている。広すぎて一人だと落ち着かなかったし、ミチオと一緒にいる方が安心だった。

太平洋とスカイツリーの両方が見える一戸を選んだ。初めて部屋に入ったときは、地震の凄《すさ》まじい痕跡《こんせき》に驚いた。本棚がうつぶせに倒れていたり、収納家具が部屋の真ん中にあったり、壁のあちこちにも傷があり、ブランデーやワインの瓶が割れて床に散らばったままだった。それをミチオと三日かかって片付けた。

下層階に住むガラの悪い若者たちが最上階まで上ってくる気配はなかった。高級マンションだけあってセキュリティがしっかりしていて、エレベーターに乗るにもＩＣカードが必要だったし、自分の住む階でしか止まらないようになっている。ＩＣカードはミチオが二枚偽造し、そのうちの一枚を私にくれた。階段なら誰でも自由に上ってこられるが、なんせ三十階だ。下層階の若者たちは怠惰な生活を送っていて、階段を上る体力と気力のある人間はいなさそうだった。

その日、私は朝からずっとスマートフォンの画面を見つめていた。

ああ、大金持ちになりたい。

なんとしてでも這《は》い上がりたい。

そんな願いが、腹の底から湧き出てきて、ずっと頭の中で渦巻いている。棲み家は確保できたし、代理出産の残金四百万円も振り込まれるはずだから、当面は困らない。とはいうものの、約束の日にちが過ぎてもまだ振り込まれないから、そろそろベイビーヘルプに問い合わせてみようかと思っている。

どちらにせよ、食いつぶしてしまえば終わりだ。このマンションだって、いつ追い出されるかわからない。沼田は心配ないと言ってくれたが、誰かが通報したら不法侵入で捕まる。

それに……ママ。

いつかママが帰ってきたときには、余裕のある暮らしをしていたかった。ママに楽をさせてあげたい。

そして……華絵。

退院後も友だちでいようと言ってくれて、連絡先を交換したのに、出産のときに死んでしまった。華絵の遺体を引き取りに来たのは、七十代の祖母と小一の男の子で、そのとき初めて華絵に両親がいないことを知った。

遺《のこ》された二人は、あれから食べていけているのだろうか。代理母をやるくらいだから、家計は逼迫《ひっぱく》していたに違いない。せめて華絵が生命保険に入っていたらと思うと悔しくて仕方がないが、貧乏人に保険料は払えない。もしも自分が大金持ちになれたら、遺された二人の生活を微力であっても援助したい。

そんなの夢物語だ。自分が生きていくだけで精いっぱいなのに、人助けなんかできるわけがない。残金の四百万円を早晩食いつぶし、車両「ゆうなぎ」に舞い戻って、アイツに罵倒されながら再び代理出産をやらされる……絶対に嫌だ。そんな最悪のシナリオだけは、どうあっても避けたい。

とはいえ、求人情報を見るたびに暗澹《あんたん》とした気持ちになる。必死でアルバイトをするよりも、代理出産の方が大金を稼げる。つまり、アイツの計算は正しかったのだ。

「ユキ、さっきから何考えてんだ？　暗い顔しちゃって」

「大金持ちになる方法を考えてたんだよ」と、正直に答えた。笑われるかと思ったら、

「なんだ、俺と同じかよ」と、ミチオは真面目な顔で返してきた。

そのとき、チャイムが鳴った。

インターフォンの小さな画面を見ると、一路《イールー》の姿が見えた。一路はミチオの恋人でヴァイオリニストだ。以前ミチオが働いていたラーメン屋で出会ったらしい。一路の一目惚れだったと聞いている。彼の父親はビオラ奏者で、母親は台湾人のオペラ歌手という音楽一家だ。一路は日本語では「かずみち」と読ませる。中国語で旅の途中という意味らしい。一家は、世界各国をオーケストラとともに回っていて、常に旅をしていて終点が見えない。だが、それこそが人生そのものだという意味で命名したのだ

という。シンガポールの高級マンションに家族とともに住んでいるらしい。

「ユキちゃん、久しぶり！　ミチオ、いる？」

一路がインターフォン越しに手を振っている。

「いるよ。どうぞ」と応えながら、私は開錠《かいじょう》ボタンを押した。これを押さないと、ロビー階のエレベーターのドアが開かない仕組みになっている。

一路がアイスクリームを手土産に持ってきてくれたので、三人でリビングのソファに座って食べた。一路は筋肉質で、肩はハンガーでも入っているのかと思うほど広いから、強そうに見える。もしもボディガードとして雇うなら、ひょろりと背の高いミチオよりも、がっしりした一路みたいな男の方が適していると、私は心密かに思っていた。

「ところでミチオ、この前の話なんだけど……」

一路は言いにくそうに切り出した。何の話か知らないが、私がいたら話しにくいのかもしれないと思い、気を利かして腰を浮かしかけたときだった。

「ユキちゃんもここにいてよ」と一路が言った。

「例の話なら聞きたくねえよ」と、ミチオがウンザリした顔をする。どうやら二人の間ではこれまでにも繰り返された話題のようだ。

「ユキちゃん、僕ね、子供が大好きでさ、子供が欲しいんだ。最近はゲイのカップルでも子供を持つ人が増えてきてるだろ？」

養子を迎えたいのだろうか。一路は二十八歳だからいいかもしれないが、ミチオはまだ十九歳で子供を持つには早すぎるのではないか。いや、それ以前に、一路はミチオにぞっこんだが、ミチオは一路を恋人ではなく単なる友人だと思っているように見えるときがある。

「実は……ユキちゃんに頼みがあるんだよ」と、一路が上目遣いで私を見た。

「頼みって？」と問いながら思わず目を逸らしていた。嫌な予感がした。

「ユキちゃんの卵子をもらえないかな。子供は誓って大切に育てる。それと……ちょっと言いにくいんだけど、ユキちゃんの子宮を貸してもらえないだろうか」

「はあ？　冗談でもそんなこと言わないでっ」

知らない間に立ち上がって叫んでいた。自分でも驚くほどの大声だった。ミチオが息を呑んで私を見つめている。

「子供を産むのって、そんなに大変なことなの？　ユキちゃん、傷つけたんならごめん」と、気の弱い一路は力なく項垂《うなだ》れた。

「言っとくけどね、私は妊娠も出産も二度とごめんなのっ」

言えば言うほど感情が高ぶってくる。「一生子供は産まないって決めてるのっ」

自分で言っておきながら、私は自分の言葉に驚いていた。

一生……産まない？

そうか、そういうことか。産みたくなければ産まなくてもいいのか。

政府はここ何十年も少子高齢化を嘆いているけれど、そもそも産む産まないは個人の自由だ。そんな当たり前のことを国は忘れているのではないか。

私は一生涯子供を持たなくていい。誰の許可も要らない。自分一人が生きていくだけで、経済的にも精神的にもいっぱいいっぱいだ。金持ちで子供好きの女だけが子供を産めばいい。金持ちなら精神的にも余裕があるはずだから、何人でも産めばいい。

なんだかすっとした。

この感覚、なんだろう。まるで身体の中を風が吹き抜けていくような爽やかな気分だ。女は結婚して子供を産んで一人前というアイツの時代の古い考えが、知らない間に骨の髄《ずい》まで刷り込まれていたらしい。代理出産をしたとき、もう二度と産みたくないと思ったものの、いつかは結婚して子供を産む将来を漠然と想像していたのだ。

「ユキちゃんにしか頼めないんだよ」

「一路、それ以上言ったら絶交だからね」

「そんな……ユキちゃん」

二人の会話が聞こえているだろうに、ミチオはさっさとアイスクリームを食べ終えると、素知らぬ顔でパソコンを開いた。

この卑怯者めが。ミチオも何か言うべきだろ。

二人の険しい視線に気づいたのか、ミチオは顔を上げた。「子供なんて、人生の足手まとい以外の何物でもないよ」

「同感」と、私はすかさず言った。

子供は大人の自由を奪う生き物だ。私自身が子供だったときを思い出してみても、大人に邪険にされたことは数えきれない。

「それは違うと思う」と一路がいつになくきっぱり言った。「子供がいれば人生が豊かになるし、親になれば僕もきっと強くなれる。それに、大切に育てる自信がある」

「一路は無責任だよ」

「どうして僕が無責任なんだよ。ユキちゃん、ひどいじゃないか」

「だって一路は世界中を飛び回ってるじゃん。子育てはどうするの」

「なんとかなるって。僕だって物心つく前から、世界中を演奏旅行で回る両親に連れまわされてたんだからさ。それに、僕の両親はまだ五十代で体力もあるから、子育てを手伝ってもらえる」

「一路、お前、簡単に考えすぎだ」と、ミチオが突き放すように言った。

「同感」と、またもや即応していた。

「子供を持つ資格のある人間は、この世の中にそう多くはないと俺は思う」と言いながらミチオはこちらに向き直った。「経済的余裕があって、なおかつ子供好きじゃないとダメだ」

「全く同感。私もミチオも悲惨な育ちだもん。一路には想像もつかないだろうけど」

「だけどミチオもユキちゃんも、こうして今ちゃんと前向きに生きてるじゃないか。育ちがどうあれ、二人とも腐らずに道を切り拓《ひら》こうとしている」

「あれ？　そう言われりゃそうだな」

ミチオがあっさり認めたからか、一路は噴き出しながら、愛おしそうな眼差しでミチオを見つめた。

「とにかく僕は子供が欲しいんだ。ゲイカップルにも子供を持つ権利はあると思う」

「わかったよ。一路がそんなに言うんなら、誰かに頼んで産んでもらえばいいさ」

ミチオがいとも簡単そうに言った。

「ユキ、そう睨《にら》むなって。ユキには頼まないから安心しろ」

「じゃあ誰に頼むの？　代理母を引き受けてくれるような知り合いがいるの？」

「いるわけねえだろ」

「だったらどうすんの」

「貧乏な女を探してみる」

えっ？　息を呑んでミチオを見つめた。

貧乏な女……その言葉が胸に突き刺さった。

どうしていつも貧乏な女が犠牲になるのか。

ふと華絵の顔が思い浮かび、猛然《もうぜん》と腹が立ってきた。

「ミチオがそんなひどいヤツだったとは知らなかったよ」

「何言ってんだよ。ユキだってあのオヤジから学んだだろ。人を犠牲にしない限り自分の幸せはつかめねえって。ユキの母ちゃんがいなくなった途端、連れ子のユキに代理母をやらせたんだぜ。茉莉花も龍昇も実の姉ちゃんであるユキを踏み台にして浮き上がろうとしてるじゃねえかよ」

「それは……」

「だったら聞くけど、弱い立場のヤツを踏み台にしないで生きていく方法があんのかよ。ユキ、あったら教えてくれよ」

ミチオは普段は優しいが、たまにこうやって凄《すご》むことがあった。

「ミチオって最低」

そう吐き捨てながらも、心の中では動揺していた。現実はミチオの言う通りで、誰かを犠牲にしなければ自分が犠牲になってしまう。格差社会とは、まさにそういう世の中なのだ。上流にいる人間は、下流の人間から搾取し続けているからこそ上流に留まっていられる。ひとたび同情でもしようものなら下流に流されてしまう。

あ。そうか、そうだよ、簡単じゃないの。

そのとき突然、金持ちになる方法を思いついた。

どうして今まで気づかなかったのか不思議なくらいだ。いったいどこを見ていたんだろう。代理出産で最もいい思いをするのは仲介業者だ。私は五百万円をもらったが、子供を産むという大仕事をやらされた。妊娠出産には命の危険が伴うことがある。それを考えれば、五百万円は決して高い報酬ではないと、いつだったかミチオは言った。最初の頃は、病院ががっぽり儲けていると考えていたが、赤字の病院も少なくないと聞いて驚いた。最新の設備は億単位の高額で、医師や看護師だけでなく、薬剤師にレントゲン技師、事務職や清掃スタッフに至るまで膨大な人件費がかかる。それらに比べて仲介する代理店はどうだ。子供を望む依頼者と、代理出産をする貧乏女を引き合わせるだけだ。たったそれだけのことで彼らは大金を稼いでいる。そんな仕事ならスマートフォン一つあればできる。

だとしたら、どんな女が最も貧困なのかを調べてみる価値はある。そして、その女たちを代理母として雇うのだ。検索ワードは、『貧乏女』か『崖っぷち女』か、それとも『どん底の女』か。

背後からミチオに覗かれたくなかったので、スマホを持って窓際へ移動した。

出産ビジネスには莫大な資金が流れていると聞いたことがある。精子や卵子の提供者に支払われる代金や、代理母への報酬、斡旋する代理店の取り分、病院での体外受精などの医療費や代理母の個室代など。それらすべてを積み上げるとかなりの額になる。こういった生殖補助医療をめぐる市場は今後も拡大するに違いない。十分に旨味《うまみ》がある。

あの仲介業者ベイビーヘルプにしたって、創立からわずか三年で一部上場した。王明琴から聞いた話だと、中国で不妊に悩む夫婦は五千万組もいるという。二〇一五年に一人っ子政策が廃止されたが、二人目を望む女たちの多くは年齢を重ねていて妊娠が難しくなっていたらしい。インドやタイでの代理出産なら近くて安いが、今では両国とも外国人のための代理出産を禁止するようになったから、二万組もの富裕層の中国人夫婦がアメリカでの代理出産を申し込んでいる。それというのも、カリフォルニア州では代理出産の法整備が進んでいて、依頼人を父母とした出産証明書を出してくれるからだ。ドイツやイギリスなど代理出産が禁止されている国々の女たちもカリフォルニアに押し寄せている。今後はＬＧＢＴＱ＋からの依頼も多くなるだろう。

日差しが眩しかったので、ブラインドの隙間を細めにした。そして、過去の事例を調べるためにネット検索に集中した。

アメリカで代理出産を依頼した日本人の場合は、出生届が受理されない場合が少なくないと書かれている。アメリカのクリニックでもらった出産証明書などを提出すれば受理されるのが普通で、そもそも海外赴任の会社員も少なくないのだから、外国で出産するのは珍しいことではない。だが、米国にある日本国領事館が受けつけてくれたとしても、そのあと日本の法務省に渡ったときに審査で引っかかることがあるという。

　妻が五十歳以上だと、妊娠出産は不自然だから、診察記録と出生までの申述書を持ってこいと言われる。だけど実際に妻が妊娠出産したわけではないから診察記録などないので代理出産だとばれてしまう。その一方で四十九歳以下だとすんなり受理されるという。

　アメリカの医療費は驚くほど高額だという記事も見つけた。出産費用には、分娩費、母親の入院費、新生児の入院費などが含まれるが、双子だと四倍かかり、三つ子だと十二倍の費用がかかるという。そのうえ未熟児だった場合はＮＩＣＵと呼ばれる新生児集中治療室に入るらしくて、入院費は一日百万円近くが必要だと書かれている。双子でＮＩＣＵに二ヶ月間入院すれば何千万円もかかる。気の遠くなるような金額だ。

　やはり代理店を立ち上げよう。日本にはまだ少ないと聞いているから、ビジネスチャンスをつかめる。そして私は代理出産コーディネーターと名乗るのだ。医師や看護師と違って資格は要らないし、依頼人の希望を聞いて代理母を紹介するだけのことだ。

数をこなせば確実に儲かる。それも相当な額になるはずだ。金持ちにならなければ未来はない。誰にも利用されず、誰にも見下されない人生を送るのだ。華絵の死にも報いたい。妊娠初期からきちんと定期健診を受けていれば、華絵は死なずに済んだ。遺された家族のために、生命保険も準備したい。

衆議院議員の塩月文子に相談してみるのはどうだろう。いい知恵を貸してくれるのではないか。なんせ彼女自身が代理出産で子供を得たのだ。会社設立時には文子に理事になってもらい、筑波高原病院の協力を得られたら代理店の信用も上がるに違いない。

——貧乏な女を探してみる。

ついさっきミチオが言った言葉に、猛然と反発したばかりだった。ミチオの人格さえ疑いそうになった。だけど、ミチオの言ったことは紛れもない厳しい現実だ。

貧乏のどん底にいる女なら代理母になってくれる可能性は高い。外国には臓器を売る村もあると聞く。それに比べたら、代理出産の方が何倍もマシだ。闇での出産なら危険を伴うが、日本の病院なら清潔だし医療技術も進んでいる。

罪悪感を持つ必要なんかない。

「ねえミチオ、代理母の仲介サービス業をやるのはどうかな」

ミチオは「へえ」と声を出し、意外だというような顔で私を見た。

「ユキはそういうのと金輪際関わり合いたくないと思ってた」

「背に腹は代えられないよ。儲かりそうだし、私の経験も生かせるし」

「きっと需要は多いんだろうけど」とミチオは言った。

「賛成」と一路が口を挟んだ。「代理母に頼めれば、ＬＧＢＴＱ＋の人たちも子供が持てるようになる。いっそのことＬＧＢＴＱ＋専門にしてくれよ」

「それでもいいけど、数が多くないと儲からないよ」と私は言った。

「だったら既婚者だけじゃなくて独身者もオッケーってことにすれば？　子供が欲しくても手段を見つけられない独身の人は少なくないと思う」と一路が言う。

「それなら仲介業者としては希少価値のある存在になれるね。でも、法律上はどうなんだろ」と私は言った。

「調べてみよう。抜け道があるかもしれない」と、ミチオが言う。

盲点なんかそこら中に転がっている。この私が証拠だ。十六歳で、しかも初産で代理母をやらされた。しかも闇ではなく、あんな立派な総合病院で。

「大金持ちになって世間を見返してやろうぜ。アイツがカネ貸してくれって泣きついてきたって無視してやる。いや、足蹴《あしげ》にしてやる」

ミチオが憎しみの籠もった目で宙を睨んだ。義父の映像が浮かんでいるのだろう。

「ユキ、お前もだ。オヤジさんが頼ってきても相手にすんなよ」

「もちろんだよ。そんなの決まってるじゃない」

そう答えてはみたものの、心の奥底にある悲しみがなかなか消えなかった。親に愛されない自分は、本当は生きる価値なんかないんじゃないだろうか。だってママからは一度も連絡が来ない。

久しぶりに一條文庫に行った。

「ユキちゃんにお薦めの本があるのよ」

祥子が差し出した本の表紙を見ると、ボロをまとった少女が廃墟の中に佇《たたず》む様子が描かれていた。

「面白そう……ですね」

不幸な少女が努力の末に幸せをつかむ。そういった話にはもう感動しなくなっていた。努力さえすればのし上がれるというのは、古き良き時代の話だと気づいたからだ。そういった物語には、必ず慈悲深い雇い主を始めとする優しい大人が登場して、主人公の努力を認めて引っ張り上げてくれる。だが、今や上流社会の人間は、財産だけでなく職業や名声までをも、そっくりそのまま自分の子や孫に引き継がせようと必死になっている。まるで士農工商の身分制度があった時代みたいだ。そんな世の中で、何の後押しもない貧乏な女が真面目に働いてたって這《は》い上がれない。ただでさえパート労働がＡＩや外国人労働者に取って代わられて失業者が溢れている。

　単純で世間知らずだった頃の私は、祥子が薦める本に勇気づけられた。だが少しずつ世の中のことを知るようになった今は、読んでも虚しくなるだけだ。そろそろ入館証を返そうか。つい最近まで、次の入館審査に通らなかったらもう生きてはいけないとまで思いつめていたのが、遠い昔のことのようだ。ここには十八歳までしか通えないから、ミチオは既に入館証を返却した。しかしその後も特に寂しがっている様子がないのを見ると、自分も大丈夫な気がする。

　本当は、祥子に代理店を立ち上げる計画を聞いてもらいたかった。だけど、貧困な女たちに代理出産をさせようとしているのを知ったら激怒するに決まっている。代理母には高額の謝礼を支払うつもりだし、それが赤貧の女たちにとって、どれほど救いになることか。それを祥子に説明したところで、金の苦労をしたことのない祥子には、きっとわかってもらえないだろう。

　そのとき、閲覧室の方から強い視線を感じて目を向けると、浅黒い肌にくりくりした目の可愛い男の子と目が合った。

　あ、もしかして、あのときの男の子？

　退院した日にバスの中で会った子供だった。確か母親は十九歳で、ジュディと名乗った。こちらからにっこりと笑いかけてみると、はにかんだような笑顔を向けてくれた。男の子に話しかけようとしたそのとき、祥子が言った。

「ユキちゃん、週に一回でいいから通訳をお願いできないかしら。日本語がわからない子が増えているの。英語だけなら私でもなんとかなるんだけど」

「でも、私もそろそろ働かないといけなくて……」

「そうよね。ユキちゃんも忙しいものね」

幼い頃から散々世話になってきたから断わりづらかったが、会社を立ち上げるための準備で忙しかった。

そのとき、ジュディの息子が近づいてきてヒンディー語で言った。

「お姉さん、この前、バスの中でお菓子をありがとう」

「あら、ユキちゃん、ルドラと知り合いだったの？ この子は先週入ってきたばかりなのよ」

バスの中での経緯を祥子に話した。

「まあ、そうだったの。ルドラ、バスに乗るのは好き？」

ルドラは祥子の日本語が理解できないらしく、曖昧《あいまい》に微笑んだ。

「このお姉ちゃんがくれたお菓子、とっても美味しかった」

今度はルドラがヒンディー語で祥子に向かって言ったが、祥子もまた曖昧に微笑むだけだった。祥子とルドラが意思の疎通を図ろうと思えば、子供たちの中からヒンデイー語と日本語の両方がわかる子を見つけるしかない。とはいえ、まだ幼いとなれば語彙《ごい》も少なくて、通訳をするには限界がある。私が通訳できればいいのだが、残念ながら忙しい。

「ユキちゃんは、ヒンディー語もできるよね？」と祥子が尋ねた。

「はい、大丈夫です」

「やっぱりユキちゃんてすごい。今ちょっとルドラと話してみてくれない？　この子の暮らしぶりについて、もう少し聞いてみたいの」

「ルドラ、ママは元気にしてる？」

祥子に聞かせるためだけの、あまり意味のない質問だった。本当はルドラに聞きたいことはたくさんあった。どうしてそんなに貧しいのか、お父さんはいないのか、なぜ日本に住んでいるのか。

「ママ、かわいそう」

予想に反して、ルドラはいきなり目に涙を溜めた。

「どうしたの？　ママに何かあったの？」

「ママはインド料理店で働いているの。そこのおじさんに殴られるの」

「えっ、どうして殴られるの？」

「知らない。おじさんはいつも怒ってるの」

ルドラはまだ幼い。うまく説明することなどできないだろう。詳しいことはわからないが、ひどい職場にいることは確かだ。つかめそうなほど鎖骨《さこつ》が浮き出たジュディの姿を思い出していた。

「パパはいるの？」

「いない」

「死んだの？」

「知らない」

「ルドラにきょうだいはいるの？」

「いない」

「おじいちゃんやおばあちゃんは？」

「おばあちゃんはムンバイにいる」

「おじいちゃんは？」

「死んだ」

　そう言うと、大きな目にいっぱい溜まっていた涙が一粒流れ出て、頬を伝って床に落ちた。

「ユキちゃん、この子、なんで泣いてるの？」と祥子が心配そうに尋ねた。

　日本語で説明すると、祥子は眉根を寄せて、「どういうことかしら。心配だわ」と言い、ルドラと目線を合わせる位置まで腰を落とすと、小さな肩をそっと抱き寄せた。

　不幸な子供が何十人もここにやってくる。その背後には不幸な両親や祖父母や兄弟姉妹がいる。可哀想だと思ったところで何もしてあげられない。いま目の前で泣いている小さな背中をさするので精いっぱいだ。

　ジュディの折れそうなほど細い身体を思い出すと、胸が締めつけられそうだった。だけど何の力もない私には人を助けることなんかできない。いつか大金持ちになったら……そんなのは絵空事だ。代理店を立ち上げると意気込んではいるが、本当は自信なんかこれっぽっちもなかった。ただ、ダメ元で挑戦してみるしか生きる道が残されていないというだけのことだ。

　あ。

　ジュディが代理母をやってくれるとしたら？

　薄汚れた袖で涙を拭《ぬぐ》うルドラを見つめているうち、ハッと閃《ひらめ》いた。

　貧乏な彼女に五百万円を渡したら、どんなに喜ぶだろう。彼女だけじゃない。ここに通う貧困な子供たちの母親が代理母になってくれたら募集する手間が省ける。そこから芋づる式に知り合いを紹介してもらえれば、代理母候補はどんどん増えていく。人数は多ければ多いほどいい。授精から出産まで十ヶ月近くかかる。赤ん坊は短期間に大量生産できる工場製品とは違う。そして出産後も数ヶ月は身体を休ませなければならない。

――貧乏な女を探してみる。

ミチオはそう言った。なんてひどいことを言うのかと思った。でも考えてみれば、ウィンウィンの関係だ。ジュディが代理出産以外の方法で何百万円も稼ぐなんて不可能なのだから。

「祥子さん、通訳のことですけど、やっぱり私でよければ協力させてください」

代理母を集めるために、ここに頻繁に通うことに決めた。バイクなら一時間くらいで来ることができる。

「お仕事の方は大丈夫？　ありがとう。本当に助かるわ」

祥子はそう言うと、ルドラと手をつないで司書室に戻っていった。

一路が演奏旅行に旅立ち、ミチオとの二人暮らしに戻った。

今後の計画を立てるために、それぞれの部屋に籠もって生殖医療や法律のことをとことん調べた。そして三日三晩が経過したあと、リビングで知識のすり合わせをした。途中で席を立たなくていいようにと、ミチオが麦茶をサイドテーブルに用意してくれた。内陸部の湧き水のペットボトルは高騰して買えないので、ミチオは毎朝、水道水を沸騰させて麦茶を一リットルほど作っておいてくれるのだった。

「ねえミチオ、人工授精についてだけど、女の生理周期に合わせて、医師が器具を使って精子を注入する。夫に不妊の原因があったときは、他人に精子を提供してもらうこともある。で、その方法の場合、夫は平気なのかな。自分とは血の繋がらない子供が生まれるわけでしょ」

「俺に聞くなよ。そこまでして子供を欲しがる気持ちなんか理解不能だよ。そもそも気持ちまで考えてやる必要ねえだろ。もっとサクサクやっていこうぜ」

「それもそうだね。じゃあ次に体外受精。顕微鏡で卵子を受精させてから子宮内に胚移植する。若いときに自分の卵子を凍結保存しておく女もいるし、他人の卵子を使う場合もある。だよね？」

「つまりさ、卵子を取り出せるようになったことで、一気に生殖研究が進んだんだよ」

そうなのだ。それがきっかけで生殖医療がガラリと変わったらしい。

「俺が不思議なのは、他人から卵子提供を受けるってことは、自分の子供じゃないわけだろ。それでも女は平気なのか？」

私は思わず噴き出した。

「何がおかしいんだよ」

「だって、さっきミチオが気持ちなんて考える必要ないって言ったばかりじゃん」

「あ、そうだった」

「他人の卵子でも自分のお腹の中で大きくなれば情が湧く女もいるらしいよ。胎盤《たいばん》を通して胎児と栄養や酸素のやり取りがあるから、ある意味、生物的な繋がりがあるともいえるよね」

「だけど、実際に生まれてきて顔見たらどうなんだろ。自分に全然似てないんだぜ？」

ミチオはそう言うと、麦茶をひと口飲んだ。

「もしも私だったら……自分に似た雰囲気の女から卵子をもらいたいかも」

「精子や卵子の提供者の素性も外見も知らされないなんて、信じられねえよ」

そう言いながら、ミチオは二つのグラスに麦茶を注ぎ入れた。

「だけど、そんなのかまっていられないほど、どうしても後継ぎが必要だと考える人が結構いるみたいだよ。特に田舎では」

片っ端からネットの人生相談を読むと、そういった悩みがたくさんあった。

「馬鹿馬鹿しい。そもそも何を継ぐんだよ。江戸時代の田畑かよ。コメ作るしか生きる道がなかった時代の話だろ。そんなことより俺がびっくりしたのは、代理出産が法律で禁止されていないことだよ。それなのにどうしてわざわざアメリカに行ってやるんだろ。意味わかんねえ」

「私もそれ初めて知って驚いたよ」

日本の法律は、代理出産には一言も触れていなかった。全日本産科学会という任意団体が、「自主規制」として代理出産を禁止していただけだった。

「変な規制があるもんだからさ、みんなわざわざ外国に行って代理出産を頼まなきゃなんねんだよ」

そう言うと、ミチオはグラスに残った麦茶を一気に飲み干した。

「なあユキ、俺はまともに学校に行ってないから教養がないけど、世間は俺なんかと違ってきちんとしてるもんだと思ってたよ。まさか法律がないせいで抜け道がいくらでもあるなんて考えてもみなかったよ」

「抜け道って？　例えばどんな？」

そう尋ねながら、私も麦茶をひと口飲んだ。

「そのナントカ学会は任意団体だから法的な拘束力を持たないし、罰則もない。となると、規制を無視する医者が出てきても仕方ないよな」

「私が代理出産した筑波高原病院も、その部類だと思う」

「儲かるとわかれば何でもやるのが普通だよな」

そう言うと、ミチオは麦茶を自分のグラスに注いで、ごくりと飲んだ。

「お金のためだけじゃないと思うよ。子供のできない女を可哀想に思ったんじゃないかなあ」

「本気かよ。ユキは人が好《よ》すぎるよ」

だって、あの病院の医師も看護師も誠実そうで親切で、もちろんお節介が過ぎて鬱陶しいとは思ったものの、悪徳病院には思えなかった。

「それより、ミチオ、私もっと厄介な昔の法律を見つけたよ。二〇二〇年まで生殖技術で妊娠できるのは、法律上の夫婦に限られてたんだってさ。マジ不思議」

内縁関係や事実婚のカップルだと、病院に行っても人工授精などはやってもらえなかった時代があったらしい。

「そんなの別に不思議じゃねえよ。政府は誰が子供を持つのにふさわしい人間かを考えてたんだと思うぜ」

「え？　法律婚の夫婦以外は子供を持つ資格はないって政府は思ってたの？」

「たぶんな。化石ジーサンたちが考えることはいつだってそうだろ」

溜め息も出なかった。

「いったい法律って誰のためにあるんだろう」

「そりゃあ化石ジーサンたちのためにあるに決まってんだろ」と、ミチオが平然と言いきる。

薄い膜のような物にすっぽり閉じ込められそうな気持ちになり、私は慌てて息を吸い込んだ。

「俺が笑ったのは、他人の卵子を使った場合でも、分娩した女が母親だと断定されることだよ。それが決まったのは確か……」

「一八九八年だよ。つまり明治三十一年。今から一世紀以上も前だよ」

明治時代であれば、産んだ女が母親であることを疑う余地はなかっただろう。

「ユキ、お前ってすごいな。年号も覚えてるし、外国語もできるしさ」

「え？　うん、まあね」

「その法律が今も生きてるなら、ユキも戸籍上の母親にされたんじゃねえの？」

「王明琴が受け取った出生証明書の母の欄には、王明琴の名前が書かれてたよ」

「そうか。出生証明書だけが母子関係を証明する唯一の正式書類だから……」

そう言いながら、ミチオは宙を見つめた。

「なるほど。ミチオ、医師のサイン一つでどうにでもなるってことだね」

筑波高原病院は名の知られた総合病院で、医師や看護師も法律を犯しているといった雰囲気などまるでなかった。それに、あの病院の看護師たちには、不妊に苦しむ女を助けてあげたいといった雰囲気があった。子供の知る権利も大切にしていて、卵子や精子の提供者の素性は明かされていた。そういった使命感に支えられているからこそ、あんなに親切だったのだろう。内部告発をするどころか、職員一丸となって法律に立ち向かっているのかもしれない。

「みんなわざわざ高いカネ払って海外に行くのは、筑波高原病院みたいに上手いことやってくれる病院が国内にあることを知らないからだろうな。さすがに大々的には宣伝してないからな」

外国に行ってまで代理出産したところで、生まれた赤ん坊を日本に連れて帰ったあと実子として認められないこともある。最高裁までいっても認められなかった例もある。

「夫婦の受精卵を使っている場合でも、代理母の実子にされてしまうんだぜ。ＤＮＡ検査でわかるのに、誰の腹を痛めたかを重視するなんて信じられないよ」

「私はお腹を痛めるという言葉自体に鳥肌が立つよ」

そう言いながら、私はネットで見つけた、最高裁で下された過去の判決文を、一字一句違《たが》わず思い出していた。

――妊娠・出産によって母性は育《はぐく》まれるから、子の福祉の観点からも出産した女性を母とすることに合理性がある。人を生殖の手段として使うのは人道上問題。代理母との間で、子どもを巡る深刻な争いが生じる危険性もあり、契約は公序良俗に反して無効と考えるのが相当。

「公序良俗って、どういう意味なんだろう」と、つぶやいていた。

「化石ジーサンのお眼鏡《めがね》にかなうかどうかっていう意味だろ」と、ミチオは端的に答えた。

「でもミチオ、最高裁の判事もさすがにヤバいと思ったんじゃない？　実子として認めないという判決を出したときも、立法による速《すみ》やかな対応が強く望まれるとかなんとか判事が言ったらしいから」

「俺もその記事読んだ。だけどそれから何十年も経ってるのに代理出産の議論は進まないどころか、議論さえしてねえじゃん」

ミチオもかなり突っ込んだところまで調べたらしい。

「法律なんかどうでもいい気がしてきた。人のプライベートなことに国は口を出すべきじゃないと私は思う」

「たぶん国は、クローン人間や人身売買を心配して法律でしばってるんだろ」

そういう考え方ならわかる。だけど実際問題として、代理母を使って子供をモノのように量産して売り飛ばすだとか、クローン人間を作るなどということが、この日本であり得るだろうか。そんなの限りなくゼロに近いと思うのだけど。

「まっ、どっちにしろ、そろそろ法律は変わると思うぜ」

「なんでそう思うの？」

「金持ち中国人の代理母を引き受ける貧乏な日本の女が増えたからだよ。それについては、化石ジーサンたちが怒りまくってる。普段あれだけ男尊女卑でも、日本人の女が中国人の女より下位にいるのは許せないらしい。なんだかそれもまた別の意味で差別的でゾッとするけどな」

日本が代理母の供給地として世界で注目される日がくるのだろうか。代理出産に関しての法律がないのだから可能性はある。そのうえ地震や噴火に見舞われても暴動ひとつ起きないし、火山灰にまみれても人々は工夫を凝らして暮らしている。いまだに犯罪の少ない安全な国だと世界からは見られている。

「俺たちは筑波高原病院の方針に倣《なら》おうぜ。法律や自主規制なんて無視しよう」

「賛成。これで、だいたい方向性は決まったね」

「代理母が出産するときも筑波高原病院に頼もうぜ」

二度と足を踏み入れたくないと思っていた。だが、自分たちの条件に合う病院を他に探し出すのは不可能に近い。代理出産を引き受けてくれて、そのうえ依頼者を母とした出生証明書を出し、医師も看護師もお節介すぎるほど親切で誠実な人々が揃っている病院。そんな病院を他に探せと言われても至難の業だ。

文子に会う約束も取りつけていた。協力してくれるかどうかはわからないが、頼むだけは頼んでみよう。

これからも、なんでもミチオと話し合って決めていこう。たまに意見が合わなくて険悪な雰囲気になることもあるけれど、幼い頃から身内のような感覚で育ってきた。

二人揃って大金持ちになってやる。

12　ユキ

正式に代理店「ハッピーライフ」を立ち上げ、代理母の募集を着々と進めていた。

ミチオが作ったウェブサイトに、私が文言を添えた。

――素晴らしいお仕事です。あなたの献身的な働きで不妊に悩む女性を救うことができます。あなたの力で明るい世界に引っ張り出してあげてください。

ウェブサイト画面の右上のボタンで、日本語、英語、中国語、韓国語、スペイン語、ヒンディー語に切り替えられるように設計した。

――代理母になるための基本条件
・十八歳から五十歳まで。
・自分で出産した子供が一人以上いること。
これらの条件は私の強い願いだった。私のような女――子供を産んだ経験のない未成年の女——だと、心の傷が深すぎるし、それをきっかけに、女であることへの生理的嫌悪感がどんどん大きくなるおそれがあるからだ。

代理母になってくれそうな女を物色するために、通訳を頼まれていない日でも、時間が許す限り一條文庫に顔を出すようにしていた。小学校三年生までは保護者が送り迎えをする決まりがあるから母親たちに会える。とはいえ、いきなり代理母の話をすれば警戒されるだろうから、当たり障《さわ》りのない天気の話から始めたり、子供たちの家での様子などを聞いたりした。私が祥子の手伝いをしていることはみんな知っているからか、母親たちは思ったよりすぐに気を許して様々な話をしてくれた。来日して何年経っても、いまだに友だちができずに孤独な日々を過ごしている女も多く、母国語で話せて楽しいと言い、長話をして帰る母親もいた。

「ユキちゃん、ママたちみんな喜んでるわ。私は英語しかできないから助かってる」

祥子にそう言われるたびに、罪悪感でいっぱいになった。本当の目的を知られないようにしなければと、神経が張りつめた。

母親たちと話す中で、言葉の端々から生活レベルを見極め、真面目で努力家であるかどうか、なりふりかまっていられないほど貧乏か否かなどを観察しながら、心の中で着々と選抜していった。

ターゲットを決めると、祥子がいない隙を狙って母親たちに手紙を渡した。ジュディを始めとして、その他のインド人、パキスタン人、フィリピン人、日系ブラジル人、そして日本人だ。手紙には、募集要項と代理母説明会の日程を書いておいた。注意書きとして、本件は一條文庫とは一切関係ないため、問い合わせは館長の祥子ではなく、私が代表を務める株式会社ハッピーライフにするよう太字で添えた。

本人が十分納得したうえで引き受けてもらいたかった。しかし、その報酬を、夫や親族に横取りされることなく本人に手渡すことは容易ではない気がしていた。いっそシングルマザーで係累なしであればいいのにと思う。

――カネの行き先までユキが心配してやる必要ねえよ。

ミチオならきっとそう言うだろう。だけど、女が命がけで稼いだカネを男が巻き上げ、そしてギャンブルで摩《す》った挙句、もっと稼いでこいとばかり何度も代理出産をさせる。そんな可能性があるなら黙って見過ごすことはできない。

私自身はアイツの元から逃げることができた。だけどそれは、ここが日本で、私は日本語ができるからだ。それに、いざとなればミチオや祥子がいた。仮に二人が助けてくれなくても、どこか遠くの町で住み込みで働くこともできただろう。だが、日本に出稼ぎに来て日本語のできない子持ちの女たちには逃げ場がない。

ウェブサイトでの募集には二十三人の応募があり、ほとんどが日本人の女だった。食べていくのがやっとという若い女が急増しているのは知っていたが、代理母になるほど追い込まれているとは知らなかった。いつだったか、代理母のなり手がなくて困っていると嵯峨院長が言っていたことがあった。それなのにハッピーライフにこれほど応募してくるのは、ウェブサイト上に料金体系をきちんと載せたからかもしれない。

ミチオと二人で、応募してきた女たちの書類を精査した。ミチオの提案で裁判記録を調べた結果、窃盗や売春で捕まったことがある女が何人かいた。きっとそれぞれに、同情せずにはいられないような深い事情があるのだろうが、会社の信用問題に関わるので、心を鬼にして前科のある女は除くことにした。

説明会の会場には、廃業した小さな映画館を利用した。一條文庫に子供を通わせる母親九人と、書類選考を通った二十人が集まった。客席の前方に座ってもらい、私は舞台に立った。ミチオは舞台の袖で、姿勢を正して執事のように控えている。二人ともスーツを着ていたので、少しは大人っぽく見えたはずだ。古着屋に行ったとき、ちょうど売れ残りを処分しようとしていたところだったので、無料で譲ってもらったのだった。

会場をざっと見渡すと、最前列にジュディが座っているのが見えた。目が合うと、ジュディは小さくうなずいた。

最初は日本語で説明した。受精卵を子宮に着床させるまでの日程と手順、報酬の六百万円の他にマタニティドレスの費用十万円を支払うこと、生命保険や医療費を全額負担すること、双子や三つ子の場合は一人につき五十万円の追加費用を支払うこと、帝王切開の可能性もあることを承知してもらいたい旨などを説明した。

そのあと提携先の病院名や理事の塩月文子の名を出すと、皆やっと安心したような顔をした。文子に会社設立の趣旨を説明したとき、是非協力したいと言ってくれたのだった。そして、筑波高原病院の院長も快諾してくれた。たぶん文子の口添えがあったのと、代理母が不足しているからだろう。最後に、私自身が代理母経験者であることを伝えると、女たちがぐっと力を入れて話を聞き始めた。

その次に、全く同じ内容のことを英語で話した。フィリピンの女たちは生真面目にノートにペンを走らせ、いくつか質問も出た。次に、インド人にはヒンディー語で、パキスタン人にはウルドゥー語で話したのだが、双方とも首を傾げるばかりで話が通じていないようだった。これまで一條文庫で会ったときは、様々な話題で話が弾んだことを思えば、自分の語学力に問題はないと思われた。

「わからないことがあれば遠慮なく質問してください」と私は言った。

ジュディがおずおずと手を挙げ、「受精卵とは何ですか？」と尋ねた。すぐそのあとに、他のインド人の女が「子宮って何？」、そして別の一人が「排卵とは何ですか？」と聞いてくる。

私は口を半開きにして彼女らを見つめていた。途方に暮れてしまったのだった。初日の今日は、導入部を簡単に説明して短時間で終わるつもりだった。

ミチオを振り返ると、目が合った。

——ユキ、どうした？　彼女たちは何を尋ねたんだ？

ヒンディー語やウルドゥー語がわからないミチオの目がそう聞いている。日本人や日系ブラジル人たちも、同じような目で私を見つめていた。

「思わぬ質問が来てしまって……」

「どういった質問ですか？」と日本人の女が尋ねた。

「彼女たちは、子宮だとか受精卵という言葉の意味がわからないようです。排卵の仕組みなんかも」と、私が答えると、日本人の女たちが驚いたように目を見合わせた。

ミチオは黙ってインド人とパキスタン人の女たちを見つめている。

「それでは……ですね、インドとパキスタンの方は少し残っていただけますか。その他の皆さんは、これで終わりにします。今日説明させていただいた内容を、ご自宅にお帰りになってからご自身でよくお考えいただき、ご家族にも相談してみてください。その結果、代理母に挑戦してみようと思われる方は、正式なお申し込みをお願いいたします。追って面接の日程を個々にお知らせいたします」

ジュディを含む三人のインド人と、一人のパキスタン人はその場に残り、その他の女はぞろぞろと帰っていった。

「ユキ、こいつらにもお引き取り願えよ」

彼女らが日本語を知らないのをいいことに、ミチオは大きな声で言いながら、舞台の袖から私の方へ歩み寄ってきた。

「でも……」

ジュディたちは、客席から大きな瞳で私たち二人を見上げている。

「こんなヤツら厄介なだけだろ。さっさと帰ってもらえよ」

「私は説明したいと思うんだよね」

「説明って、何を？」

「だから生物学的なことだよ。子宮とか妊娠の仕組みとか」

「出た出た。ボランティア精神は捨てろって。無理だってば」

そのとき、パキスタン人の女が一瞬顔を顰《しか》めたように見えた。もしかして、少しは日本語がわかるのではないか。それともミチオの顔つきや怒ったような声音《こわね》から察したのか。

「ユキ、あいつら教養がないだけじゃないぜ。育ちの悪さが依頼人にバレて問題が起こるに決まってる」

「育ちが悪いのは私も同じだよ。でも大丈夫だった」

私が王明琴と面接したとき、年齢や経歴を偽っていることがバレないかとハラハラしっぱなしだった。依頼者は経歴書を見て代理母の候補を選び出し、そのあと面接でさらに絞り込む方式だった。本当は高校中退なのに、勝手にアイツが「大学在学中」と書いたのだ。子宮を借りるだけだから若くて健康でありさえすればどんな女でもいいと思うのだが、王明琴は代理母の学歴だけでなく、家族構成や生活水準にまでこだわった。そのうえ清潔感があって素直そうな女を好んだ。聞いた話だと、富裕層の中国人女性の間では、日本人の代理母は優しくて性格もいいと評判が高く、人気が集中しているらしい。最近では、日本人女性に代理母をやらせることが、中国人セレブの間でステータスになっていると聞く。

――私、ユキに決める。

面接の日、王明琴は即決したのだった。

――だって育ちの良さが滲み出ているもの。

つまり、私のような世間知らずの子供でも、アイツの訓練で依頼者の目をごまかすことができたのだ。

「ミチオ、依頼人は履歴書とオンライン面接で代理母を選ぶんだよね」

自分のときは早産の恐れで入院したこともあり、依頼人の王明琴がちょくちょく見舞いにきたが、自分たちの会社では接触の機会を極力少なくすればいい。

「短時間なら無教養な女でも礼儀正しく振る舞えるよ」

「そんなにうまく行かねえよ」

「だったらホワイトボードのある会議室を用意しようよ。そこで講習会を開いて、少しずつ勉強してもらえばいいよ」

「はあ？　ユキ、それ本気で言ってんのか？　こいつらに同情してるだけだろ」

「そうだよ、同情してるよ。悪い？」

そう言うと、ミチオは呆れかえったように天を仰いだ。

「開き直るなよ。わかった。今日はこれで終わりにして、家に帰ってから話し合おう」

「そうだね、彼女らを待たせて言い合いしてる場合じゃなかった」

私は、ジュディたちに向き直った。

「今日はここまでにします。またメールで連絡します」

そう言うと、ジュディは不安そうな表情で私を見た。

「やっぱり私たちはダメなんだ」と、別のインド人がつぶやくのが聞こえた。

「色が黒いからダメなんだよ」と、隣のパキスタン人が続いた。

それまで黙っていたジュディがすっくと立ち上がり、上着を羽織って帰り支度を始めた。

「私たちには希望がない。前世からの因果だよ」

ジュディはそうつぶやくと、くるりと背中を向けて出口に向かった。他の三人も絶望的な表情で、ジュディのあとに続く。

「ちょっと待って、ねえ、ジュディ」

「ユキ、ほっとけよ。目を醒《さ》ませよ」

ミチオを振り切り、私は壇上から飛び降りて四人を追いかけた。

「あなたたちには妊娠の仕組みを知ってもらう必要がある。あなたたち自身を、あなたたちの身体を守るためにもね」

そう言うと、四人とも一斉に振り返った。

「勉強する気はある？」と尋ねると、四人同時に「ある」と即答した。みんな怖いくらい真剣な目をしている。背後でミチオが大きな溜め息をつくのが聞こえた。言葉が理解できないミチオでも、私の雰囲気から何を言ったか予想がついたのだろう。

「だったら、勉強会の日時をあとで連絡するから必ず来てください」

「わかった」

「必ず行く」

「ありがとう」

口々に言って帰っていった。

帰りは、ミチオと無人タクシーに乗った。

「ユキ、ちょっと悠長じゃないか？　間に合わねえだろ」

「当面は日本人の代理母だけで間に合うよ。インド人たちは最初は大変でも、ハングリー精神で乗り越えると思う。長い目で見たら、教育体制を整えた方がのちのち楽になるはず」

「最初から教養のある女を雇えばいいだろ」

「それじゃあすぐに人数が足りなくなるよ。ミチオ、彼女たちを頼むよ」

「えっ、まさか俺が面倒見んのかよ。そもそも頼むって何を」

「生物の教師役だよ。立ち居振る舞いは私が教える」

「あのさ、ユキ……」

「テキストも用意してね。理科の授業で使う人体図みたいなのもね。廃校になった小学校に潜り込めばあるはずだよ」

　ミチオは人に説明するのがうまい。自分よりずっと適任だ。

「ユキ、本気で言ってんのか？　確かに周りは廃校だらけだけど」

「頼みます。この通り」

　私は頭を下げた。ジュディたちを見捨てることが、どうしてもできなかった。金持ちになるという目標を達成するためには、私だって回り道はしたくない。手っ取り早く稼ぎたいに決まっている。だけど、ジュディの絶望した表情や、ルドラの涙が溜まった大きな目を思い出したら、矢も楯《たて》もたまらなくなるのだ。

「何度も言うけど、俺たち慈善事業やってるんじゃないんだぜ」

「だったら聞くけど、貧乏人は努力する場も与えられないってこと？」

「いや、俺は別に……」と言いかけて黙り、ミチオは私を見つめた。

「ミチオの言いたいことはわかる。ミチオは正しい、だけど」

「ああ、もう、わかったよ。やりゃいいんだろ。めんどくせえ女だな」

「ごめん」

「どうせなら候補者全員を勉強会に呼ぼう。その中で、賢い女がいるかどうか観察してみるよ。もしもいたら代理母じゃなくてスタッフとして育てよう。今後は俺とユキだけじゃ無理だ」

「うん、それは任せる。ミチオ、ありがとう」

「よし、俺は生物の教師を目指すつもりで、今夜から勉強するよ」

「さすが、ミチオ。頼りになるよ」

そう言うと、ミチオは照れたように横を向いた。

13　倉持芽衣子

煉瓦造りの図書館が見えてきた。

高校時代の同級生だった明美が生まれ育った家でもある。明美は電車内の痴漢を突き出して逆恨みされ、暴行されて妊娠し、そして自殺した。姉の祥子は事件のショックで外出できなくなって大学を中退し、今はこの図書館を一人で運営していると聞いていた。

この図書館が、雨宮産婦人科クリニックの目と鼻の先にあると気づいたのは先週だった。夕飯のときに静子が言ったからだ。

――この近所にね、素敵な洋館があるのよ。二人の可愛らしいお嬢さんがいらしてね、互いのワンコを通じて友だちになったのよ。ワンコと散歩するたびに、公園でおしゃべりするのが楽しみだった。でも……。

そこで静子は黙ってしまった。

――でも？　何ですか？

――下のお嬢さんが不幸なことになってしまってね。

建物だけ見てすぐに帰ろう。明美が亡くなったときは家族葬だったこともあり、姉の祥子に会ったことはなかった。ぎこちなく初対面の挨拶をしたところで、わざわざ互いの悲しみを掘り起こすだけだ。そう考えて、休診日を利用して訪れてみたのだった。

それにしても、これほど大きくて素敵な洋館だとは想像もしていなかった。

――今度うちに遊びに来てよ。

明美は何度も誘ってくれた。きっと自慢の家だったのだろう。前庭が広いだけでなく、中庭もあると聞いていた。だが、互いに部活や勉強に忙しくて都合が合わず、とうとう一度も訪ねることができなかった。

門が開け放たれていたので、中に入って奥へ進んでみた。石造りの柱の陰から、今にも明美がいたずらっぽい笑顔を覗かせて、フフフと笑う気がした。私は四十代になったけれど、記憶の中の明美は高校生のままだ。もしも生きていたら、今ごろ医師になっていただろう。私よりずっと優秀だったから、受験差別のある医学部であっても、現役合格していたのではないか。

――もう帰るね。私、頑張るよ。

心の中で明美に呼びかけてから踵を返した。そのとき、大型バイクが門から入ってくるのが見えた。すれ違うとき、後部座席の女の子がこちらに顔を向けたように思ったが、大きなゴーグルで顔はわからなかった。

「芽衣子先生じゃないですか？」

その声に驚いて振り返ると、バイクから降りてきた女の子が、素早くヘルメットとゴーグルを取った。

忘れもしない。あの不幸な女の子だった。経産婦でもないのに、義父に代理母をやらされたのだ。

「ユキちゃん、だよね？」

「そうです。ユキです。やっぱり芽衣子先生だった」

何やら慌てている様子で、妙に早口だった。そのとき、バイクの運転席からすらりとした青年が降りてきて、すぐにバイクを押して奥へと進み、繁みの中にバイクをすっぽりと隠すようにして停めた。

「どうして芽衣子先生がここに？」と、ユキが不思議そうに尋ねたとき、さっきの青年が、「ユキ、挨拶は後にして早く中に入れ。急げっ」と、ユキの背中を押した。ユキがドアの中に走り込んだあとも、青年はドアを手で押さえたまま、私に早く入れと言わんばかりに険《けわ》しい顔でこちらを見ている。青年の切羽詰まった表情が気になって、あっと思ったときには、私も建物の中に駆け込んでいた。すぐ帰るつもりだったのに。

ユキと青年が広間の螺旋階段を駆け上がっていく。その後を追って二階に上がると、本の整理をしている女性の後ろ姿が見えた。艶のある黒髪が明美を彷彿《ほうふつ》とさせた。

「祥子さんっ」と、青年が大声で呼びかけた。

「どうしたの？　そんなに慌てて」

女は言いながら私に気づくと、こちらはどなた、とでも言うようにユキに目で問いかけた。ユキが口を開きかけると、青年は早口で遮った。

「祥子さん、俺たちを匿《かくま》ってください。ユキのオヤジがユキを捜しまわってるんです」

「どういうこと？」と祥子は驚いたが、それ以上は尋ねず、素早い動作で貸し出しカウンターの中に入り、奥にある扉を開けた。「早く入りなさい。そちらの方もどうぞ」と、祥子は私にも手招きをしてくれた。

全員が中に入ると、祥子は後ろ手にドアを閉めてから声を落として尋ねた。「いったい何があったの？」

「ユキは家出して、俺と二人で高層マンションに忍び込んで暮らしてたんです。それで……いや、今そんなこと話す時間はない。えっと……」

ミチオという青年の話によれば、ユキと二人で立ち上げた仕事の目途《めど》がついた矢先に、ユキの義父が乗り込んできたという。チャイムが鳴ってインターフォンを覗くと、日頃から親しくしている管理人だったので警戒心もなくドアを開けた途端に、義父が乗り込んできた。義父は管理人に対し、不法侵入の手助けをしたことを通報するぞと脅したという。

「オヤジがユキを無理やり連れ去ろうとしたんで、俺が殴り倒して、その隙に逃げてきたんです。言っときますけど正当防衛ですよ。オヤジのポケットから手錠《てじょう》が覗いているのが見えて、マジでヤバいと思ったから」

手錠という言葉に、祥子が思いきり顔を顰《しか》めた。

「アイツ、今後三十年以上、つまりユキが五十代になるまで代理母をさせて稼がせようと計画してたんですよ。ほんと許せねえ」と、ミチオが吐き捨てるように言うと、ユキは耐えるように唇《くちびる》を真一文字に結んで俯いた。

「ユキちゃんのお義父さんは、この場所を知らないの？」と、祥子が問う。

「たぶん知ってます。でも押し入ってくることはないと思います。アイツに図書館は敷居が高いでしょうから」

「ユキちゃん、その考えは甘い。そういう類いの男はなりふり構わず何でもするものよ。あなたたち二人が泊まる部屋くらいは用意できるけど、お義父さんが仲間を引き連れて乗り込んできたりしたら防げないわ。ホテルに泊まった方が安全だと思う」と祥子が言う。

「だって私たち、もうお金がなくて……」

「残金の四百万円はどうしたのよ。あのとき振込先を変えたじゃないのっ」

私は知らない間に大声を出して問い詰めていた。祥子とミチオが目を見開いて私を振り返った。

「ユキちゃん、こちらの方は？」と、祥子が尋ねた。

「代理出産したときの私の主治医です。さっき門のところで偶然会ったんです」

「ユキちゃん、残金はどうなったの？」と、私は初対面の二人に挨拶もせず尋ねた。

「オヤジが横取りしました」と、ミチオが続けた。「代理店の営業の男に裏金を渡して、オヤジの口座に振り込ませたんです」

溜め息しか出なかった。義父は合計五百万円も手に入れたくせに、それだけでは満足できず、今後もユキに稼がせようとしているのか。そのためにユキの行方を捜しまわるとは、なんという執念だろう。出産なんて女なら誰でもできるのだからたいしたことじゃないと男たちは思っているが、実際は命懸けなのだ。それなのに、代理出産の報酬をユキ本人が受け取れないとは、この世の中はどうなっているのだ。

「あのう、ところで、お医者様がうちに何の御用で？」と、祥子が遠慮がちに尋ねた。

「申し遅れました。私、倉持芽衣子といいます。特に用があったわけでは……散歩の途中に通りかかりまして」

「倉持芽衣子……聞いたことがあるわ」と、祥子はつぶやくように言った。「もしかして、明美の同級生の？」

「ええ……実はそうです。でも、どうしてご存じなんですか？」

「明美が家でよく話してたもの。とても気が合うんだって」

祥子はそう言うと、悲しみと親しみがごちゃ混ぜになったような笑みを浮かべた。

「それ、事故で亡くなった妹さんのことですか？」とユキが尋ねた。

どうやら明美が自殺したことは知らないらしい。

「それよりユキ、ここがダメなら、そろそろ行かないと」と、ミチオが焦っている。

「でも、どこに逃げればいいのか……」

「ユキちゃんも苦労するわね。まだ十七歳なのに」

そう頭を抱えながら言った祥子の言葉に、私は驚いてユキを見つめた。

「まだ十七歳って、どういうこと？　出産してから、どれくらい経つ？　あれ？　ユキちゃん、出産したとき何歳だったの？」

「……十六でした」

私は息を呑んだ。そして両手で口を押さえていた。

ミチオがじっとこちらを見た。数秒の間、目を見合わせたが、ミチオの目に涙が滲んできた途端、彼は目を逸らした。この青年がユキに親身になっていることが嬉しかった。ユキには信頼できる人が必要だ。

「だったら、うちに来ない？」と、自然と口から出ていた。義父の狡猾《こうかつ》そうな笑みが頭に浮かび、このまま放っておくわけにはいかなかった。

「使っていない部屋があるのよ。ここから近いの」

「ここから近いってことは、『ゆうなぎ』からも近いね。それは……マズいかも」と、ユキが独り言のようにつぶやいた。

「目に付きにくいマンションよ。建物の周りは草木が伸び放題で、打ち捨てられたような雰囲気だから」

「芽衣子先生、ミチオと一緒でもいいですか？」と、ユキは遠慮がちに尋ねた。

「もちろんよ。若い男の子がいると心強いわ。用心棒役をお願いね」

「だけど、お義父さんが警察に捜索願いを出したら厄介ね」と、祥子が眉根を寄せた。

「それはないと思います」と、私は答えた。「だって十六歳の子供を代理出産させたとなると刑務所行きですから。私の高校時代の同級生で弁護士になった悪友が何人もいますから、いざとなれば相談してみます」

　図書館を出ると、ユキとミチオと三人でマンションに向かって走った。ミチオの派手なバイクがユキの義父の目に留まるとまずいので、図書館のガレージに置かせてもらうことにした。

マンションに着いてエレベーターに乗り込んだとき、静寂の中でユキのお腹がぐうっとなった。聞けば、朝から何も食べていないと言う。

忙しい毎日を送っているため、冷蔵庫には冷凍食品を大量に備蓄していた。その中からサーモンとほうれん草のラザニアとピッツァ・マルゲリータを取り出してオーブンで焼き、冷凍のミックス野菜をレンジでチンして適当に塩と胡椒《こしょう》を振りかけてテーブルに並べた。

「すげえご馳走。腹減ったあ」

「美味しそうだね」

三人で取り分けて食べながら、ユキの退院後の生活について尋ねた。ミチオと二人で起業したことや、二人は単なる幼馴染みであって恋人同士ではないこともわかった。

「で、起業って、どんな？」と、私はラザニアをつつきながら尋ねた。

「代理母のエージェンシーを立ち上げたんです」と、ユキが言った。

私は驚いてフォークを置いた。「それで、どうなの？　代理母になりたいって応募してきた人はいるの？　何人くらい？」

矢継ぎ早に質問していた。それというのも、雨宮産婦人科クリニックと提携していた代理母斡旋業者が断わってきたのだ。依頼者の女性が独身やレズビアンであることが知られてしまい、戸籍抄本《しょうほん》の提出を求めてきた。

——貴社には決して迷惑はかけません、全責任は私どもが負います。

静子が何度言ってもダメだった。

「代理母になりたい女は結構いますよ」

ユキによれば、一條文庫に通う子供たちの母親や、ウェブサイトを見て応募してきた母親たちの中から選抜し、既に研修も行ったらしい。国会議員の塩月文子に理事になってもらい、筑波高原病院と提携したという。

「ねえユキちゃん、うちのクリニックとも提携しない？」

ユキの会社に頼めるならば、戸籍制度に縛られない生殖医療ができる。そのうえユキとミチオがここに暮らせば代理母選抜の過程も見守れるし、彼らの経験不足を補える。いいことずくめだ。

14　倉持芽衣子

午後いちばんの患者は、四十歳既婚の川口《かわぐち》康美《やすみ》という女だった。

白いスニーカーとショートカットが似合っている。動きがきびきびとして運動神経が良さそうだ。申込書には不妊治療を始めて四年経過とあり、代理出産に切り替えたい旨が書かれていた。

――まだたったの四年じゃないか。世の中にはね、十年以上も不妊治療を続けている女性が大勢いるんだよ。

どこの病院でも医師にそう言われたらしい。我儘な子供を諌《いさ》めるような言い方をする医師ばかりで、絶望したという。

「ショックでした。私はそれまでずっと生理があるうちは妊娠できると思ってたんです。今まで病気ひとつしたこともないし、毎年の健康診断でも結果は良好で、それに生理も順調だから、何の問題もないと思ってました。卵子が老化することを知っていたら、もっと早くに人生設計を切り替えたのに……。それを思うと悔しくて、夜も眠れないんです」

康美が語った内容に、私は内心驚いていた。隣に座る静子も「ほう」と言っただけだった。

康美は一流企業に勤めているうえに理知的な雰囲気を漂《ただよ》わせている。それなのに、三十歳を過ぎると妊娠しにくくなることを知らなかったのだろうか。そんな基本的なことはどの妊婦雑誌にも書いてあるし、病院の母親教室でも最初に教わることだ。結婚年齢が上がったことで、最近では不妊治療を覚悟する女が多くなっているのだ。

だが考えてみれば、そういった女性誌や教室と関わるのは妊婦や妊活をしている女だけだ。康美のように仕事に邁進していて、妊娠など遠い将来のことだと捉《とら》えていたら、出産リミットに関わる情報とは接点がなかったのかもしれない。

「夫は子供は要らないというんです」

「えっ、そうなの？」と、静子は意外だという顔をした。

「医師から不妊症だと言われたとき、夫は早々に諦めたんです。夫婦二人で仲良く暮らしていけばいい、子供のいない人生も楽しいと言うんです」

一般的に男の方が諦めが早いことは、以前から聞いていた。

「でしたら、お相手のご両親から、孫の顔が早く見たいというようなプレッシャーがあるとか？」と尋ねてみた。

「それはないです。夫の両親は富士山の噴火で亡くなっておりますので」

「そうでしたか。それは大変でしたね」

そう言いながら手もとの申込書に目を落としたとき、ふと住所欄に目が留まった。

「兜山《かぶとやま》町」という印象に残る町名をどこかで見た覚えがある。

「このご住所は、今話題になっている……」と、私が言いかけると、康美は大きくうなずいた。

「そうなんです。例の町です。住民がこぞって反対運動をしています。閑静な住宅街に保育園なんか建てられちゃ迷惑ですものね」

「でも川口さん自身は保育園建設に賛成しておられるんでしょう？　現に、子供を欲しいと思ってらっしゃるわけですから」と静子が尋ねた。

「もちろんです。でも反対する人の気持ちもわかります。子供の泣き声ほど苛々するものはないですから」

「あまり子供好きではない、ということですか？」と、私は聞いてみた。

「ええ、実はすごく苦手です」

「苦手なのに子供が欲しいんですか？」と、またもや尋ねずにはいられなかった。

「子供嫌いの人でも、我が子だけは可愛くて仕方がないって言うでしょう？」

「そんなの人それぞれよ。虐待のニュースはしょっちゅうじゃないの」と、静子がぞんざいな口調で言った。

「私が子供を虐待するとおっしゃってます？」

康美のこめかみがピリピリと震えたように見えた。

「そうは言ってません」と私は言った。

そのとき、静子が黙ったまま遠い目をして窓の外を見たのが気になった。

「この年齢になってから気づくのも、自分でもどうかと思うんですが」と、康美は苦笑いをして続けた。「やはり女は子供を持って一人前だと思うんです。会社の後輩で子持ちの女性がいるんですが、普段は私を上司として敬《うやま》う態度を見せるくせに、飲み会になると大声で子供の話ばかりするんです」

「ほう」と、静子がいかにも興味なさそうな相槌を打った。

「彼女ときたら優越感が見え見えなんですよ。ニコニコしてるけど、本当は私のこと見下してるんです。私みたいに出世したって、子供がいなけりゃ女として失格だって、きっとそう思ってます。そんなの考えすぎだって、みんなに言われますけどね」

「考えすぎだとは思いません」と私は言った。「だってそうでしょう。不妊治療で苦しんでいるあなたの前で子供の話ばかりするのは配慮が足りないと思います」

「え？」と、康美は私を見た。「まさか、会社の人たちに不妊治療のことは話していませんよ。そんなの当たり前でしょう。夫以外には誰にも言うつもりはありません」

そのとき、嵯峨院長から聞いたことを思い出した。

——例えばね、高血圧や胃潰瘍《いかいよう》を周囲にひた隠しにする人はあまりいないんだ。不妊症は生殖器官の慢性疾患か、または機能不全だ。つまり胃潰瘍などと同じで死に至る病気ではない。それなのに、数ある疾患の一つだと平常心で受け止めることができないで周囲に隠し通そうとする。子供が持てないとわかったときのショックが大きいこともあるだろうけど、一般の病気と比べて周囲から注がれる眼差しが違うからだ。他の病気であれば同情や労《いた》わりが寄せられるのに、不妊となると、見下されたり差別されたりするんじゃないかと恐れるんだ。

「できれば双子か三つ子が欲しいんです。双子なら男女一人ずつで、三つ子なら女の子二人に男の子一人にしてもらえますか」

「双子か三つ子だなんて、子育てが大変よ」と静子は言った。

「かまいません。だって私の同級生たちは、末っ子が小学校に入学したんです。だから、後《おく》れを一気に取り戻したいんです」

「へえ」

静子は呆れたように大きな溜め息をついたと思ったら、もうこれ以上聞きたくないとでもいうように、視線を再び窓の外に移した。

「ご自身もごきょうだいが多いんですか？　きっと賑《にぎ》やかで温かい家庭でお育ちになったんでしょうね」と、私は鎌《かま》をかけてみた。

「いいえ、逆です。私には年の離れた姉がいますけど、子供の頃から仲が悪いんです。大人になってからはほとんどつき合いはありません。母が極度の神経質で、いつも苛々して怒鳴り散らしていました。私にとって母は反面教師です。だからこそ、子だくさんの優しいお母さんに憧れるのかもしれません」

あなたには子だくさんは似合わない。包容力のあるタイプにも見えない。そういう器じゃないのよ。本当はそう言いたかった。

「ご事情はよくわかりました。私どもでご希望に添えるかどうか検討してから再度ご連絡します」と静子が締めくくり、相談を終わらせた。

「待ってください。先生、つまりそれは断わる場合もあるということですか？　うちは経済的な心配もありませんし、夫も協力すると言ってくれています」

「ええ、それはわかっておりますよ。ですけど、うちのクリニックではスタッフと協議してから決定する規則になっていますから」

「……そうですか。では良いお返事をお待ちしています」

そう言って、康美は帰っていった。

仕事を終えて渡り廊下の向こうのダイニングへ行くと、ミチオとユキが夕飯を整えて待っていてくれた。二人が同じマンションに越して来て以来、自然と夕飯を共にするようになっていた。真ん中に据えられた鍋には山盛りのおでんが煮込んであり、茶色くなった大根が美味しそうだ。

「あらま、気が利くこと」

熱燗《あつかん》が用意されているのを見て、静子は嬉しさを抑えきれないようにニヤリとした。

川口康美の事情や要望を、ユキとミチオに詳しく伝えると、ミチオは言った。

「その女、言語道断です。子供はアクセサリーじゃないと言ってやってください」

ユキたちと業務提携したのは、他の斡旋業者に依頼を断わられたのが一番の理由だが、話をするうちに、二人とも医学的なことを実によく勉強していることがわかったからだ。そして、静子の言葉——若い人々がこれからの世の中を支えていくのだから、学会の化石オヤジの意見なんかよりも、若い人の意見に耳を傾けた方がいい——で方針が決まったのだった。

ミチオは辛子《からし》を取り分けながら更に言った。「産むのはモノじゃなくて人間ですよ。洋服みたいに、買ったはいいけど気に入らなかったから捨てる、というわけにいかないんですよ。人間は犬や猫と違って百年も生きるんです。母親に向かない女に育てられたら、トラウマを抱えたままの百年を送るってことになるんです」

「でも断わりづらいよ。あなたは性格的に母親に向いてませんから、なんて言えるわけないしね」と、私はわざと意地悪なことを言ってみた。若い人の反応を知りたかった。

「遠慮せずはっきり言ってやりゃあいいんですよ。俺やユキみたいな子供が増産されたら可哀想です」

「可哀想な子供だったかもしれないけどさ、ミチオくんもユキちゃんも今は前向きに生きてるよね？」と、私はなおも言ってみた。

「それはたまたまですよ。みんながみんな知恵を絞って会社を設立できるとでも思ってるんスか？　俺たちみたいに法律や裁判の判例を調べたりできると思いますか？」

さっきからユキは黙ったままだ。何を考えているのか、それとも何も考えていないのか、大きなじゃがいもを必死の形相で箸で切り分けている。

「ユキもなんとか言えよ」

「え？　うん……確かに十代でホームレスになってもうまく生き延びた人を、私はミチオ以外に見たことないね。みんな奈落の底に堕《お》ちていくよね」

その言葉に我が意を得たりとミチオが喜ぶかと思ったが、ミチオの表情には静けさのようなものが表れた。

「だろ？　由梨《ゆり》やトンボのこと考えてもそうだよな」

ミチオの話によれば、近所に住んでいた由梨は悪い男に騙されて行方不明になり、トンボという少年は生きていくために詐欺まがいのことをして刑務所に送られたという。他にも借金を負わされて息も絶え絶えの幼馴染みが少なくないらしい。

「犬や猫の譲渡会を考えてみてくださいよ」とミチオは言いながら、静子と私を交互に見た。

「ああ、あれね」と静子は言って、熱燗をうまそうにクイッと飲んだ。

「ご存じだと思いますが、飼い主には厳しい条件があるんです。犬や猫が幸せに暮らせる環境を用意できて、予防接種を受けさせられる経済力がないと、飼う資格がないと判断されます。会によっては、ペットに四時間以上留守番をさせないことという条件をつけるところもあるんですよ」

「へえ、そこまで厳しいとはね」と静子は言った。

「老犬となっても最後まできちんと面倒を見られるのか、途中で捨てたりしないかもチェックされます。それなのに、人間が子供を産むときには審査がないんですよ。子育てを放棄したり捨てたりする親は年々増えてるのに」

「なるほどね。ペットは大切にされているのに、人間の子供はどんなにひどい環境であっても許されてるってことね」と静子は言った。

「ミチオも私も、幸せな子供時代はほんの短い間だった」と、ユキが続けた。「うちの母はいつも働き詰めで疲れ果てていて、子供の方を全然見てなかったです。母がいなくなってから、私はもっと孤独になりました。車両の狭い空間には、義父と妹と弟がいましたけど寂しくてたまらなかったです。心の中に空洞があって、一生埋まらない気がしています。私は子供は要りません。お手本がなくて、どうやって育てていいかわからないから」

「でも、やっぱり断われないわよ」と私は言った。「だって、そうでしょう。他人の人生に口出しする権利は医者にはないもの」

「今日来た女はダメですってば。周りの人間に、女として不完全だと思われるのが嫌なだけですよ。それ以前に、考えが古すぎンだよ」

「ミチオくんの気持ちはわかるけど、子供を持つ持たないは個人の自由なのよ。本人さえよければ周りは口出しできないわ。そもそも私の仕事は生殖医療の手助けをすることだもの」

静子がそう言うと、ミチオは「……まったく、もう」と言って、大根に箸を突き刺した。

15　ユキ

一路が久しぶりに帰国した。

私とミチオは、義父から逃げてきてしばらくの間は芽衣子の所で居候させてもらっていたが、今は静子が保証人を引き受けてくれた３ＬＤＫを借りて暮らしている。そこは、芽衣子と同じマンション内の別の部屋で、家賃や初期費用は静子に立て替えてもらった。

一路は二週間の休みがもらえたらしく、いつも通り遠慮なく寛《くつろ》いでいた。少しでもミチオと一緒にいたいのか、休暇中なのに早起きで、今朝も三人分の朝食を用意してくれた。クロワッサンにレタスとカマンベールチーズを挟んだものとハーブティーだ。キウイとバナナを載せたヨーグルトもある。いつもは適当にお茶漬けをかき込むだけなので、テーブルが華やいでみえた。

「今日はミチオの誕生日だね。おめでとう。今夜は僕がご馳走を作るよ。ケーキも用意しておくからね」と、一路は朝から張りきっている。

「誕生日なんて、どうでもいいよ」

当のミチオは関心なさそうに言った。

「ミチオ、またそんなこと言って。誕生日は家族みんなでお祝いするものだよ」

ミチオがふと動きを止めた。

私にはわかる。ミチオがママのことを思い出していることが。そして無事を祈って心が苦しいのだと。

「俺は誕生会なんて開いてもらったことがない。アイツがそういうの、大嫌いだったから」

「本当に？　一回も？　それは可哀想だね」

一路の良いところは、可哀想という言葉を平気で口に出してしまうことだ。変に気を遣うこともなく、思ったことをそのまま言う。意地悪な面がなくて心優しいからか、不幸な育ちのミチオも私も、何を言われても気持ちがささくれ立つことはなかった。

「本当の父親がいた頃は、誕生祝いをやってくれてたみたいだけど、写真に残っているだけで俺の記憶にはない」

「その写真、僕にも見せてよ」

「もうない。アイツが破って捨てたから」

平然と言ったミチオを、一路は絶句して見つめた。可哀想でたまらないといった表情だ。

「一路、そんな顔すんな。どうってことないよ」

「何事も一長一短だよ」と、私は言った。

「ユキちゃんは何かっていえば一長一短って言うよね」と、一路がヨーグルトをかき混ぜながら言う。

「さて問題です」と私は続けた。「今年の誕生日、ひとりぼっちだとします。この三人の中で誰が一番つらいと感じるでしょう」

「一路だ」と、ミチオが即答した。

「だよね」と、私は言い、クロワッサンにかぶりついた。

「なんで僕なの？　っていうか、どうして君たちはいつも心が通じ合ってるわけ？」

一路はぷっと頬を膨らませ、隣に座っているミチオの背中をバチンと叩いた。

「痛いよ。手加減しろって」

「あ、ゴメン」

一路は気が弱くて優しいが、力は強い。

「だって一路は子供の頃から家族に誕生日を祝ってもらってきたから、それが当たり前になってる。そういう人は、ひとりぼっちの誕生日がすごく寂しいはずだよ。だけど、私とミチオはそんなの慣れてるから平気」

「……なるほど。確かに一長一短かも」と、一路はやっと納得したようだった。

「ご馳走様」と言って、私は立ち上がった。

「ユキちゃん、ずいぶん早食いだね」

「今日は予約がたくさん入ってるから早めに相談室に行くの。今日の分の申込書にもう一度目を通しておきたいから」

「俺もそうする。ご馳走様」とミチオは言って、ハーブティーを一気に飲み干した。

代理母の斡旋をするときは、クリニックの相談室を使わせてもらっている。壁一面にある棚の半分を静子が空けてくれたので、そこに資料などを置いている。

――若すぎて頼りないと思われないようにしなさい。

静子の提案で、私は芽衣子から借りた上質のツイードのスーツを着て髪をアップにしている。そうすれば三十歳前後に見えないこともないと自分では思っていた。ミチオも古着屋でもらったスーツを着ると落ち着いた雰囲気にはなったが、それでもせいぜい二十代半ばくらいにしか見えなかった。

玄関を入ってすぐの所にある、大きな鏡の前に並んで立ってみた。

「やっぱり俺たち、若造って感じがするよな」

「……そうかも」

鏡に映った二人は、髪がサラサラで光の加減によっては天使の輪が見える。パーマくらいはかけておくべきだったか。

「ユキはやっぱり白衣を着た方がいいね。その格好だと、女子高生が無理して大人ぶってるみたいだよ」

芽衣子も白衣を着た方がいいと言い、お古を一着プレゼントしてくれたのだった。そして堂々と振る舞うようにとアドバイスもくれた。ミチオはスーツのままだ。ミチオが白衣を着ると幼稚園の制服みたいだといって、静子が噴き出したからだった。

その日も朝から忙しかった。依頼者は二十代から四十代半ばまでと幅広く、事情も様々だった。一路は、そんな様子を知れば知るほど、ますます子供が欲しくなっている様子だ。

昼食は一路が鮭《さけ》おにぎりを作ってクリニックまで運んできてくれた。静子や芽衣子の分もあった。私とミチオは、午前の分のカルテを整理しながら立ったまま食べた。どの代理母を割り当てるかを話し合い、静子と芽衣子に説明するメモ書きも作る。ネット上で口コミが広がったのか、依頼者は日に日に増えていた。

――独身なのに引き受けてもらえました。

嬉しさのあまり、ついSNSに書き込んでしまった女がいたらしい。「A町のBクリニックで」と匿名なのに、ちょっとしたヒントで世間の人はいとも簡単に突き止めてしまう。

16　倉持芽衣子

午後もバタバタと忙しく時が過ぎ去り、窓の向こうが夕焼けに染まりつつある頃、その日最後の患者が来た。

ゲイだと名乗る武藤《むとう》雅紀《まさき》は、猫背で痩せていた。髪は長めで、黒シャツに細身の黒いズボンを穿《は》いている。今までもゲイカップルが訪れたことは何度かあったが、武藤のように一人で来るのは珍しかった。

「お相手の方は、今日はいらっしゃらないんですか？」と私は尋ねた。

――残念ながら、急に仕事が入ってしまって。

などと言い訳するかと思っていたら、男は何も言わずに思いきり顔を顰《しか》めて私を睨んだ。一人で来ちゃ悪いのか、俺の勝手だろと顔に書いてある。

「俺は女の子が欲しいんだけどね」

男はいきなり本題に入った。脚を組み、身体を折るように前のめりになっている。顔色が悪く頬がこけていて、見るからに不健康そうだった。

この男、本当にゲイだろうか。見ただけでゲイかどうかを、私には判断できない。だが、今まで来院したゲイカップルとは明らかに雰囲気が違う気がした。

ＬＧＢＴＱ＋の人々は、子供の頃から生きづらさを抱えていて、世間の目やイジメなどいくつもの困難を乗り越えて今日まで生きてきた。そういった経験から常に疑心暗鬼であったり、世間から差別されてきたことで自己評価が低く、気弱な面が覗いたり、人の痛みがわかる深い優しさのようなものが見えたりする。

つまり、複雑な人間性が表情に滲み出ていることが多かった。だが、この武藤と名乗る男に限っては薄っぺらさしか感じ取れない。

「女の子をご希望ということですね。お相手の方も同意されていますか？」

私はメモを取るふりをしながらも、表情の変化を見逃すまいと目を離さなかった。

「ああ、同意してる」と、武藤はそっけなく答えた。

「パートナーシップ証明は申請されていますか？」

「パートナー何？　なんスか、それ」と、武藤は問い返した。

私は絶句して武藤を見つめた。申請しているかどうかは別として、ＬＧＢＴＱ＋で、パートナーシップ証明の存在を知らない人は珍しいのではないか。

「同性愛者の婚姻届のようなものよ」と静子が言った。

「へえ、そういうもんがあんの？」

やはりおかしい。だが、ゲイでもないのにゲイのふりをする必要があるだろうか。

「お相手の方とは一緒に住んでおられますか？」

「あ？　ああ、まあね。そんなことよりさ、複数の子供を一度に産むことってできんの？」

「双子を希望される方がたまにいらっしゃいますが、代理母の方で断ることが多いんです。母体に負荷がかかりますからね、それに……」

「そういう意味で聞いたんじゃねえんだよ」

苛ついた声で、男は私の説明を遮った。

「俺が知りたいのは、例えば代理母を十人雇ったら、いっぺんに十人のガキを産ませられるかってことなんだ」

これほどぞんざいな口の利き方をする患者は初めてだった。

「十人も子供を作って、ちゃんと育てられると思う？」と静子が尋ねた。

「はあ？　何なの、ここは」

「何なの、とおっしゃいますと？」と、私は男を睨みつけながら言った。

「ここは患者に説教するところなの？　心配すんな。カネならある。最初の十人がうまくいけば、追加注文もしてやっからよ」

　この男は危険人物だ。女児を育て、児童ポルノか何かに利用しようとしているのではないか。絶対に断わらねば。

　それにしても、これほど頭の悪い男を見たことがない。普通なら、きちんとしたスーツ姿で礼儀正しく振る舞うくらいの偽装をするのではないか。とはいえ、ユキの義父のように、どんなに取り繕ったところですぐに本性が透けて見えることを思えば、結局は同じことだが。

　そのとき、隣に座っている静子が、テーブルの下でスマートフォンの録音ボタンを押したのが見えた。

「武藤さんは、子育てに慣れていらっしゃるのかしら？　つまり、今までにもそういった方式で女の子を育ててきたの？」

　そう言って、静子はにっこり微笑んだ。武藤にもっとしゃべらせて犯罪の証拠を集めようとしているのだろう。私はメモを取るために広げていたパソコンのカメラを反転させて武藤の姿を映し出し、録画ボタンをクリックした。

「東南アジアまで行かなきゃなんないって話だったから、俺には無理かなと思ってたけど、お宅のような病院が日本にあって助かったよ。俺はね、代理母っていうのは身体さえ丈夫なら、ブスでもかまわねえと思ってる」

　こちらが黙っているのを、了承したと勘違いしたのか、武藤は上機嫌になってきた。

「だけどな、卵子と精子の提供者だけはとびきりの美形にしてくれないと困るんだ。ここのクリニックは写真まで見せてくれるらしいじゃねえか。だから俺はここを選んだんだ。それと、ここからがいちばん重要なところだけどな、卵子提供者は胸とお尻がバンと張っている女にしてもらいたい。そんでもってＩＱは、精子も卵子も低ければ低いほどいい」

　一刻も早くお引き取り願いたかった。

「なるほど。そういうことを今までもしていらしたの？」と静子が笑顔を貼りつけたまま尋ねた。

「今回が初めてだよ。なんせ俺は外国語がからきしダメなもんでね」

　本当はもっと話を引き出して犯罪の証拠を集めるべきかもしれないとは思ったが、これ以上同じ空間にいたくなかった。あとは警察に任せたい。

「大変申し訳ないのですが、お宅様のご要望には応じられません」と、私はきっぱり言った。

「はあ？　何だと、お前、俺をナメてんのか」

男はいきなり立ち上がった。

「私どもには倫理規定がございます」と、私は言った。

「どこにそんなのが書いてあんだよ。ネットにはなかったぞ。ふざけんなよ。お前は客を自分の好みで選んでんのかよ。そんな権利がお前にあんのか？」

武藤は喚《わめ》きながら近づいてくる。今にもテーブルを乗り越えて私に殴りかかってきそうだった。

そのとき、バンと大きな音をさせて勢いよくドアが開き、一路が入ってきた。身体の大きい一路の威圧感は半端じゃなかった。

「いい加減にしろっ」

一路が、今まで聞いたこともないような低い声を出した。ぴったり身体に貼りついたTシャツを着ていて、胸の筋肉や六つに割れている腹筋が、くっきり浮かび上がっている。一路の背後に助産師がいた。どうやら一路に助けを求めに行ってくれたらしい。

「お前、そもそもゲイじゃないだろ。女好きな顔してるぞ」と一路が言った。

「だったら何なんだよっ」

武藤も負けじと大きな声を出したが、図体の大きい一路を怖がっているのか、少しずつ後退《あとずさ》っている。

　ユキとミチオが駆け込んできた。

「警察に通報しました。もうすぐ到着します」と、ミチオが言うと、武藤はさっと顔色を変えた。

「警察？　俺が何したっていうんだよ」

　そう言いながら、武藤は上着をつかむと、足をもつれさせながら慌ててドアから出て行った。一路もミチオも追いかけようとしなかった。

「警察に通報したっていうのは本当なの？」と、静子が尋ねた。

「いえ、嘘です。通報した方がよかったですか？」とミチオが問い返した。

「通報しなくてよかったわ。そしたら、きっとマスコミが嗅ぎつけて大騒ぎになるわ。そしたら、私たち仕事を続けられなくなる」と静子が言った。

「通報したところで捕まらないですよね。暴力を振るったわけでもないし、器物破損でもない。でも、あんな男を野放しにするのは危険です」とユキが言う。

「録画しておいたから警察に見せて相談してみようかな」と私は提案した。

「そうしましょう。それがいいです」と、ミチオが言った。

「もしも私なら……」と、静子は宙を睨みながら続けた。「女性と偽装結婚して戸籍を整えるわ。そしてクリニックを十軒回って女児を一人ずつ頼む」

「その方法なら可能かもしれませんね」と、私は同意しながらも、暗澹とした気持ちになった。

「あんなのがいっぱい現れたら人類はどうなっちゃうんだろ。怖くなるよ」と、一路が言った。

「きちんと法制化しないから悪がはびこるんだ。特にカネが絡《から》むと、弱い人間を食い物にしようとするヤツらが現れる。代理出産を禁止している国もあるのに、日本は曖《あい》昧《まい》だよ」とミチオが言う。

「あやふやなのが日本らしくていいのよ。要は抜け道があるってことだもの。言い換えれば、根っからの悪党が余所《よそ》の国と比べて圧倒的に少ないから厳しく取り締まっていないってことなんだろうけど」と静子が続ける。「だけど、さっきの男みたいなのは申し込みの段階で見抜けるようにした方がいいわね。このクリニックで独自の規定を作ったらどうかしら」

「そうですね。考えてみます」と私は答えた。

17　倉持芽衣子

その日の朝いちばんの患者は、五十一歳の内海《うつみ》美代子《みよこ》という女だった。雨宮産婦人科クリニックは、産科だけでなく婦人科もやっているので、更年期障害か何かで来院したのだろうと思っていた。

だが——。

「私は一度も結婚したことがありません。でも子供が欲しいんです」

そう言って私の顔を探るように見た。そして美代子は言った。

「ああ、良かった。ここでもまた鼻で笑われるかと思いました」

「そんな……」と、私は胸が詰まった。これほど真剣な目をした女性を、他の病院では鼻で笑ったのか。

静子は講習会に出かけていて留守だった。午後に帰ってくる予定になっている。

「卵子は四十歳のときに凍結保存しました。この前たまたま読んだ雑誌に、五十半ばの母親が、自分の娘のために代理出産したという記事を見つけて衝撃を受けたんです。

娘の卵子を使ったとはいえ、五十代で出産できるなんて知らなかったものですから。だったら私も、もしかしたら凍結保存しておいた卵子で五十歳を過ぎた今も子供を産めるんじゃないかと思ったんです。私にもまだ希望はあると思った途端にワクワクしてきて、寝ても覚めても子供を持つという思いが頭から離れなくなってしまいました。ですが、なんせ私はブティックを二軒経営しておりまして、長期に店を休むわけにはまいりません。そのとき、昔ニュースで見た芸能人の代理母出産を思い出したんです」

美代子の必死の形相からして、あちこちの病院で断わられ続け、ここが最後だという切羽詰まった思いがあるのが見て取れた。

「先生、やはりダメでしょうか？」

咄嗟《とっさ》に返事ができない私に、美代子は焦《じ》れたように畳みかけてきた。

私の頭の中は、計算で忙しかった。いま五十一歳ということは、数ヶ月のうちに代理母が妊娠に成功したとして、出産時に美代子は五十二歳になる。子供が二十歳になったとき、美代子は七十二歳だ。ブティックを二軒も経営しているという、いかにもヤリ手といったエネルギッシュな顔つきからして、七十二歳になってもまだまだ経営者として頑張っている可能性は高い。だって静子も七十代なのだ。だが、これからの世の中がどうなるかは誰にもわからない。ブティックが二軒とも倒産しているかもしれない。預貯金や資産は万全だろうか。

「先生、五十歳を過ぎた女はもう人生をやり直せないんでしょうか？」

今ここで結論を出す気はなかった。静子はもちろんのこと、ユキやミチオの意見も聞きたい。

「ご事情はわかりました。スタッフ全員で協議いたしますので、後日ご連絡させてください」

「協議、ですか……」

そうつぶやくと、美代子は暗い横顔を見せて帰っていった。

午後になって静子が帰ってきた。肘掛け椅子に座り、次の予約の申込書に目を通したあと特記事項の欄を声に出して読み始めた。

「結婚以来十年に亘《わた》って体外受精をしてきましたが、何度挑戦してもうまくいかず、思いきって病院を変えたところ、卵子が老化しているため妊娠する可能性は低いとはっきり告げられました。あらまあ可哀想。それで、どうなった？　なになに？　夫に相談すると、若い女性の卵子をもらって跡取りを産んでほしいと言われました。嫌だあ。こういうの、女は傷つくわよ。よくあるケースだけど、うんざりするわ」

そのとき、ノックと同時にドアが開いて、シフォンのワンピースに身を包んだ中肉中背の女が入ってきた。

「よろしくお願いいたします」

「そこへおかけになって」と、静子は向かいの肘掛け椅子を指した。

私は申込書の基本情報欄を確かめた。佐伯麗子《さえきれいこ》、三十九歳とある。

「もう代理出産しか私には残されていないと思いまして」

麗子は椅子に腰を下ろすなり話し始めた。

「代理出産の基本的なことについてですが」と、静子が説明しようとしたときだった。

「夫は一人っ子なんです」と、麗子は突然そう言った。

「それはつまり、夫側の両親から孫を抱っこしたいなんていうプレッシャーがかかっていたりするのかしら」

静子が尋ねると、麗子は真正面から静子をじっと見つめた。

「先生、よくおわかりになりますね」

そんなの誰だって想像がつく。

「先生、私は、もう本当に……」

言いかけて、麗子は深い溜め息をついた。人生に疲れ果てたといった感じに見えた。

いったん不妊治療を始めたらきりがなくなる。今回はダメだったけど、次はうまくいくかもしれない、そう思うとやめられなくなる。ホルモン薬で管理され、性交日を指定され、あるいは体外受精が実行される。我慢して努力すれば、いつか子供を持てるという希望を持って臨み、赤ん坊のスナップ写真が何枚も貼られた病院の壁を見ながら、子供が生まれれば「幸福」、生まれなければ「不幸」というレッテルを自分に貼っていくのだ。

「私、体外受精を九回もやったんです。失敗に終わるたびに何日も立ち直れませんでした。慣れるどころか回数を重ねるたびに落ち込みは激しくなる一方で……こんな気持ち、何の問題もなく妊娠した実家の母や姑や義姉にはわかってもらえません。いろいろと心無いことを言われます」

日本では同じ手順で何度も体外受精を繰り返す病院が少なくないと聞いている。それはまるで、イチかバチかといったふうで、そのうち妊娠したらめっけものとでも思っているかのようだ。十回以上も繰り返し、女は心身ともに疲れ果てて、年齢も重ねてさらに妊娠しにくくなる。アメリカでは三回やってダメなら見切りをつけて、代理出産を勧めることがほとんどだという。その三回の体外受精にしても、毎回同じ手順を踏む日本の病院とは大きな違いがある。アメリカでは、より良い卵子を選別し、より良い受精卵を選別し、患者ごとに子宮内のどこに置くのが最適かを試行錯誤しながら行うという。このクリニックでは、静子の考えでアメリカ方式を取り入れていた。

「今までつらい思いをされてきたんですね。本当にご苦労さまだったわね」

静子がそう言うと、麗子はハッとして静子の顔を穴の開くほど見つめた。

「私の気持ちをわかってくださったのは先生が初めてです」

今までは、気持ちを打ち明ける相手もいなかったのだろうか。

「あら、そうなの。それでは、まず卵子の提供についてですけどね」

静子はパンフレットに目を落として説明を始めたが、麗子はパンフレットなどには目もくれず、とにもかくにも自分の気持ちを聞いてもらいたくてたまらないようで、話を続けた。

「子供がいない女はどこか欠けているって、会うたび姑から言われるんです」

「欠けている？　あら、まあ」と、静子は呆れたような顔をした。

そんな馬鹿げた神話を、それも子供のできない嫁に向かって言う姑の方が、ずっと何かが欠けている。私はそう思ったが、口には出さなかった。

「主人の父からも言われたんです」

麗子は身を乗り出してしゃべり続ける。「子供を持てば人間的に成長するって。そんなことわかってますよ。子を持って知る親の恩と昔から言いますから」

麗子の沈んだ表情からは、夫の両親に対する恨みや反発心はさほど感じられなかった。夫の両親の言葉を当然のことと受け止めていて、子供を持たなければ女として価値がないと自分でも思い込み、自身を追い詰めてきたのではないか。

「うちの母は、主人に会うといつも謝るんです。『うちの麗子が年がイってしまって本当に申し訳ありません』って。畳に額を擦《こす》りつけるようにして。もう私、惨めでたまらないんです。それに、うちの母は五人姉妹の長女なんですけど、孫がいないのは母だけなんです。長女として示しがつかないみたいで……」

「麗子さんのごきょうだいは？」と静子が尋ねた。

「独身の妹がいます。十歳も離れていますけど仲良しで、私の唯一の味方です。学生時代の友人たちにはみんな子供がいます。同窓会でも言われたんです。『麗子は子供がいなくて自由でいいわね』って」

友人の言う通りではないか。なぜ、そんなにつらそうに顔を歪めるのか。

「卒業後もずっと一生友だちでいられると思ってたのに、あんなきつい皮肉を言うなんて」

皮肉じゃなくて本心ではないのか。子供がいなければ自分の人生を自由に生きることができる。経済的にも段違いに楽だし、仕事に邁進したり、趣味や旅行を楽しめる。それに比べて、子持ちとなれば、お金や自由時間がなくなるだけでなく、やれ学校でイジメに遭っただの、成績が悪くて進学できないだの、名もない大学だから就職できないだの、派遣社員だと嫁が見つからないなどと、何歳になっても心労が尽きない事例は人生相談を読んでいれば山ほど出てくる。そのうえ火山灰と放射性物質に汚染された世の中になってからは、孫のそのまた子供の代までも健康状態を心配し続けなければならない。そんな心労で、鬱病を発する老人も増えたと聞いている。

——子供は諦めて、自分の人生を楽しく生きるという選択もありますよ。あなたの服装や雰囲気からして裕福そうだし、私も現に自分一人の人生を選んでいます。

　そう言いたいのを私はぐっと我慢していた。

「代理出産を望んでるのかしら？」と、静子は尋ねた。

「はい、そうです」

「ご自身の子宮に問題がなければ、第三者から卵子の提供を受けてご自分で出産なさるという方法もあります。それについてお考えになったことはありますか？」と、私は尋ねた。

「ええ、一応は。でもまたトイレに行ったとき、小さな赤い塊みたいなものが流れたらと思うと恐くて……これまでも失敗するたびに、夫や夫の両親に、すごくがっかりされて、私、情けなくて。それに……」

　患者は暗い目をして、静子との間にあるテーブルの一点をじっと見つめた。

「それに？　何でしょう。よかったら聞かせてくださる？」

「これを言うと、夫に我儘だと叱られるんですが、実はもう不妊治療が嫌でたまらないんです。卵子を採取するのも本当につらくて……」

　卵子採取をするための排卵誘発剤は刺激が強く、副作用がある。卵巣が腫《は》れたり、腹痛、吐き気、頭痛、めまいなどがあることもあり、悪化すると血液が濃縮して腹水が溜まって血栓ができやすくなる。その結果、脳梗塞《こうそく》で最悪の場合死んでしまったり、後遺症が残ることもある。

「親族はみんな、卵子を取り出すのを献血程度の簡単なことだと思っているんです。私が何度つらさを訴えても、聞く耳を持ってくれなくて」

「それはつらいわね」と、静子まで苦悩の表情になった。

「もう私、疲れちゃって……死にたいと思うこともあるんです」

「大丈夫よ。卵子を第三者に提供してもらって、代理母に出産してもらいましょう。そうすれば、つらい目に遭うことは一切ないですから」

「一切、ですか？」

「ええ、そうよ。あなた自身は産婦人科の内診台に乗る必要もないの」

　静子がそう言うと、麗子の切羽詰まった顔つきが初めて緩んだ。

「あなたは卵子の提供者と代理母を選ぶだけよ。そして夫の精子を顕微鏡を使って受精させて、代理母の子宮に入れるの。あとは生まれるのを待つだけ」

「……嬉しい」

　麗子は両手で口を押さえた。

「夢みたい。思いきって来てよかったです。もう二度とあんな思いをしなくていいんですね」

麗子の頬に赤みが差してきた。

「先生、男女の産み分けは可能ですか？」

「確率はほぼ百パーセントだけど、絶対と言いきることはできないわ」と、静子が言う。

「ああ、よかった。後継ぎが必要だって、いつも責められてたから」

「男の子をご希望なのかしら？」と静子は尋ねた。

「はい、そうです」

「卵子は誰からもらいます？ 卵子バンクではなくて、親族の中から提供してもらう場合も多いのですが」と、私は尋ねた。

麗子はすぐに首を左右に振った。

「卵子バンクでお願いします」

「ご家族と話し合いをされなくても大丈夫でしょうか」

「そんなの、必要ありませんっ」

思わぬ大きな声だった。

「でしたら、私どもで提携している卵子バンクを紹介しましょう」

そう言いながらも、何かおかしいと、私は不安な気持ちになっていた。

麗子には十歳下に妹がいる。妹に断わられたとしても、麗子の母親は五人姉妹の長女だから、麗子に従姉妹の一人や二人いてもおかしくない。静子も同じ考えなのか、再び親族からの卵子提供を提案した。

「いえ、そういうのは結構です。とにかく卵子バンクからの提供をお願いしたいんです。うちの親族との血縁関係はない方がいいんです」

「何か遺伝的な病気があるの？」と静子は尋ねた。

「いえ、そういうのはないんですが」

精子は夫のを使うのならば、卵子はせめて自分の親族の中からという考えにならないものか。だが考えてみれば、妹や従姉妹なら、何かの拍子に仲違《なかたが》いすれば深刻な問題を引き起こすこともあるだろう。親族であっても、遺伝上の母になることを承知してくれるほどの信頼関係があるとは限らない。

「きっと希望に添える卵子が見つかると思いますよ」

私はパンフレットを広げ、仕組みと料金体系の説明を始めた。

「代理母自身の卵子を使うことはできますか？　そうすれば夫の精子を注入するだけだから成功率が高いと思うんですが」と麗子が尋ねた。

「それはお勧めしません。アメリカなどでも、その方法は避けています」

「どうしてですか？」

「代理母と血の繋がった子供が生まれるわけですから、産んだあとに、『この子は私の子供よ、渡さないわ』と言い出す代理母がいます」

「なるほど……わかりました。卵子バンクでお願いします」

その日の夜、ユキとミチオを交えて、母屋のダイニングに集まった。

アジの南蛮漬けやらハンバーグやら野菜の煮物などがテーブルに並んでいる。家事代行サービス会社から派遣されてきた家政婦が作り置きしていった料理だ。

「今日の検討課題は、五十一歳のブティック経営者の独身女性と、三十九歳の既婚女性のケースね」と静子は言った。「若い人の意見はどうかしら」

「五十一歳というのは、年齢的に無理があると思います」とユキは言った。

「ミチオくんの意見はどう？」

「俺は問題ないと思うけど」

「ミチオ、それ本気で言ってる？」とユキは尋ねた。

「ブティックを二軒持ってるし、子供が成人するまで元気なら十分じゃねえの？ 金持ちジジイの中には、若い女と結婚して子供を儲けるヤツなんてザラにいるじゃん」

「それはそうか。若い人でも早死にすることもあるしね」とユキが言った。

「三十九歳の方はどう思った？」と静子が問う。

「俺は何となく不安な気持ちになったけど」と、ミチオは言った。

「どうして？　まだ三十九歳だよ。五十一歳のブティック経営者と比べたら若いじゃん」と、ユキがハンバーグを切り分けながら言う。

「だって精子は夫のを使うけど、卵子は自分の方との血縁関係を一切持たないようにしているんだぜ。妹だとか従姉妹だとかいっぱいいそうなのに」とミチオは言った。

「夫の親族に対して恨みを持っているようだったわ。まさかと思うけど、子供を置いて蒸発したりしないでしょうね」

「静子先生、それ、考えすぎじゃないですか」と、ユキが言う。

「かもしれないけど」と、静子も口では同意するが、目の前に麗子がいるかのように首を傾げて宙を睨んでいる。

「もう少し、覚悟のほどを確かめたいわね」と静子は言った。

「例えば胎児に異常が見つかっても、妊娠二十二週を過ぎたら中絶はできないですからね。母体にも良くねえし」と、ミチオが言った。

「そうだね。生まれてから異常が見つかることもあるしね。そういう場合でも愛情と責任を持って育てる覚悟があるのかどうか」とユキが言う。

「そういった覚悟があって申し込んだのかどうか、もう少し突っ込んで話を聞いてみましょう」と、静子が話を締めくくった。

18　ユキ

川口康美の代理母を引き受けてくれる女が見つからなかった。

康美は四十歳で、子供好きではないと公言してはばからず、子持ちの後輩女性に見下されるのが嫌だと訴えた既婚女性だ。子供はアクセサリーじゃないとミチオは言い、康美のような女は言語道断だと怒ったことがあった。

康美が来院して代理母のファイルを開くのは、これで三度目だった。ファイルには、代理母の経歴や写真が載っている。これまで二回断わられている。オンライン面接のときはうまくいったように見えたのだが、あとになって代理母から断わりの連絡が入ったのだ。康美には、代理母の都合が悪くなっただとか、先約が入ってしまっただとか言ってごまかしていた。

「前回と同じ手順です。ファイルの中から選んでいただいて、そのあとオンライン面接の日程を決めましょう」と私は言った。

康美はファイルを熱心に眺めていたが、日本人が載っているページしか見ようとしなかった。選定には時間がかかるだろう。そう思い、しばらく席を外そうと腰を浮かしかけたとき、康美は「私、この人にします」と、一枚の写真を指さした。康美が選んだのは鈴木《すずき》美里《みさと》という二十五歳のパート主婦で、既に小三になった息子がいる。

その場でミチオが美里に電話をかけてみると、面接は今すぐでもかまわないという返事だったので、早速インターネットで繋いだ。相談室の大画面モニターが分割され、上の段は私と康美、下段は自宅にいる美里が映し出された。

「それでは始めます。どうぞ、お話しください」とミチオが言った。

「初めまして。鈴木美里と申します」

私が指導した通り、美里は感じの良い笑顔を見せた。

「最初に基本的なことを私から質問します」と私は続けた。「早速ですが、代理母の美里さんにお伺いします。他人の子供を産むことについて、パートナーは何とおっしゃってますか？」

打ち合わせ通りに尋ねた。質疑応答の台本は私が考えたものだ。

「はい、うちの夫はとても協力的です」

美里は台本に書いてある通りに答えた。

「本当ですか？　パートナーは無理をしておられるのではないですか？」

この意地悪な質問も台本通りだ。画面には映っていないが、美里の手許には台本と想定問答集が開かれているはずだ。前回、前々回と同じ内容だが、康美は特に気にしているふうでもない。

「正直言いますと、最初は夫もショックだったようです。でもきちんと説明したら、何でもサポートすると言ってくれるようになりました。夫はもともと人の役に立つことが大好きですから」

ショックだったというところがミソだ。もろ手を挙げて協力してくれるなどと言えば、妻の稼ぎをあてにしているヒモではないかと警戒されてしまう。実際にはヒモなのだが。

「そうですか。優しいパートナーですね。妊娠中に何かと手助けしてくれる人が身近にいると知って安心しました」と私は言った。

「それでは康美さんに交替します。康美さん、何か美里さんに聞きたいことがあれば遠慮なく尋ねてください」

「美里さんはタバコは吸われますか？　それと、お酒はどうですか？」

「私はどちらもやりません」

「一滴も飲まれないのでしょうか？」

「はい、一滴も飲みません」

「普段の食生活はどうですか？　自炊ですか？」と康美が尋ねる。

「自炊です。糖質をなるべく避けて、健康的な食事を心がけています」

栄養のことは徹底して教えた。突っ込んだ質問をする依頼者も少なくなかったし、口先だけでなく実際の生活指導もしていた。

「私はファストフードが苦手ですので一切食べませんが、週に一回は家族揃ってレストランで食事をします」

貧乏のどん底であることはバレない方がいい。たまには外食する余裕があると匂わせることが大切だ。

「受精卵を三つ同時に移植してもらうことはできますか？」

「三つですか？　それは……」と、美里は戸惑っている。想定問答集にはない項目だった。そういう場合は本人が考えて答えるしかない。

「複数の受精卵を移植して着床率を上げるのはかまいませんが、三つ子を産むのは無理です」

「……そうですか。だったら双子ならどうですか？」

「双子もお断わりしたいです。流産や早産のリスクが高くなって、母体も危険だと聞いておりますので」

康美は残念そうな顔をしてこちらを見た。今までの二回も断わられたのだった。

「だったら一人でいいです」と、康美はこれまでと同じことを言った。そうやって譲歩したにもかかわらず、あとになって代理母から断わりの連絡がきている。

週に一度は代理母たちを集めてグループカウンセリングを行ってきた。彼女らが社会から孤立せず、仲間とおしゃべりして気持ちを共有できるようにするのが狙いだった。来日して初めて友人ができたと喜んでいる女はジュディだけじゃなかった。日本人の女の中にもたくさんいた。

——女のおしゃべりなんて必要ねえだろ。無駄な出費だよ。

最初の頃、ミチオは反対していたが、私は必要なことだと主張した。代理出産の仕事は二回、三回と、長年に亘るつきあいとなる可能性があるし、そうなった方が新規募集の手間も少なくて済むからありがたい。それに、互いの信頼が構築された方が、経営の安定にもつながる。それをミチオに伝えたら、しぶしぶだが了承した。

代理母たちの笑顔を見て最も喜んでいるのは静子だった。それまでみんな不安と孤独の中で生きてきたのがわかり、胸がつぶれそうだと静子は言った。

画面の向こうの美里が愛想笑いをしている。そのぎこちなさに、乗り気じゃないのが見て取れた。

——川口康美って人、すんごく偉そうなんだよね。代理母を見下してるよ。

——大企業に勤めているらしいけど、エリートを鼻にかけてて感じ悪い。

そう言って、前回と前々回の代理母は断わってきたのだった。

「子供はお好きですか？」と、美里の方から質問してきた。

「正直言うと、子供は苦手。見てるだけで苛々しちゃう」と康美は苦笑まじりに答えた。どんなときでも正直であることが正しいと思っているのか、それとも上位に立つ人間特有の、何でも相手が受け入れて当然と思って気を緩めすぎているのか。

その一方で、美里は私が指導した通り徹底して敬語を使っている。それなのに、康美はいつの間にか砕けた言葉遣いになっていた。代理母たちが康美に見下されていると感じるのは、こういった点が原因なのだろうか。

代理母たちは口々に言ったものだ。

――依頼主はどんな女の人ですか？　優しい人ですか？

――引き受けるかどうかは、依頼主と話してから決めてもいいですか？

まさか代理母が依頼主を選別するとはミチオも考えていなかったらしく、二人して驚いたのだった。

それまで私は、代理母が依頼主の家族関係や性格や生い立ちに興味を持つとは想像すらしていなかった。条件を出すのは依頼主側だけで、そこには対等な人間関係など存在せず、雇う側と雇われる側という主従の関係しかないと思い込んでいた。いや、そんなの当然のこととして、意識すらしていなかった。

短時間の面接の中で、言葉遣いや印象だけから依頼主の是非を判断されるのは厳しいと思った私は、依頼主にエッセイを書いてもらうことを思いついた。自己紹介を含んだ自筆エッセイを書いてくれないかと頼んでみると、意外にもほとんどの依頼主が快く引き受けてくれた。書き上がったものを読んでみると、赤裸々に心情を吐露するものが多かったので、さらに驚いた。誰かに自分の気持ちを知ってもらいたい、周りは誰も理解してくれないという孤独が行間に溢れていた。だがそれらのほとんどが既婚女性の書いたもので、独身の依頼主たちは、子供と暮らす明るい未来を語るものばかりだった。

依頼主の許可を得てから、それらのエッセイを匿名にしてファイルし、代理母が自由に読めるよう相談室に置くことにした。依頼主たちの切実な気持ちを知ってもらいたかったからだ。

——私、この女の人の子供なら産んであげてもいいよ。

——私はこっちの人がいい。

——私が感動したのはこの文章だよ。『いつか自分の子供をお風呂に入れてあげて柔らかいタオルで身体をポンポンと拭いてあげたい』のところ。そんな当たり前のことが長年の夢だなんて、涙がこぼれちゃった。私は仕事で疲れて家に帰ってから、子供をお風呂に入れるのが面倒で、夫と押しつけ合いになっていたの。それなのに、それが経験できなくて悲しんでいる人がいるなんて、私たち夫婦の子育てを反省させられちゃったよ。

代理母はみんな繊細で純粋だった。

——代理母なんてカネのためには何でもする貧乏女の集団だと思ってたのに、意外にもカネさえもらえりゃいいってわけでもないんだな。なんか調子狂っちゃったぜ。

ミチオはそう言った。

代理母たちは苦労して生きてきた分、若くても老成しているかと思っていたら、そんな女はほとんどいなかった。その一方、依頼人の女たちは学校や会社の中で揉《も》まれてきたからか、社会性があり大人だった。

その差を見るにつけ、代理母の精神的な幼さが気がかりだった。彼女たちは不妊症の女たちに深く同情し、役に立ちたいと願っていた。つい最近も、受精卵が子宮内にうまく着床せず、妊娠しなかったことがあった。そのときの依頼主の落胆ぶりを見た代理母は、依頼主以上に落ち込んでしまい、自分を責めるのだった。そうなると、精神的なフォローも必要となり、私が慰めたり勇気づけたりして、立ち直らせなければならなかった。

それでも、週に一度の代理母たちを集めたグループカウンセリングとなると、みんな我先にとよくしゃべる。

——代理母になろうと思ったのは、子供ができない人のために、命の贈り物をしたかったからだよ。それに、子育ての重荷を背負わずに、出産の喜びをもう一度体験してみたかったの。

――私は妊娠している状態がとっても好き。幸せな気持ちでいっぱいになるもん。悪阻もごく軽い方だしね。

――私はね、お腹の中で胎児が動く感触をもう一度経験してみたかった。でも家庭の事情からもう子供は増やせないの。

彼女らの言葉を通訳しながら、この女たちは心底そう思っているのだろうかと、最初の頃は訝《いぶか》しんでばかりいた。

――俺、最初は何言ってやがるんだと思った。この期《ご》に及んでカッコつけちゃって、本当はカネ欲しさでやってるくせに、バカじゃねえかって。

――私も初めはミチオと同じこと思ってたよ。

だが、代理母たちは決してきれいごとを言ったり強がったりしているわけではなかった。代理母同士が連絡先を交換して、悩みを打ち明け合ったりしているが、そんな中でも、子供のいない女を助けてあげよう、頑張りましょうと、互いに励まし合っているのだった。もちろん根底には大金が稼げる明るい明日を十分に意識しているはずだ。共通の希望があるからこそみんな仲が良いという一面もあるのだろうが。

計画通りに妊娠し、お腹の胎児が順調に育っていたとき、依頼人夫婦が代理母にきちんと感謝の意を伝えないことがあった。多額の料金を支払っているのだからと、ビジネスライクに割り切っていた。そのことを特段悪いことだとは、私もミチオも思わなかった。だが代理母は大層ショックを受け、それまで同じ人間として対等だと思っていたのに、自分は見下されている、まるで便利な道具、産む機械のように扱われている。そう言ってさめざめと泣いたのだった。

代理母たちは、依頼主と対等な立場であることを疑いもしなかった。そのことは、私とミチオの心に様々な変化をもたらした。金持ちと貧乏人の関係だけでなく、白人と有色人種、男と女にも当てはまるのではないか。下位に属するものだけが、虚しくも人間みな平等だと信じている。

私は自分自身が代理母をやらされた身なのに、彼女らを見下していることに気づいていなかった。代理母をやった自分は、果たして二流の人間だったろうか。見下されて当然の人間だったのか。

ある日私は、謝意を伝えない依頼人夫婦を呼び出した。

――あの態度は失礼じゃないでしょうか。代理母にしっかりと感謝の気持ちを伝えてください。あの女性は、あなたたちの子供をお腹の中で育んでくれたんです。妊娠出産がどれほど大変なことか、想像してみてもらえるとありがたいです。

もう少し言い方があっただろうと、今なら思う。だがそのときは我慢できなかった。

それを傍《そば》で見ていたミチオは、私を止めには入らなかった。代理母となった貧乏な女と、過去の私がオーバーラップしていることを、ミチオは瞬時に理解したのだろう。
しかし、そのときの夫婦は私の言葉に却って憤慨し、態度を改めなかった。それまで、代理母の審査ばかりを厳しく行ってきた。裁判記録まで調べて過去を洗い出し、勉強会での様子を観察して、真面目に取り組める女かどうかを判断した。だが、心ない依頼人夫婦と接したことで、依頼人が一方的に代理母を選ぶという形式を変更することにした。見合い結婚のように、お互いが気に入った場合にのみ成立することにしたのだ。

　康美の場合はどうしたらいいだろうか。一朝一夕に康美の考え方や態度が変わるとも思えなかった。実際に差別的なことを言ったわけでもなく、若い代理母たちが感じ取る康美の雰囲気が問題なのだった。

「あのう……」と、美里が遠慮がちに言った。画面の中の美里が、言いにくそうにしている。どうやら断わりたいらしい。

「ではこの辺で。お互いに考えていただいて、あとでまたお返事いただきたいと思います」と、私は画面を消そうと手を伸ばした。

「ちょっと待ってください。今、お断わりしていいですか？」と、美里は言った。

「どうして？ どうして断わるの？」と、康美が小さく叫んだ。

そのとき、ミチオが通信を切った。これ以上話しても言い争いになるだけだと判断したのだろう。嫌なものは嫌だし、代理母には選ぶ権利がある。

「康美さん、実は……」

これまで康美が断わられ続けた理由を正直に話してみることにした。それらを聞いて、康美はショックを受けたようだった。

「見下すつもりなんてなかったのに……健康な人であれば誰でもいいんです」

誰でもいいという言葉に、私は鋭く反応した。

「それは本当ですか？　誰でもいいんですね？」

切り込むような言い方に、康美は不安げな顔をした。

「人種は問わない、ということでよろしいでしょうか」

「えっ、人種？」と、康美の声が裏返った。国内でやるのだから、代理母も当然日本人だと思っていたのだろう。私は、ジュディの顔を思い浮かべていた。バスの中で初めて会ったあの日、ゴミ箱から拾ってきたオレンジの皮や茶色くなったリンゴの芯を膝の上に広げ、食べられそうな部分をビニール袋に選り分けていた姿を。

「人種によって値段が違うのでしょうか」と、康美が尋ねた。

みんな同額だと言えば、誰もが日本人を希望する。外国人の場合は、日本語が堪能かどうかが重要視されることが多かった。

「基本的には同じ値段なのですが、交渉は可能です」

ミチオの肩がビクッと動いたのが視界に入った。

――勝手に値段を変えるなよ、みんな同額だったはずだろ。

ミチオが言いたいことはわかった。だがミチオは口を差し挟まなかった。

「インド系の女性はいかがでしょうか」

「インド人、ですか」

「私としては、ジュディというインド人の女性がお勧めなのですが」

写真を見せると、康美の顔が強張《こわば》ったので、私はすかさず言った。

「とても清潔感のある女性です。笑顔も可愛らしくて性格は穏やかです。それに何より……」と、私はわざと声を落としてみせた。

「それに何より？　何でしょうか？」と、康美も秘密の話だと思ったのか、小さな声で尋ねた。

「日本人より百万円ほどの値段交渉も可能だと思います」

「百万円かあ……でもインド人ていうのも……あ、誤解しないでくださいね。人種差別ではないですよ。ちょっとびっくりしただけです。夫がＩＴ関連の会社に勤めているので、インド人の部下がたくさんいます。インド人は理数系に強くて、とても優秀で助かっているらしいです。でも、やっぱり……」

躊躇《ちゅうちょ》されると、どうしてもジュディを推《お》したくなってくる。今までも何人もの客にジュディを勧めたが、面接にこぎつけることさえできなかった。

　代理母の話をジュディに初めて話したとき、ジュディは怪訝《けげん》な顔をしていた。代理母とはどういうものなのかがわからなかったのだ。卵子が体内から取り出せることを説明しても、最初はよく理解できないようだった。いまだに半信半疑かもしれない。それでも謝礼の額を示すと、とても信じられないといったように目を見開いた。うまい話に騙されないよう常に警戒して生きてきたが、私のことは信頼していると言った。初めてバスで会ったとき、私に親切にされて嬉しかったとも。そして、代理出産を是非やりたいと言った。

――ユキの肌の白さが気に入ったの。

　ふと王明琴の言葉を思い出した。その当時、アイツに高校を中退させられて家事を押しつけられていたこともあり、家の中に閉じこもってばかりで青白い肌をしていた。中国には白い肌を好む文化がある。陽に灼《や》けていない肌は成功の象徴だそうだ。つらい農作業から抜け出して、室内での仕事をしたいと多くの人間が望んできた歴史がある。

「肌の色が気になりますか？」と、康美に単刀直入に尋ねてみた。

「いえ、私も欧米に出張に行くたび人種差別されて嫌な目に遭いますから、他人事ではありません。ですが、なんというのか……」

「ここだけの話、彼女なら間違いがないからお勧めですよ」

私がそう言うと、康美は首を傾げた。「間違いがない、というと？　まさか、大阪の例の事件のことですか？」

その事件は二年前、大阪Ｍ市で起こった。受精卵を子宮に挿入したあとは、出産するまで夫婦生活を禁じられる。だがその禁を破ったせいで、親が誰だかわからなくなった。生まれてきた赤ん坊がどう見ても依頼者夫婦に似ていないのでＤＮＡを検査したところ、代理母夫婦の子供だと判明した。それなのに、前金はもう使ってしまったから返せないと代理母が言いだして、大揉めに揉めたのだった。そのことは連日のようにワイドショーで取り上げられ、大阪Ｍ事件と呼ばれている。

「つまりインド人なら、生まれた子を見れば誰の子かすぐにわかるってことですか」

「その通りです」

「……なるほど。それは安心かも。面接できますか？」

「今日は都合が悪くてダメなんです」と私は嘘をついた。ミチオの肩がまたピクッと動いたが、何も言わなかった。

「面接の日時を決めましょう。会えばきっと気に入ると思いますよ。品があって、とても感じのいい女性なんです」

それまでに、もう一度ジュディを呼び出して、立ち居振る舞いを徹底的に教え込もう。かつて私がアイツにしつこく指導されたように、上品な微笑み方などを教えなければならない。

19　ユキ

王明琴がクリニックを訪ねてきたのでびっくりした。

十六歳だったあの日、病院で赤ん坊を手渡したのが最後で、もう二度と会うことはないと思っていた。その後も何度か赤ん坊に母乳を与えてくれないかと病院経由で連絡が来たが、全部断わった。想像するだけでゾッとしたし、連絡があるたび、自分が単に動物の雌にすぎないことを突き付けられ、心底自分が嫌になった。

王明琴は、三歳くらいの女の子の手を引いていた。白い丸襟のついたピンクのワンピースを着て、パンダのぬいぐるみを抱えている。王明琴の母親も一緒だった。入院中に一度会ったことがあり、「謝謝、謝謝、謝謝」と、私の顔を見るなり何度も繰り返したのを覚えている。陽に灼けた皺だらけの顔から、農業に精を出して生きてきた人生が透けて見える。せっかくのイタリア製高級ブランドのスーツが、前回会ったときと同じで今日も偽物に見えた。

「ユキ、お久しぶり」と、王明琴はカタコトの日本語で言った。

いったい何しに来たのだろうと、私は戸惑いを隠せなかったが、王明琴は屈託のない笑顔を見せた。

「ご無沙汰しております。王さん、お元気でしたか？」

　そう返しながらも、私は小さな女の子から目が離せなかった。この子は私が産んだ子なのだろうか。ミチオが何も言わずに部屋の隅に突っ立ったまま、私の横顔を見つめているのが視界に入った。

「仕事で日本支社に来た。そのついでに寄ってみた。この子はユキが産んだ子供。三歳なった。ユキから名前をもらって雪晶《シュエジン》と名付けました。抱っこしてみて」

「えっ、抱っこって、私が？」

「そうです。ユキは生みの親」

　絶句していた。産んでしまえば終わりで、今後一切関係ないと思っていた。私から名前を一字取るなんて想像したこともなかった。そんな私の戸惑いの表情を、感激しているとでも勘違いしたのか、王明琴は鷹揚《おうよう》な態度で大きくうなずいた。

「この写真、見てください」

彼女はスマートフォンをこちらに向けた。知らない男が雪晶を抱っこして笑顔で写っていた。

「この男性は誰ですか？」

「精子を提供してくれた男」

「えっ？　まさか精子バンクから選んだプリンストン大学出とかいう？」

「そう。こっちも見て」

次に見せてくれたのは、ソファに座っている三十歳くらいの女が雪晶を膝に載せている写真だった。

「この女は、卵子を提供してくれた私の従妹。雪晶の母親は三人いる。私と従妹とユキの三人。いつか従妹にも紹介するよ」

そう言って、王明琴はひょいと雪晶を抱き上げると、こちらの胸に押しつけてきた。

「さあ、抱っこして。記念写真、撮るよ」

体が強張って、雪晶を抱きとめることができなかった。代理母をやらされたことは、ビジネス上必要な時以外、私の心の中ではとっくに「なかったこと」にしていた。思い出しそうになるたび別のことを頭に思い浮かべた。

「この人が雪晶を産んでくれた」と、王明琴が雪晶に中国語で言っている。

「本当？　だったら、この人もママなの？」と雪晶が尋ねた。

「そう。この人もママみたいなもの」と王明琴が答えた。

雪晶はもっとはっきり確かめたいと思ったのか、王明琴に抱っこされたまま私を至近距離からじっと見つめた。

「ユキ、どうした。ほら、抱っこ」と、再び雪晶を私の胸に押しつけようとした。

次の瞬間、私は部屋の隅に逃げ込んでいた。

「ユキ、どうした？　私たちはファミリー。これからもずっと仲良くする。ユキも北京に遊びにきて、雪晶と会える」

そう言いながら王明琴が私に近づこうとしたとき、ミチオが私を背中に隠すようにして一歩前に出た。

「すみませんが、お引き取り願えますか？」とミチオはきっぱりした態度で言った。

「えっ、どうして？」と、王明琴が驚いている。

「無神経です。ユキが好き好んで代理母をやったとでも思っているんですか？」

「だって私たちファミリー。ずっと仲良し。それより、あなたは誰？」

王明琴は、ミチオを不審な目で見た。

「ここのスタッフです」と、ミチオは憤然として答えた。

「どうして私がここにいるとわかったの？」と、私はミチオの背中から顔だけ出して尋ねた。

　王明琴は雪晶が重かったのか、雪晶を床に下ろしてから自分の腕をさすった。

「ここを突き止めるの大変だった。筑波高原病院に聞いても個人情報保護条例あるから教えてくれない。だから探偵雇った。そして『ゆうなぎ』だとわかった」

「『ゆうなぎ』に行ってみたの？」と、私は尋ねた。

「行かない。探偵が撮ってきた写真見てびっくりした。あんな所にユキが住んでいるわけない」

「もしも『ゆうなぎ』が私の実家だったら、どうするつもりだったの？」

「もうユキに連絡しない」

「だよね。あんなところで暮らしている人間とは関わり合いたくないよね」

「もちろん」

「あの車両は私の実家です」と、私は言った。

「えっ？」

　王明琴の目が明らかに変わった。親しみの籠もったものから汚いモノを見るようなものに。それを見て、私はホッとしていた。もう二度と王明琴は私を訪ねてこないだろう。

「もうお帰りいただけますか。私はもう二度と会いたくないので」

　王明琴は何も言わず、雪晶の手を引いた。

「雪晶、もう帰るよ」

そう言って、目を合わせないまま帰っていった。

代理母をした人間の誰もがその子供と会いたいわけではない。そのことは、契約を交わす時点で明確にしておいた方がいい。明日にでも静子と芽衣子に相談してみよう。

20　倉持芽衣子

今日は一日中忙しかったので、夕飯はご飯と味噌汁だけだった。

ユキは卵かけご飯にし、私は熱々ご飯に塩昆布を載せ、ミチオは鮭フレークを振りかけ、静子は鰹節《かつおぶし》を載せて醤油《しょうゆ》を数滴垂らして食べている。粗食だが、みんないつもより更に食が進んでいる。

「ユキちゃん、クッションの方はどうなった？」と、静子が尋ねた。

「大中小と三種類揃えてみました。あとで見てください」と、ユキが答えた。

クッションは、依頼者のお腹を大きく見せるための小道具だ。腹にクッションを巻き、上からマタニティドレスを着れば妊婦に見えるというものだ。クッションは、妊娠週数が進むに連れて大きくしていく。この世は、代理出産を奇異な目で見る人々で溢れているからだ。特に田舎ではすぐに噂になるという。

つい先日、地方に住む依頼人からクッションだけではごまかせないと相談を受けた。近所の人が次々に尋ねるという。

——どこの産科に通っているの？

——主治医は誰？

産婦人科医院が地域に一つしかないとなれば、ごまかすのが難しい。

——お腹を触らせてくれる？　私が妊娠してた三十年前が懐かしいの。

そう言いながら、腹部に手を伸ばしてくる中年女もいるという。雲隠れするのが手っ取り早いが、そうするには理由がいる。親戚の誰かを介護するために、しばらく遠くで暮らすことになった、などと嘘をついて地元を離れる依頼主もいた。

なぜ、そこまでしなければならないのだろう。なんとも住みにくい世の中だ。夫がタイミングよく転勤になった運のいい女など滅多にいない。

そんな中、都市部に住む依頼主は言った。

——私はクッションなんか要りません。やっぱり都会はいいですよ。マンションの隣の部屋に誰が住んでいるのかも知らないんですからね。たとえ代理母のことを知ったとしても、都会の人は他人のことにいちいち口出ししません。万が一噂になって住みにくくなったら、さっさと引っ越せばいいんだし。

「犯罪じゃあるまいし、クッションで偽装するなんて、最初は冗談かと思ったよ。想像しただけで滑稽《こっけい》だよ。堂々としてりゃいいだろ」

ミチオは呆れたような顔で言った。

「でもさ、みんながみんな強い人間じゃないよ」

「だったら強くなりゃいいだろ。人目なんて気にする必要ねえんだよ」

「代理母を気味が悪いと思っている人が世間にはまだ多いわね」と、静子が言った。

「わかってます。ネットを見たら非難囂々《ごうごう》ですから」と、ミチオが言う。

「だったらミチオ、隠そうとするのは仕方のないことじゃない」

「俺はそうは思わない。クッションなんか要らねえよ」

「いったん引き受けたからには、依頼主の女を心身ともに面倒見てやんなきゃいけないと私は思うけどね」

「ユキ、俺はさ、国や世間と闘ってるんだよ」

「いきなり何の話？　ミチオって、すぐ飛躍する」

「だってそうだろ。代理出産の法律が存在しないのも知らねえくせに、世間のヤツらは法律違反だと騒ぎやがる。普段は神も仏も信じてもいねえくせして、神の領域だとか騒ぎ立ててカッコつけやがって。まったく」

「なるほど」と、静子が感心したようにミチオを見た。

「代理出産するってことは国と闘うってことなんだよ」とミチオが続ける。「いつまでも法律のないまま宙ぶらりんな状態にしておくから、みんな苦労して大金払ってアメリカまで行って代理母を頼んでるんだぜ」

「……うん、ミチオの言うことは一理あるけどね」

　ユキが一歩譲ったからか、ミチオも少し引いた。

「それぞれに事情があるのは俺もわかる。依頼人みんながみんな強くて逞《たくま》しい女闘士ってわけじゃねえし。それより俺、ご飯お代わりしよ」

　そう言いながら、ミチオは茶碗を持って立ち上がった。

　そのとき、看護師に案内されて、衆議院議員の塩月文子が母屋のダイニングに入ってきた。

「みなさん、お久しぶりです。お元気そうで何より」

　五十代だが、紺色のスーツに白いブラウスが女子学生のようで若々しかった。柔和な笑顔の胸元には、議員バッジが光っている。

「あら、美味しそうね」

「よかったら塩月さんもどうぞ」と、静子が椅子を進める。

「文子さんは、ご自分のウェブサイトで、代理母出産だったことを隠さず公表されていますよね」と、私は言った。

　ミチオが文子のために、ご飯と味噌汁と生卵を盆に載せて運んできた。

「だって隠すことじゃないもの」と言うと、文子はよほど空腹だったのか、すぐに生卵を割り、ものすごい勢いでかき混ぜ始めた。

「代理母に頼んだことをひた隠しにする人が多いんです」と、ユキが残念そうに言う。

「日本人はそうでしょうね。私は高校時代をアメリカで過ごしたから、あけっぴろげな人間になっちゃったわ。卵子を提供してくれた女性とは今も交流があるし」

「えっ、そうなんですか？」と、ミチオが驚いた声で続けた。「まさか、娘を卵子提供者と会わせたとか？」

「もちろん会わせたわよ。だって遺伝子上の母親だもの。この人のお陰で生まれて来たのよ、感謝しなさいって」

　包み隠さず子供に告げる方針らしい。

「うちの代理店ではクッションまで用意してるんですよ」

　ユキは、腹部を膨らませて偽装することを話した。

「それはご苦労なことね」と言って、文子は笑った。「あ、ごめんなさい。馬鹿にしたわけじゃないの。人それぞれ考え方や事情があるもの。カリフォルニアではね、代理母はタブーではないのよ。近所の人も、代理出産で授かった子供だと知っていても誰も気にしていないって聞くわ。他人の生活にあれこれ干渉しないのがアメリカ社会なの。この世に生を享《う》けたこと自体が素晴らしいと考える人が多いから、温かい言葉をかけてくれる。そこには同情や偏見もないし、奇異な目で見られることはないの」

「羨ましいこと。日本ではほぼ全員が奇異な目で見るわね」と静子が言う。

「だから全国各地からこのクリニックへ相談にやってくるんですね。田舎ではすぐに噂が広まりますもんね。依頼人や生まれてきた子供をつらい目に遭わせないよう、細心の注意を払ってあげてほしいわ」と、文子は言った。

「本当は、俺もわかってはいるんですけどね」と、ミチオはぼそっと言った。

「ミチオくん、お代わり、あるかしら」

　そう言って、文子は空になった茶碗をミチオにそっと差し出した。

21　ユキ

　一條文庫の広間から螺旋階段を見上げたとき、ちょうど祥子が二階から下りてくるところだった。私に気づいた祥子は、ハッとした顔をして、踊り場で立ち止まった。

「ユキちゃん、何しに来たの？　今日は通訳を頼んでいないわよ」

祥子がこれほど冷たい言い方をするのは初めてだった。

「祥子さん、いったいどうしたんですか？」

今日は一條文庫に寄付をしようと訪れたのだった。ミチオと話して決めたことだ。代理出産の代理店「ハッピーライフ」は、すでに百二十人の妊娠、出産が成功し、順調に業績を伸ばしていたから少しでも恩返しがしたかった。まだそれほど多くの寄付はできないが、子供たちのために新しい本を買い揃えたり、古びたソファを張り替えたりすることくらいはできる。祥子を喜ばせたい一心だった。

「金輪際ここに足を踏み入れないでっ。自分が何をやっているかわかってるの？」

常に静かな祥子とは思えないほどの大声だった。

「代理出産の会社を立ち上げたことでしょうか？」

祥子は返事もしない。私が以前、図書館で代理母募集のチラシを保護者たちに配布したことも知ったのだろう。

「祥子さんのおっしゃりたいことはだいたいわかります。ですが、代理出産というのは、人助けにもなっているんです」

「ごまかさないで。貧しい女性を犠牲にしてお金を儲けてるだけよ。ユキちゃん、忘れたの？　十六歳で代理出産をさせられたことを。自分がされて嫌なことを他人にすべきじゃないわ」

「私はお義父さんに騙されたんです。でも私とミチオは、代理母本人に何もかも包み隠さず説明しています。私のときと違って本人が納得してやっているんです」

「女性の身体を商品化してるわ。富裕層の女性が貧困層の女性の身体を搾取してる。世間に与える影響を考えたことがある？」

「影響、ですか……それは正直言ってわかりません。ですが、女性の社会進出に貢献できていると思うんです」

「それ本気で言ってるの？　社会進出って、いったい誰の？　代理出産を依頼した方？　それとも出産した方？」

祥子は呆れたように首を左右に振った。見たこともない表情だった。さっきまでの熱い怒りの顔の方がまだマシだった。

「百歩譲って代理出産が許されるとしたら、ボランティアで引き受ける場合よ。違うかしら？」

祥子はとってつけたような柔らかな表情で言った。

――怒鳴っても仕方がない、きちんと教えてやらねば。

祥子はきっとそう思い直したのだろう。そしてすぐに冷静な自分を取り戻し、今やるべきことは何かと考えて即座に実行する。そんないつもの祥子に戻ったようだった。

「祥子さんのおっしゃるように、もちろんボランティアですよ」

「えっ、そうだったの？　やだわ。ルドラから聞いたのよ。ママがすごい大金をもらったって。だから私、てっきり高額な報酬を払っているとばかり思って」

祥子が動揺しながら少しだけ親しみの籠もった目を向けてくるので、余計に本当のことを言いづらくなった。だがこのままというわけにはいかない。だから言った。

「あれは報酬じゃなくて謝礼です」

「え？　何百万円ももらったって聞いたけど……」

「はい、ですからあれはお礼です」

祥子は口を真一文字に閉じたまま何も言い返さなかった。再び怒りに燃えた目で私を見ている。それからおもむろに、腹の底から絞りだすような低い声で言った。「ユキちゃん、私をからかって面白い？」

祥子に嫌われたくなかった。軽蔑されたくなかった。

「だって祥子さん、無償でやってくれる人がいると思いますか？」

もしいるとしたら身内だけだろう。

「祥子さん、聞いてください。代理出産に関わる人は、医者だって看護師だって代理店だって、ときには弁護士だって報酬をもらっている。それなのに、いちばん大変な思いをする代理母だけが一円ももらえないなんておかしいじゃないですか。お腹が大きくなったら歩くだけで息切れしますし、体調が悪くなって仕事が続けられない人も多いんですよ。その間、お金を稼げないことを考えても、報酬を払うのは当たり前じゃないでしょうか。これは助け合いなんです」

報酬は、他の会社の二割増しを設定している。資産家の依頼者にはオプションをたくさん勧めて高い料金を取り、最も貧しい代理母が選ばれるよう話を持って行って契約をまとめるようにしていた。

「ユキちゃん、その謝礼という名の大金のことだけど、夫に全額取り上げられるという話も聞いたことがあるわ」

不気味なほど落ち着いた声だった。怒りを抑えているらしい。

「確かにそういう場合もあるかもしれません。うちのお義父さんだって……」

「つまり、ユキちゃんは不幸な女性を更に不幸にしているのよ」

「私もできるだけのことはしているつもりです。例えば」

きちんと説明しよう。祥子にだけは理解してもらいたい。

「代理母の夫や父親には内緒にして、代理母本人の名義で預金口座を開く手伝いもしています」

そういった処理はミチオがネットで素早くやってくれる。報酬を渡す段になって、わざわざ夫がクリニックを訪れたことがあった。見るからにチンピラといった風体《ふうてい》の夫は、インターネットの使い方がわからず、ウェブサイトの料金体系も見たことがなかったから、だますのは簡単だった。謝礼は百万円だと夫には嘘をつき、残りの五百万円をこっそり代理母名義の口座に振り込んだのだった。

祥子はふうっと息を吐き、階段の手すりにもたれて窓の外に目を向けた。もうこれ以上話しても無駄だと思ったのか、庭の緑をぼんやり見つめている。祥子の横顔を見ているうち、ふっと何もかも吐き出したくなってきた。

「祥子さん、正直言って私もこれはちょっとどうかな、本当にいいんだろうかって躊躇するケースもあることはあるんです」

相変わらず祥子は返事をしなかった。それでも、祥子にだけは気持ちをわかってもらいたかったので、私は話し続けた。

「最初は想定していなかったんです。まさか独身の女の人が依頼してくるなんて」

そう言ったとき、祥子の頬がピクッと動いたように見えた。知らん顔を装っているが、ちゃんと聞こえているらしい。

「最近になって、独身の女の人がどんどん申し込んでくるんです」

会社を興《おこ》した当初は、不妊に悩む既婚女性の来訪がほとんどで、ときどきＬＧＢＴＱ＋のカップルが訪れた。だがそのあと続々と独身女性からの申し込みがあり、今や半年先まで順番待ちができている。驚いたのは、二十歳そこそこの女子学生起業家が複数いることだった。

「軽蔑されても仕方がありません。私はどうしてもお金持ちになりたくて、お金のためなら何でもしようと思ってました。だけど少しずつ考えが変わってきて、今は微力ながら人の役に立とうと思って頑張っています。祥子さんに応援してもらえると思っていたのに……悲しいです」

次の瞬間、祥子は鋭く振り返って、私の顔を正面から見つめた。

「今の話、本当なの？」

「は？　今の話って、えっと、どの話ですか」

「だから、独身の女の人の話よ」

「ええ、本当ですけど？」

「自分でも妊娠できるのに、それでも代理母を頼むってことなの？」

「そうなんです。すみません」

反射的に、謝罪の言葉が口をついて出てしまった。何に対して謝っているのか、自分でもわからない。祥子の考えと異なっていれば謝ろうと思っただけだ。帰れる場所はここしかなかった。祥子と話しながら、この一條文庫だけが私の故郷なのだと気づいていた。古い本の匂いや高い天井の広々とした空間や、おとぎの国のようなドアの木彫りや、夏には心地よい木陰を提供してくれる大きな木々や、色とりどりの花壇。

そして、そよ風とともに鼻腔をくすぐる木々の甘くて懐かしいような香り……それらすべてが私の故郷なのだ。

「独身ということは、不倫のお手伝いをしてるってことよね」

「違います。結婚はしたくないが子供は欲しいという女性たちが増えているんです」

「どうして不倫じゃないとわかるの？」

「精子バンクから精子を取り寄せるからです」

「バンク……なるほど」

祥子は腕組みをし、視線を落として自分の足許を見つめている。表情から怒りが消えていた。

「知らなかった。そんな生き方があったなんて……」と、祥子はひとりごとのようにつぶやいた。祥子が何を考えているのか想像もつかないが、怒りが弱まって見えることにほっとしていた。嫌われたら、ここに来づらくなってしまう。

「ユキちゃん、悪いけど私、家に帰るわ。しばらく一人で考えたいから」

家に帰るといっても、この建物の三階が自宅だ。そこで祥子は一人で暮らしているのだった。祥子は階段を走って上っていった。後ろ姿を呆然と見つめていると、最後の一段で祥子は振り返った。

「次の通訳、来月の一週目に頼みたいんだけど、ユキちゃんの都合、どうかしら？」

思いつめたままの表情だが、日常の話題に戻っている。祥子の心の動きが全く読めなかった。

「えっと……たぶん大丈夫です。スケジュールを見てからメールします」

「ありがとう。頼むわね」

祥子は「じゃあ、またね」と言うと、静かな足取りで三階に消えていった。

22　ユキ

ジュディが元気な女の子を産んだ。

来る途中で果物と焼き菓子を買い、ミチオとともに筑波高原病院へ向かっていた。彼女にとって初めての代理出産だった。ジュディの血液型がＲｈマイナスだったので、最初から大きな病院で診てもらった方がいいという静子の考えで、筑波高原病院にお願いしたのだった。嵯峨院長は代理出産を認めているし、ジュディの依頼人は戸籍上正式な夫婦だから問題はなかった。

正面玄関で無人タクシーを降り、ロビーへ向かった。ミチオはと見ると、柱に繋がれた大型犬を見つけ、走り寄って頭を撫でながら、何やら話しかけている。

「ミチオ、先に行くよ」

「ああ、あとで行く」

一人で外来の廊下を産婦人科病棟の方に向かって歩いているとき、斜め後方から誰かにじっと見られている気がした。振り向くと、顔をさっと背《そむ》け、足早に去っていこうとする女が見えた。背が高くて手足が長い。歩くたびにふわりと持ち上がる柔らかな髪……もしかして、渡瀬キラメキ？

「キラちゃん？」

聞こえているはずなのに、そのまま足早に出口に向かっていく。ということは、どうやら人違いだったらしい。残念だった。久しぶりにキラメキに会いたかった。今頃どこでどうしているのだろう。今も私を嫌っているのだろうか。子供の頃はあんなに仲がよかったのに……小さな溜め息をつきながら廊下の角を曲がろうとしたとき、背後からミチオの声が響いてきた。

「お、誰かと思ったら渡瀬キラメキじゃん。元気にしてたか？」

驚いて振り返ると、キラメキはミチオに話しかけられて観念したように、私の方を上目遣いでちらりと見た。

思わず駆け寄っていた。「キラちゃん、久しぶり。誰かのお見舞いに来たの？」

キラメキは返事もせず、ミチオと私を交互にぎろりと睨んだ。

「お前らに関係ねえだろ」と、キラメキは吐き捨てるように言うと、そのまま外へ向かおうと足を踏み出した。

「ちょっと待てよ」

ミチオはキラメキの二の腕をすばやく捕まえた。キラメキは振りほどこうとはしなかった。立ち止まり、ミチオがつかんだままの腕をじっと見つめている。嫌がっているふうではなかった。腕からじわじわと発生する熱を感じ取ろうとでもしているように見えた。ミチオは女にモテたが、キラメキだけは一度もミチオに熱を上げたことがないように記憶している。単に好みのタイプではないのか、それともミチオがゲイだと以前から見抜いていたのかはわからない。

外来診療の時間が終わったらしく、広い待合室の中は人影がまばらだった。ミチオはキラメキの腕をつかんだまま、奥の方へずんずん歩いていった。キラメキも引っ張られるままになっている。そのあとに私も続き、三人並んで椅子に腰かけた。

「キラ、お前、何かつらいことがあったのか？」

ミチオの言葉に、キラメキはびっくりしたようにミチオを見上げた。

――なんでわかるの？

そう言っているのも同然だった。

「別に……つらいことなんて、ないけど？」

そう答えながらキラメキが器用に腕を捻《ひね》ると、ミチオの手が自然と外れた。キラメキは子供の頃に、近所にあった少林寺拳法の道場に通っていたから、関節技が得意なのだった。

「別にって何だよ。保育園時代は、俺たちいつも三人で遊んだだろ」

「今、それ言うか？」

「俺はお前と仲良くしたいんだよ」

「は？　なんでだよ」

「俺はお前が好きなんだ」

「バッカじゃないの」

キラメキはいかにも迷惑といった感じに顔を顰めた。

「誤解すんなよ。そういう意味じゃないって。男同士の友情っていうかさ」

「私、一応、女だけどね」と、キラメキは醒めきった声を出した。

「いや、それはわかってるけど、そもそも男とか女とかどうでもいいだろ。保育園時代からの友情で結ばれてるんだよ、俺たち三人は。それにこんなギスギスした世の中だから、せっかくの縁を大切にしようぜ」

ふざけているのかと思ったら、ミチオは笑っていなかった。

「ユキ、よくこんな変な男とつきあってるね」

「え？　つきあってないよ。ミチオは共同経営者なんだよ」

「知ってる。代理母の代理店やってんだってね」

「知っててくれたんだ。嬉しいよ。それよりキラちゃん、誰かのお見舞いに来たの？」

顔色が悪いことに気づいてはいたが、病気なのかと尋ねるのも悪い気がした。

「中絶の予約に来ただけだよ」

「えっ？」

「ユキ、そんな顔すんの、やめてくんない？　たいしたことじゃないんだから」

「相手は誰だ？」と、ミチオが遠慮なく尋ねた。

――そんなこと、お前らに言う必要ない。

そう答えるだろうと思っていたが、意外にもキラメキはあっさりと言った。

「クル次郎だよ」

中学時代の同級生のあだ名だった。父親がクルド難民で母親が日本人の、濃い眉と大きな瞳を持った学校一のイケメンだった。

「中絶しないで産みなよ」

言ったそばから自分でもびっくりしていた。人の私生活に口を出すなんて似合わない。それも、ちょっとやそっとのプライベートではない。中絶するとかしないとか、気軽に口に出していいことじゃない。

「産めって？　ユキ、何バカなこと言ってんの。どうやって育てんのさ」

「だって、せっかく授かった命なんだし」

日々四十代や五十代の顧客の女たちと話していると、若気の至りであっても、産めるときに産んでおいたらどうかと思うことがあった。

「ユキ、それは一條文庫の影響？　えらく道徳的なこと言うようになったもんだ」

「道徳的？　いや、そんな立派なもんじゃなくて……」

「さっきから黙ってるけど、ミチオも同じ考えなの？」

「クル次郎はいいヤツだけど、しっかりしているとは言い難い」

「ほらね。しっかりしてない男なんて父親としてダメじゃん」

キラメキがばっさり切り捨てたとき、背後から足音が聞こえたので、みんな口を閉じた。

「あれ？　君たちは知り合いだったのかい？」

振り返ると、嵯峨院長が立っていた。

「このジーサンが私の担当医なんだよ。まったくもう。もっと若い医者にしてほしかったよ。年イってるから手許が狂うんじゃないかって心配で仕方ないよ」

キラメキの言葉に院長は噴き出した。「大丈夫だよ。まだ頭も手先もしっかりしてるから。それより君たち、いま何を揉めてたの？　よかったら僕の部屋でコーヒーでもご馳走しようか？」

「マジかよ」と、キラメキが驚いている。

「僕は隠居の身でね。患者を五人しか受け持たないと決めてる。だから今日の仕事は終わり」

「それではお言葉に甘えて」と、私は言いながらキラメキの腕を取った。

「えっ、私も？　私はいいよ。もう帰る」

「キラメキくん、そんなこと言わないで。美味しい紅茶を淹れてあげるから」

　ぐずぐず言いながらも、結局はキラメキもついてきた。もしかして、キラメキは寂しくてたまらないのではないか。顔つきからそんな気がした。

　院長室に入ると、大きな革張りのソファに、ミチオ、キラメキ、私の順に並んで座った。向かいのソファは嵯峨院長ひとりだ。私は戸棚からカップを出すのを手伝った。

「日本の中絶方法は非常に遅れている。江戸時代みたいだ」

　嵯峨院長は、向かいに座るなり言った。

　キラメキは「え」と短い言葉を発して、院長を見つめた。

「妊娠週数と妊婦の状態にもよるけど、欧米での中絶は、もうずっと昔から薬を飲むだけだ。下剤みたいなもんだ。するっと出てしまう。人工流産を起こす内服薬はとっくに開発されているが、日本ではあまり使用されないんだよ」

「欧米、最高じゃん。マジ、ざけんなよ、日本」

キラメキは顔を真っ赤にして怒り出した。

「日本は女性の身体を守ることに関して非常に消極的だね。内服薬で中絶ができるとなると、産婦人科医の収入が減るからね。妊娠中絶手術はいいカネになるんだ」

「まったく……」と、ミチオの声が掠れた。

「日本ではいまだに、危険が伴う掻爬手術をしなくちゃならないんだ。要は、子宮に棒を入れて掻《か》き出すってことだ」

「何だよ、それ。めっちゃ腹立つ。女を舐めやがって」

キラメキの口もとが怒りでぴくぴく痙攣《けいれん》している。

「で、院長、その危険が伴うって、例えばどんな？」と、キラメキが尋ねた。

「子宮に穴が開いたり、感染症を起こしたりする」

「……ひどすぎる」とキラメキは唸《うな》るように言った。

「キラメキくんには飲み薬を処方するから大丈夫だよ」

「なんだ、それを早く言いなよ」

芽衣子から聞いていた話と違った。芽衣子がこの病院を辞めた理由はたくさんあるが、掻爬手術が理由のダントツ一位ではなかったか。

「何がきっかけで考えを変えられたんですか？」と、私は尋ねてみた。

「芽衣子先生に責められたことがある。それでも僕は儲けを優先した。だけど、ここにきて立て続けに女医が三人も辞めたんだ。理由は芽衣子先生と同じだったよ。参ったのは、女医を指定してくる患者が増えていることだよ。商売あがったりだ」

そう言って、嵯峨院長は紅茶をごくりと飲んだ。

「キラちゃん、中絶の予約はいつなの？」と私は尋ねた。

「来週の水曜日」

「妊娠したこと、クル次郎には言ったの？」

「もちろん言ったよ」

「アイツ、どう言ってた？」とミチオが尋ねた。

「即答だった。堕ろしてくれって」

「ふうん」とだけ、ミチオは言って宙を睨んだ。

「いっそのこと産んで育てたらどうですか」と嵯峨院長は軽い調子で言った。

「子供なんて、マジ無理」

「あれこれ考えないで、産んでしまえばいいと思いますけどね」

嵯峨院長は、またもや軽薄な青年みたいな言い方をした。

「院長、あんたカネに困ったことがないからそんな無責任なこと言えるんだよっ」

それは私も真っ先に思い浮かんだことだった。きっとミチオも同じだろう。

「ジーサン、その同情の目、やめてくんないかなあ。子供を堕ろすのを悲しいと感じる女がこの世の中にはいるらしいけどさ、私にはそういう感覚は微塵《みじん》もないわけよ。だって、まだ人間になってないんだから」

「それについては僕も同感だよ」と院長は言った。

本当にそう思っているのか、それとも堕胎後の長い人生を思ってトラウマにならないよう配慮しているのかはわからない。

「それよりユキ、あんた、よく人のこと言えるよね。自分だって妊娠したくせに」

「え？」

「見たんだよ。大きなお腹で歩いてるところ」

やはりそうだったのか。あれは妊娠七ヶ月に入る頃のことだ。信号待ちをしているとき、向かいの道路を歩いているキラメキを見た。一瞬目が合った気がしたのだが、そのままキラメキは通り過ぎていったので、気づかれずに済んだと思っていた。

「安心しな。誰にも言ってないから」

子供の頃から美少女で、周りにちやほやされてきた割には、姉御肌《あねごはだ》のところがある。

「ユキ、あのとき腹ん中にいた赤ん坊はどうした？　結構お腹大きかったよね。ヤバい時期まで来てたでしょ」

「産んだよ」

「えっ、マジで？　誰の子？　ミチオの子？　そんで今、赤ん坊はどうしてんの？　お義父さんが家で見てくれてんの？　それとも、ユキのママが帰ってきて世話してくれてるとか？」

矢継ぎ早に質問してくる。久しぶりに会ったから、互いの近況を知らなかった。

「あれは私の子じゃないんだよ」

「は？　なにふざけたこと言ってんの？　卑怯な男が俺の子じゃないって言い張るのは聞いたことあるけど、女が私の子じゃないって言ったって現実にお腹ポンポコリンだったんだから意味わかんねえじゃん」

院長がフフッと笑った。「キラメキくんは健康的な女の子だね」

「なに、このジーサン、私のことバカにしやがって」

「バカ、院長に失礼だろ」とミチオが怒るが、院長は腹を抱えて笑っている。

「実はさ、私、代理出産させられたんだ」

報酬と引き換えに中国人の子供を出産したことを話すと、キラメキはポカンと口を開けて、信じられないといった目で私を見た。

「ユキのお義父さん、最低じゃん」

吐き捨てるように言うと、キラメキはテーブルの一点を見つめたまま動かなくなった。深く傷ついたようだった。

「お前、ユキのことなのに、そんなに落ち込んじゃって。やっぱキラって優しいんだな」とミチオが言う。

「うるさいよっ」

院長は「お茶のお代わりはどうかな」と聞きながら立ち上がり、ポットの置いてある窓辺へ歩いていった。

「俺はもう結構です」

「私も結構です。ご馳走様でした」

「私は飲む。ミルク多め」と、キラメキだけが二杯目を頼んだ。

会話の中で、院長は私の履歴書の嘘に気づいたのではないだろうか。キラメキと同級生であると知ったことで年齢がバレた。会話の端々からも、学歴詐称や悲惨な育ちであることも知られてしまったのではないか。それでも院長は問い詰めることはしなかった。患者のプライベートなどいちいち興味がないのかもしれないが。

「ユキは結婚しないの？」とキラメキが尋ねた。

「したいと思わない。そもそも相手もいないし」

「ミチオがいるじゃん」

「は？　ミチオとはそういう仲じゃないよ。見たらわかるでしょ」

「子供は？　欲しいと思わないの？」

「全く思わない。私は産まないよ、一生」

「なんなの、それ。私には中絶しないで産めなんて言っといてさ」

「だって相手が気のいいクル次郎なんだし、キラちゃんの家は貧乏じゃないから、産めるじゃん」

「ガキなんていらないよ。ミチオはどうなの。いつか子供を欲しいとか思ってんの？」

「全然思わねえ。それに、みんながみんな子供をもつ必要ないと思う。人それぞれでいいんじゃねえのかな」

「僕もそう思いますね」と、院長が口を挟んだ。「どうしても成し遂げたい大きな目標を持っている人の中には子育てにかまけている暇なんかないと考える人もいます。限られた人生の時間がもったいないと言ってね」

「へえ、人それぞれですね」

ミチオは妙に感心して、何度も大きくうなずいている。

「話は変わるけど、うちの病院でも精子バンクと卵子バンクの体制を整えようと思うんだ。日本人の精子や卵子を求める患者が多いから、挑戦してみることにしたよ」

そのための部屋も既に確保していて、少しずつ精子や卵子が集まってきていると言う。雨宮産婦人科クリニックでは、精子も卵子もアメリカのバンクから取り寄せている。

「日本では営利目的の精子提供は禁止されているんだ。だから依頼人が精子ドナーを選ぶことはできないことになっている。今までは医師が血液型をもとに勝手に選んでいたんだ。しかし、我が子の遺伝上の父親となる人物なのに、当事者には何の選択権もないというのはおかしいと思ってね。夫の方に原因がある場合、せめて父親と似ている容姿の男性を選びたいと思うのが人情じゃないかね？」

「おっしゃる通りです」とミチオが答えた。

「そんなの当たり前じゃん。夫婦揃って扁平顔なのに、生まれた子が彫りの深いイケメンだったら奥さんが浮気したみたいだよ」とキラメキが言う。

「なんなら保管室を見学していくかい？」

「ええ、是非」と私は答えた。今後のためになるかもしれないと思えば、何でも見ておきたかった。帰ろうとするキラメキを引き留め、院長の後ろから、ぞろぞろと三人でついていった。

部屋に入ると、ドラム缶のような巨大なタンクが並んでいた。凍結精子が入っているという。タンクの一つを覗き込むと、何百もの試験管がぎっしりと詰まっていた。

「こっちにあるのが精子ドナーのファイルだ」

院長が手渡してくれたファイルを見ると、そこには、本人と家族の健康状態だけでなく、インタビューのＤＶＤや幼少時の写真、そして性格診断書まで収められていた。

「これはすごくいいですね」とミチオが言った。

「誰だって選びたいですよ。自分の子供をこの世に送り出すんですから」

　私がそう言うと、院長は「だろ？」と満足そうに言った。

　その奥に鍵がかかった部屋があり、そこは受精卵の保管室だった。

「これが募集要項だよ」と、院長は積み重なった印刷物の一番上の紙を一枚取ってみせてくれた。

――急募。不妊で悩むカップルを助けてください。十九歳～三十二歳の健康な女性の卵子提供者を探しています。アルコール・薬物依存症でないこと。ノンスモーカー。謝礼金六十万円～。詳細はメールかお電話で。

「卵子はなかなか集まらなくてね。特にうちは匿名希望は受け入れていないからね」

「実名かよ」と、キラメキは驚いたような顔で続けた。「それ、時期尚早ってやつじゃねえの。ジーサンの割には考え方が新しすぎるんだよ」

「キラメキくん、そうは言うけどね、僕は五十年も前から提唱してるんだよ。誰が親かわからなかったら可哀想だと思うんだ」

「ジーサンにしちゃマトモなこと言うじゃん」

「褒めてもらえて嬉しいよ」と、院長は苦笑した。芽衣子がさんざん批判していた院長と同一人物とは思えなかった。女性の医者が次々去って行ったことがよほど応えたのだろう。

部屋を出ると、「君たちは、もう帰るのかい？」と院長が尋ねた。

「いえ、ジュディの見舞いに来たんですよ」

ジュディの担当医師も嵯峨院長だった。

「ジュディは見事なお産をしたよ。立派だった」

提供者から二十数個の卵子を採取して、精子と混ぜ合わせて十個の受精卵ができた。

そのうちの四個をジュディの子宮に入れ、一個が着床し、その後はすべて順調だった。

ジュディは臨月になっても、大きなお腹を抱えて病院内をウォーキングし、階段を上ったり下りたりと運動したからか、安産だったという。

「せっかくの機会だから、ジーサンに聞きたいんだけど」と、キラメキが言った。

「どうぞ。何でも聞いてくれていいよ」

「ジーサンは代理出産がいいことだと思ってんの？」

「いい質問だね。僕はね、いいとか悪いとか判断すべきじゃないと思ってる。ただね、法律で厳しく取り締まるのは反対だ。闇でやろうとする人間が出てくるに決まっているからね。そんなことよりも、少しでもよりよい医療や制度を提供するのが本当だと思う」

嵯峨院長と別れてから、ジュディの病室へ向かった。

「私はもう帰る」と、キラメキが言った。

キラメキとは久しぶりに、ゆっくりと話をしたかった。今度いつ会えるかわからない。これを機に、昔のような関係を取り戻したかった。

「もうちょっとだけつき合ってよ。久しぶりだから一緒に帰ろうよ」

「だって方向、全然違うじゃん」

「キラも俺らのマンションに来なよ。鮨でも取るよ。特上の」

「特上か……」と言いながら、キラメキは生唾《なまつば》をゴクリと飲んだ。

「キラ、お前、相変わらず食い意地張ってるな。保育園のときから変わんねえな」とミチオが明るく笑った。

「悪かったね」

「悪かないさ。健康な証拠だよ」

ジュディの病室の扉は開け放してあった。

「ユキ、ミチオ、こんにちは」

ジュディは日本語でそう言うと、ベッドに身体を起こした。

「ジュディ、体調はどう？」

「バッチリです」

「バッチリだってさ。いろんな日本語覚えたんだな」と、ミチオが感心したように言うと、「まあね」と、ジュディは嬉しそうに笑った。

会うたびにジュディの顔つきが変わっていくことに、私は内心驚いていた。数年前までのジュディは警戒心の塊だった。この世の中のすべてが怖いといったふうにオドオドしていた。そんな女の子が、今や自信に満ち溢れた大人の女の顔になっている。

「ジュディ、ありがとう。元気な子を産んでくれて」

「私ね、今すごく満足しています」と、ジュディはヒンディー語に切り替えた。

「満足って、何に対して？」

「達成感でいっぱいです。代理出産は価値ある仕事です。今まで人に感謝されたことがなかったから、とても嬉しい。依頼主の康美が毎日、新生児室に赤ん坊を見に来て、その帰りに必ずここに寄ってくれる。ルドラの文房具や靴もプレゼントしてくれた」

ジュディは饒舌《じょうぜつ》だった。「少しずつ日本語も勉強しています」

そう言って、枕元にあるテキストを指さした。

「ミチオに人体の仕組みを教えてもらってから、勉強が好きになりました」

「それはよかった。暗記ができるようになったのね」

ほとんど学校に通ったことがなく、テスト勉強の経験はゼロだという。そういった人間は、暗記することに慣れていない。覚えていることがあるとすれば、繰り返し聞かされたりすることで自然に覚えるのであって、積極的に自分から暗記するという訓練がなされていない。だから、最初の頃は何度教えてもすぐに忘れてしまい、同じ質問を繰り返し、ミチオは嫌になって投げ出してしまいそうになった時期があった。

「私なんか、何の価値もない人間だと思ってた」

「ジュディ、そんなはずないよ」

「だって女は家畜以下だって、子供の頃から父や兄に言われて育ったから」

「それはひどいよ。ひどすぎる」

だが、今ジュディの目は輝いている。人の役に立つ喜びや、感謝される喜びを生まれて初めて知ったのかもしれない。

「ねえミチオ、今ユキが話してるの、何語？」

背後からキラメキの遠慮がちな声が聞こえてきた。

「たぶんヒンディー語ってやつじゃないかな」と、ミチオも小さな声で答えている。

「そうか、ユキってやっぱり天才だったんだね」

ジュディが手を伸ばしてきたので、その手を私は両手で包み込んだ。

「私はまだ何人でも産めます。次もお願いしたい」

「ジュディ、ありがとう。こちらこそお願いします」

「ムンバイから母が来ています」

それは前回も聞いた。実母を日本に呼び寄せたらしい。

「母は、今がいちばん幸せだと言っている。もう少し広いマンションを借りて母と一緒に住みたいです。苦労した母に恩返しがしたい」

「ジュディは立派だね。お母さんもきっと喜ぶよ。私たちのマンションに空き部屋がたくさんあるよ。よかったら紹介する。ルドラの通う一條文庫にも近いよ」

「本当ですか？　同じ建物の中にユキとミチオがいると思うだけで心強い」

「ルドラは元気？」

「元気です。私が入院中は、母が面倒を見てくれている。母も代理出産に挑戦してみたいと言っています。私と二人で代理母になれば、早くお金が貯まる」

「お母さんも代理母を？　それ、本気なの？」

聞けば、ジュディの母親はまだ三十七歳だという。

そのとき、背後から足音が近づいてきた。振り返ると、ジュディに代理出産を依頼した川口康美だった。

「あら、ユキ先生、こんにちは」と元気よく挨拶してきた。

康美を無遠慮にまじまじと見てしまっていた。康美もまたジュディと同じか、それ以上に顔つきが変わっていたからだ。

「やだ、先生、どうしたんですか？　そんなに私って美人かしら」

「すごくきれいになりましたね」と私は言った。康美の余裕の表情は、理想の生活を手に入れた女の自信に満ち溢れていた。人はその時々の状況で顔つきを変えるのだろう。子育てに苦労するようになれば、また変わるかもしれないが。


　ミチオとキラメキと三人で無人タクシーに乗って帰った。

　リビングに入ると、キラメキはすぐに窓辺に歩み寄り、見事な夕陽に目を細めた。

「すげえきれいじゃん、感動もんだよ」と、キラメキが言った。

「俺、買い出しに行ってくる。おつまみとかワインとか。鮨の出前は俺が電話しとく」

　ミチオはそう言い残すと、部屋を出て行った。

「おつまみもワインもいっぱいあったはずだけどな」

　一路がまとめ買いしてくれた残りが戸棚の中にあったはずだ。

「ユキ、ミチオは気を利かせてくれたんだよ。私たちが仲直りできるように」

「えっ、そうなのかな」

「病院の廊下でばったり会ったときも、ミチオは私の腕をつかんで離さなかったでしょ。まるで泥棒を捕まえたみたいにさ。それはユキのためだよ、きっと」

「そうだったのか」

「ミチオはいつもユキのことを考えてるよ」

キラメキは、私とミチオを恋人同士だと勘違いしているのだろうか。

「ずっと前からキラちゃんに聞きたいことがあったんだ。中学のとき、なんで私を避けて女子グループに入ったの？　急に私を嫌いになったの？」

「ごめん。今考えると、嫉妬だった」

「何に対する嫉妬？」

「一條文庫に決まってんじゃん。審査に落ちて入館証をもらえなくなった」

「そりゃそうでしょ。キラちゃん、途中から貧乏じゃなくなったもん」

キラメキも審査に通って二年ほど通っていた時期があったが、母親の再婚で生活が安定したのだった。キラメキの義父は子煩悩な優しい男で、二歳上の兄と公園で楽しそうにキャッチボールをしているのを何度か見かけたことがある。

「ガキだった頃、あのイケてる建物と素敵な祥子さんに死ぬほど憧れてたんだよ。だからもう悔しくて悲しくて、審査で落ちた日は大泣きだった」

「そうだったの。他の女の子たちも同じ？」

「他の女どもは、違う意味でユキに嫉妬してた。女なら誰だってミチオが好き。ミチオを独り占めにしているユキは嫌われても仕方ないよ」

「ミチオとは単なる幼馴染みだよ。神に誓って男女の仲じゃない」

「そんなの、誰も信じないって」

やはりミチオがゲイだと知らないらしい。だが、本人でもない私がここでカミングアウトすることはできない。

「だけどキラちゃん、女なら誰でもミチオが好きって言うけど、キラちゃんはそんな感じしないけど？」

「まあね。私は、ちょっとレズビアンの気《け》があるからね」

「ええっ」

「そんなに大きな声出すなよ」

「だってキラちゃん、妊娠してるじゃない。クル次郎とは恋人同士だったんでしょう？」

「なんていうのか、どっちでもＯＫみたいなんだよね、不思議なことに」

まるで他人事のように言う。

「へえ、世の中には色んな人がいるんだね」

「たぶん自分が気づいていないだけで、そういう人は意外と多いと思うよ。ユキだって祥子さんのこと慕ってたでしょう？」

「あれは恋愛感情じゃないよ。私は中学のときも高校のときも、クラスに好きな男子がいたよ」

「好きな男子といったって、寝ても覚めても好きってわけじゃなかったでしょ。なんとなくいいなって、遠くから眺める程度だよね」

「キラちゃん、他人のことなのによくわかるね。私って、あんまり恋愛に興味ないみたい。どこかおかしいのかな」

「おかしくはないよ。そういう人も案外たくさんいて、人知れず悩んでるよ。そっち方面は人それぞれでしょ」

　そんなことも知らないのかと言いたげだった。

「それ聞いて安心したよ」

「私みたいに惚れっぽい女から見たら、恋愛なんかに時間を浪費しないユキが羨ましいよ。それで……実は言おうかどうか迷ったんだけどね」

「何なの、そこまで言ったら言わなきゃ」

「うん……そうだね。ユキは、ミチオがゲイだと思ってるだろ」

「なんだ、キラちゃん、知ってたの」

「でも私が見たところ、ミチオはたぶん両刀使いだよ」

「なんでそう思うの？」

「私にはわかる。同類だから。ミチオはユキのこと、真剣に好きなんだと思う」

「ほらやっぱり気づいてなかった。私は小学校の頃からミチオのユキに対する気持ちには気づいてたよ。今日会ってみて、今もまだユキのことが好きなんだって確信して感動した。自分の気持ちをあれほど押し殺すのって大変だろうなあって」

「え？」

絶句していた。

そのとき、玄関ドアが開く音がした。

「ただいまあ」

ミチオの声だった。

どういう顔をしたらいいのだろう。

「あれ、どうした？　ユキ、変な顔して」

「変な顔は生まれつきだよ」

「妙につっかかるじゃん。キラは好き嫌いあるんだっけ？　トマトとかピーマンとか、食える？」

そう尋ねながら、ミチオはキッチンに入って行った。

23　ユキ

　祥子からメールが届いた。

　――相談したいことがあるので、時間があるときに来てもらえたら嬉しいです。

　文面がいつになく丁寧だった。

　一條文庫に着くと、挨拶もそこそこに奥の司書室へ招き入れられた。

「ユキちゃん、相談というのはね、その……つまりね」と、祥子は膝に目を落としてから、ふうっと息を吐いた。

「あのね、ユキちゃん、この前の話なんだけどね」

「この前の話というと？」

「代理出産のことよ。独身なのに依頼する女性がいるって言ったわよね」

　蒸し返して叱責するつもりなのか。そのためにわざわざ呼びつけたのか。

「そのことが、何か？」と、私は恐る恐る尋ねた。

「ユキちゃん、それはつまり、私でも子供が持てるってことよね？」

「え？」

「ねえユキちゃん、私にも代理母を斡旋してもらうことはできるかしら」

驚いて祥子を見ると、祥子は目を伏せた。

「それはもちろん、できますけど……」

「本当？」

祥子は顔を上げて私をじっと見つめた。

「この前はあんなに怒ったくせにと思うわよね。ごめんなさい。でも、ユキちゃんから聞いた話をあの後ずっと考えていて……私もね、実は……子供が欲しいの」

驚いて祥子を見つめた。

「祥子さんならお安くしておきますよ」

幼い頃から世話になってきたので、当然そうしなければと思った。だが祥子が苦笑したことで、今のはこの場にふさわしくない言葉だと気づいた。

「すみません。今の言葉、まるで人身売買みたいでした」

「大丈夫。ユキちゃんがそんな子じゃないと知ってるから。それで今度ね、ユキちゃんの会社にもっと詳しい話を聞きに行っていいかしら」

「もちろんです。パンフレットや精子バンクや代理母のファイルもありますから、是非いらしてください。ミチオも会いたがっていましたから」

「紅茶のお代わり淹れるわね」

心なしか祥子は晴れやかな笑顔で立ち上がった。部屋の隅にあるミニキッチンに向かう足取りが軽い。

「実は昔ね、結婚を約束していた人がいたの」

軽やかに見えた背中から意外な話が飛び出た。背中を向けたまま、祥子は湯気の立つ電気ポットからティーポットに湯を注ぎ入れている。

「ユキちゃん、軽蔑しないでね。その人には奥さんがいたの」

「そう……だったんですか」

「よくある話よ。彼は会うたびに言ったわ。妻とはうまくいっていないんだ、もうすぐ離婚するつもりだって。笑っちゃうわよね。おかしいでしょう？」

「おかしいだなんて、そんな」

「だって、巷《ちまた》に溢れた話だもの。こんな陳腐《ちんぷ》な筋書き、テレビドラマにもならないわ」

祥子は、私のカップに紅茶を注いでくれた。

「私ね、中絶したの。二回も」

そう言いながら、祥子は向かいに座り、私と目を合わせないまま、自分のカップにも紅茶を注いだ。

「堕ろしたことを後悔する日が来るなんて、若い頃は想像もしてなかった。四十歳を過ぎた頃から考えるようになったのよ。もしもあのとき産んでおけば今何歳だろうって。夜も眠れなくなることがある。中絶したあと、傷が癒着《ゆちゃく》して子宮を摘出したの。特別養子縁組をしたいと思ったんだけど、独身者は法律上ダメなのよね」

　そのとき、ふとキラメキを思い出した。彼女は迷う余地なく堕ろそうとしている。キラメキは私と同じ二十歳だ。近い将来、誰かと結婚して子供を作る可能性は大きい。となると、今お腹の中にいる子供は邪魔だと考えても仕方がないのかもしれない。だけど、キラメキの未来に結婚も妊娠も訪れない可能性だってある。四十代、五十代、または八十代になったとき、キラメキは後悔しないだろうか。キラメキは嫌がるかもしれないが、もう一度、このことについて話してみたい。今夜、電話してみようか。

「誰しも時代の風潮に翻弄《ほんろう》されるわ。あの当時、独身で子供を産むなんて世間が許さなかったし、私も考えられなかった。親にはもちろん、女友だちにも打ち明けられずに、一人で病院に行ったわ。なのに、世の中の空気がこんなに変わる日が来るとはね。独身のまま子供を持つ女性がこれほど増えるなんて、誰が想像した？」

　そう言いながら、祥子はスプーンで蜂蜜《はちみつ》をひと匙《さじ》すくって紅茶に入れた。

「女の人たちはここにきてやっと、自分を縛りつけていた世間の目や昔風の考えを吹っきれたのよ」

「そうかもしれません」

「自由に生きることを選んだの。それが、不倫だろうが独身だろうが精子バンクだろうがかまわない。子供が欲しいと思ったら子供を持つ。キャリアを積みたいなら働き続ける。短い人生を欲張って生きようとしてる。ユキちゃん、それは素敵なことよね？」

「はい。一度きりの人生ですからね。といっても、経済的な裏打ちがあれば、の話です。そうでなければ私やここに通う子供たちのように悲惨な子供時代を送ることになりますから」

「経済的な裏打ち……か」

祥子の表情が一瞬曇ったのが気になった。

「一つ聞いていいですか？　祥子さんが図書館で子供たちの面倒を見ている間、赤ちゃんの世話はどうするんですか？」

「近所に住んでいる伯母と従妹が助けてくれるわ。私には一條文庫がある。私を頼ってくる子供たちから目を離すわけにはいかないもの」

「そうですか、それを聞いて安心しました」

一條文庫の存続は、祥子一人の肩にかかっているのだった。ここを閉館してしまったら、子供たちの行き場がなくなってしまう。

「私の場合は、職場と住居が同じだから、他の人と比べたらぐっと楽だと思うのよ」

「そこまで具体的に考えていらっしゃるなら、クリニックの先生方も承諾なさると思います」

「ユキちゃん、ありがとう。芽衣子先生たちにお会いできるのが楽しみ」

　休診日になり、やっとミチオとゆっくり話ができる時間が持てた。

　夕飯を食べながら、祥子のことをミチオに話してみた。

「祥子さんに、そんな過去があったとは想像したこともなかったよ」

　祥子とは長いつき合いだが、プライベートをほとんど知らなかった。今でこそ大人同士のような口をきいているが、ついこの前までは大人と子供であり、先生と生徒のような関係だった。

「ちょうどいいじゃん、キラの子供を祥子さんが産んだことにすればいいよ」

「は？　なに言ってんの、ミチオ」

「そんなに驚くことかよ。キラに聞いてみるよ」

　夕飯後、ミチオは早速キラメキに電話した。私にも聞こえるようスピーカーフォンにしている。

「もしもし、キラ？　俺、ミチオだけど」

ミチオは祥子の名前を出さずに探りを入れた。

――産んでから人にあげるって？　ミチオ、冗談だろ。絶対に嫌だよ。自分の子供がどこかで生きていると思ったら気になって仕方がないだろ。どこの誰が引き取ってくれるのか知らないけど、虐待するような親だったらどうすんだよ。そういうの、想像するだけでつらくなるじゃん。一生気になって精神的におかしくなっちゃうよ。とにかく私はもう中絶の予約をしたから。それにさ、クル次郎とは別れたんだよ。私はもうアイツのこと好きじゃないし。

「仮にさ、引き取って育てるのが祥子さんだったらどうだ？」

――祥子さんて、まさか、あの一條文庫の祥子さん？

「あの人、子供を欲しがっててさ、どんな子でも大事に育てるって」

――祥子さんかあ……そうなると、ちょっと話は違うけど。

「どう違う？」

――あの人は信頼できる。それに、一條文庫で育つってことは、ちょくちょく私も会いに行けるってことだよね。それとも、いったん手渡したら近づいちゃいけないのかな。

「それは……」と言いながら、ミチオが私を見た。

「どうだろう、祥子さんに聞いてみないとわからないけど」と私は言った。

王明琴や文子のように、生みの親と育ての親、そして遺伝上の親とも、ざっくばらんにつき合う風潮が広まってきている。

「ちょくちょく会いにいけるなら、祥子さんに託してもいいのか？」

――いくらなんでも勝手すぎるでしょ。世話は任せっぱなしで、たまに会いにいくなんて、いいとこどりじゃん。

「そう言われりゃそうだな。勝手すぎるよな」とミチオは言った。

一路が休暇で帰国した。

三人で夕飯を食べているとき、キラメキからメールが届いた。

――言いそびれてたけど、筑波高原病院に行ったとき、茉莉花ちゃんを見かけたよ。遠くからだったけど、たぶん間違いないと思う。そのときは特に気にしなかったけど、あとでユキが代理出産させられた話を聞いてから急に気になりだした。まさかあの親父さん、茉莉花ちゃんに代理母をやらせて稼いでるなんてことはないよね？

読み終えたとき、私は知らない間に立ち上がっていた。

フォークが床に落ちた。

「どうしたの、ユキちゃん」と一路が驚いたように尋ねた。

「ユキ、誰からのメール？」

ミチオが心配そうに私が握りしめているスマートフォンと私を交互に見た。

「新しいフォーク、持ってきてあげる」と言いながら、一路が立ち上がった。

「ありがと、一路。でも、もう私、お腹いっぱいだから」

「まだ少ししか食べてないじゃないか」

「ごめん。せっかく一路が美味しい中華を作ってくれたのに。今ね、キラちゃんからメールが届いたんだ。それでね」

メールの内容を話した。

「今度は茉莉花かよ。どこまでひどいことしやがるんだ、あのオヤジ」

「ミチオ、まだ代理出産と決まったわけじゃないだろ。そんな言い方したら、ユキちゃんが心配するよ」

「一路みたいな金持ちの子にはわかんねえよ。俺たち貧乏人は病院には滅多なことでは行かねえ。それなのに茉莉花は何しに病院に行ったんだよ」

私は急いで茉莉花にメールを送信してみた。前のメールアドレスはまだ使えるのだろうか。だが、すぐに宛先不明で戻ってきた。

「ユキ、家まで行って見てきたらどうだ？」とミチオが言う。

「うん……でも、まだあそこに住んでいるのかな」

家を出てから、もう何年も経っていた。

「俺が行って見てきてやろうか」

「ううん、私が行く」

「だったら一緒に行こう。あのオヤジはヤバいヤツだからユキ一人じゃ危ねえよ」

「ミチオが行くんなら僕も行く、ユキちゃん、いいよね？」

「そうね。だったら二人についてきてもらおうかな」

「ユキちゃん、今から行こう」と、一路が言う。

「今から？　でも、もう遅いし」

「ユキ、遅い時間の方が、みんな家にいるんじゃねえか？」

「それもそうか。朝だと学校に行ってしまうからね。まだあそこに住んでいればの話だけど」


　茉莉花と龍昇が、どうやって食べているのかと気にならない日はなかった。悲惨な暮らしをしているのではないかと想像するたび、胸が締めつけられた。私とは違い、あの子たちはアイツに大切にされていた。だからといって、あの子たちに罪はない。だって、世間知らずで単純な子供だったのだ。

　三人でマンションを出て自動運転のドローンタクシーに乗り込み、夜空を飛んだ。大通りにあるバス停の手前で降りて、人通りの少ない道を歩いた。脇道に入ると、登り坂が続く。途中から街灯がなくなり、三人それぞれがスマートフォンの懐中電灯を照らして進んだ。前方に、小さなお稲荷さんの赤い鳥居が見えてきた。相変わらずひどく色褪せていて、いきなり懐かしさが込み上げてきた。

複雑な感情を投げ捨てるような勢いで、静寂に包まれた竹林の中をずんずん分け入って進んだ。竹が天に向かってどんどん伸びているのも相変わらずで、月明かりが隙間から差し込んでくるのを見るのも久しぶりだった。笹の葉を踏む音が郷愁を呼び起こす。誰もが見捨てたこんな場所で、故郷のカケラを感じるとは思いもしなかった。

竹の隙間から「ゆうなぎ」の方を窺うと、灯りが漏れているのが見えた。

「こっちの方がよく見えるぞ。ほら、ユキ」

ミチオに腕を引っ張られた。

車内に人影があった。逆光で顔まではわからないが、たぶんアイツと茉莉花と龍昇と……他にも誰かいる。

「ミチオもユキちゃんも何やってんの。さっさと中に入りなよ」と、一路が言う。

「うん、わかってるけど」と私は答えた。

「ユキちゃんちって、本当に貧乏なんだな」と、相変わらず一路は思ったことをそのまま口にした。「世の中にはこんな暮らしがあるんだね。ほんとびっくり。でも、電車の中に住むなんて面白そう。一日だけなら住んでみたい」

竹林を出て、音を立てないように近づいた。

「あっ」

そう言ったきり、ミチオが絶句した。「……俺の母ちゃんがいる」

「え？　本当？」

長身のミチオは余裕で中がのぞけるが、私はどんなに背伸びしても見えなかった。

「背伸びなんかしてないで、さっさと中に入ればいいじゃん」

じれったそうに言うと、一路はずんずん近づいていき、入口のカーテンを一気に引いて、堂々と入って行った。

「あなたは誰？」

驚いたような声がした。一路に続いて、私、ミチオの順で入った。

「ユキじゃないのっ」

「ママっ」と、私は叫んでいた。

その背後で、「もしかして、未知央なの？」と、ミチオのママが両手で口を押さえた。茉莉花と龍昇が呆然とこちらを見ている。どちらも驚くほど背が伸びていた。龍昇だけでなく茉莉花も百七十センチ以上ありそうだ。

「ママ、なんで連絡くれなかったの？」

「ごめんね、ユキ。苦労させて」

ママがぎゅっと抱きしめてくれたので、心の奥底に何年も抱えていた緊張が溶けだしたかのように、全身から力が抜けた。その隣で、ミチオのママもミチオを抱きしめている。といっても、昔と違って、ママの方が小さかった。

私は身体を離し、ママをまじまじと見つめた。それからミチオのママに目を移した。二人ともひどく痩せている。そして、まだ四十代なのに白髪まじりで、びっくりするほど老けていた。

「あれ？　お義父さんは？」

ふと気づいて尋ねた。四つの人影は、二人のママと茉莉花と龍昇だったのだ。アイツは、いつも通り夜の散歩に出かけたのだろうか。

「お父さんは先週死んだよ」と、茉莉花が冷めた声で言った。「学校から帰ったら倒れてて、息してなかった」

診断はアルコール過剰摂取による肝硬変だったという。

「ほんと大変だった。救急車を呼んだら警察官まで来ちゃって」と茉莉花が言う。

「そしたら不法侵入がバレちゃった」と、龍昇が話を引き継いだ。「今月中にここから出て行けってさ。本当ならすぐにでも立ち退《の》かなきゃいけないらしいけど、あまりに貧乏だから同情してくれたみたい」

「ユキ姉ちゃんがいてくれたらよかったんだけど、茉莉花ちゃんと僕と二人だけだから、警察の人に養護施設に入る手続きをするって言われちゃって、でもその次の次の日だったっけ、ママが帰ってきたんだ」

　話をする間も、私はそれとなく茉莉花の腹回りを観察していた。お腹は膨らんではいないから、まだ妊娠初期なのだろうか。

「茉莉花は、キラメキのこと覚えてる？」と私は聞いてみた。

「もちろん覚えてるよ。あの人、下級生女子の憧れだったもん」

「それでね……キラちゃんから聞いたの。筑波高原病院で茉莉花を見たって」

「だったら声かけてくれればよかったのに。久しぶりに話がしたかったよ」

　私は思わずミチオと目を合わせた。ミチオは安心したように微笑んでいる。

「あの病院で介護の研修があったんだよ」

　茉莉花が言うには、高校を卒業したものの就職先が見つからず、介護士の資格を取るため勉強しているのだという。

「ユキ姉ちゃんが家出してから急に貧乏になったんだ」と龍昇が言う。

　塾もやめさせられ、中学生だった茉莉花だけでなく小学生だった龍昇まで配達のアルバイトをしたという。アイツは残金の四百万円をギャンブルで摩《す》ってしまったらしい。

「お姉ちゃんがいなくなって、僕寂しかった」

　龍昇がそう言って口を尖らせた。図体は大きくなっても、甘えん坊体質は変わらないらしい。

「ユキ姉ちゃんだけが頼りだったんだから」と、茉莉花も口を尖らせる。

「ユキは今、どうしてるの？　ミチオくんと一緒にいるの？」と、ママが聞いた。

「うん、一緒にいる。二人で代理母の代理店をやってる」

「代理母？　それって……」と、ママは言ったきり黙った。

「ママはショック受けてるんだよ。お姉ちゃんが代理母をやらされたこと、昨日ママに話したばかりでね」と茉莉花が言った。

「ユキ、本当にごめん。私あのあと自暴自棄になってしまって、何もかも捨てて自由になりたかった……こんな弱い人間、母親失格だわ。でも、あの人がそこまでひどい人だとは知らなかったのよ。いくらユキだけが血の繋がりがないからって……自分も、あの人も、許せない」

「ごめんね、未知央。私、気づかなかったのよ。あの人が未知央をイジメてただなんて夢にも。茉莉花ちゃんに昨日聞いて、もう私……」

「母ちゃん、そんなのもう過去のことだよ。今はなんとかやってるから大丈夫だよ」

本当は過去のことなんかじゃない。ミチオはいつも心のどこかに当時のつらさを抱えていて、傷は癒《い》えてなんかいない。ミチオは優しい、と私は思った。

「ミチオちゃんのママもショック受けちゃってね、昨日は二人とも泣きっぱなしだったんだよ」と茉莉花は言った。

　ミチオのママは中国で工場や日本食レストランで働いていたが、言葉が通じない日本人の給料は安く、時に騙されたりもして、食べていくのがやっとの生活で、スマートフォンの料金も払えなかったという。数年間、一日一食にして日本へ帰る飛行機代を貯めた。そして帰国してすぐ以前のアパートに行ってみたという。ミチオに会えるかと思ったら、知らない家族が住んでいたらしい。

「それにしても、家中こんなに散らかしてよく平気だね」

　一路が車内を物珍しそうに隅から隅まで見渡している。

「引っ越しの準備中だからよ。不法侵入で出て行かなきゃならないから」とママが答えた。

「あんた誰？　ミチオちゃんの友だちなの？　今の言い方失礼でしょ。普段はすごくきれいにしてるんだからね」と、茉莉花が頰を膨らませた。

「すごくきれいってほどでもないけどね」と、龍昇が正直に言う。

「で、ママたち、どこに引っ越すの？」と、私は聞いた。

「あちこち空き家を物色したら、良さそうなのがあったのよ」とママが答えた。

「まさか、また不法侵入？」とミチオが尋ねた。

「それ以外の方法がある？」と、茉莉花が問い返した。

美味しいものをお腹いっぱい食べさせてあげたかった。ママは二人とも、頬がげっそりしている。そのせいで余計に老けて見えるのだろう。

「俺たちのマンションに引っ越してくればいいよ。空き部屋がたくさんあるし、家賃も安いんだ。なあ、ユキ」

「うん、是非、そうして。みんなで同じマンションに住もうよ」

「ユキ姉ちゃんのとこの冷蔵庫、何か食べ物、入ってる？」

座席の肘掛けに座ったまま遠慮がちに上目遣いでそう尋ねた龍昇の頭を、私は思わず抱きしめていた。

「苦しいよ。窒息させる気かよ。助けて、誰かあ」

龍昇が大げさに騒ぐと、みんなが笑った。

だけど私は涙をこらえるのに精いっぱいだった。

24　ユキ

会社を設立して十年が過ぎた。

先日、二十七歳の誕生日を祝ってもらったばかりだ。

今や一家総出で株式会社ハッピーライフを盛り上げている。ママ二人はコーディネーターになり、代理母たちからは人生の先輩として慕われている。ママたちもやり甲斐があるといい、張りきっている。

私とミチオは、代理母の中から誠実で優秀な女を選び、スタッフとして起用した。今のところ日本人の女一人とフィリピン人の女二人の計三人を雇っている。彼女らも同じマンションの別の部屋に引っ越してきた。

いつの間にか、マンションは親族と知り合いだらけになった。共有スペースでは、読書会や映画鑑賞会などを催して住人同士で交流しているし、移動販売の八百屋が、マンション横の広場に毎週水曜日に来てくれるようになった。

代理出産のときに死亡した華絵の祖母と男の子もマンションの二階に引っ越してきた。文子が生活保護の手続きを代行し、ミチオが引っ越しの手伝いをした。

何十年も前から住んでいる独り暮らしのお婆さんたちとも話をするようになった。若い頃に美容師や保育士をしていた人もいる。夫に先立たれたお婆さんたちは、マンション内のシングルマザー家庭の子守や家事を時間給で請け負ったり、クリニックに勤める私たちには、家庭的な弁当を作って販売したりと、小遣い稼ぎに忙しい日々を過ごすようになった。小銭を貯めて、ときどき旅行に出かけているようだ。

私とママと茉莉花と龍昇の四人、そしてミチオとママの計六人は、週に一度は一緒に夕飯を食べることにしている。ミチオがそうしようと言ったのだ。休暇で帰国した一路が加わって七人になることもある。「私たちも仲間に入れなさいよ」と、八十二歳の静子と芽衣子が日本酒とつまみを持って押しかけると、更に大人数になり、宴会のようになった。

茉莉花は私の援助で看護師の資格を取り、雨宮産婦人科クリニックで働いている。龍昇は勉強が嫌いだからと大学には行かず、ミチオの手伝いをしている。

一路は子供を持つことをまだ諦めていない。ミチオからしつこいと怒鳴られ続け、さすがにもうミチオからの精子提供は諦めたらしく、今度は自分の精子を使って試みようとしている。卵子はユキちゃんのがいい、ユキちゃんは天才だからと、これまたしつこく言ってくるが、そのたびに私はきっぱり断わっている。私の卵子を使うなんて冗談じゃない。自分の子供なんか要らない。

代理母斡旋の依頼を受けるのは月に十組に絞り込むことにした。依頼人や代理母の心に寄り添ったケアをするには、これ以上増やすのが難しく、何よりスタッフが忙しすぎてギスギスしてしまう。当初の目標であった大金持ちにはなれないが、そこそこ余裕はある。

キラメキが言ったように、ミチオはもしかしたら私のことが好きなのではないかと思うことがときどきある。だが、一生気づかないふりをしようと決めている。ミチオのことは好きだが、恋愛感情とは違う。私にとってミチオは親友であり、父であり、兄であり、弟であり、息子であり、最も近しい家族だった。

　ジュディはムンバイから呼び寄せた母親と交代で代理母を担うようになった。私たちと同じマンションに住み、ルドラは公立中学校に通い、休日にはヒンディー語教室に通っている。会えばニカッと笑って挨拶をしてくれる。どんどんハンサムになる。

　キラメキはクリニックで息子を産み、静子は祥子を母親とした出生証明書を書いた。

――戸籍制度がなかった時代を考えてみなさいよ。育てる余裕がある人が育てればいいのよ。

　相変わらず静子は我が道を行っている。

　その夜、久しぶりにミチオと二人で散歩に出た。

　生暖かい風が髪をなびかせ、頬をくすぐった。

「一條文庫が閉鎖するって噂、本当なんだろうか」と私は言った。

「無理もないよ。祥子さんの親がどれほどの財産を残したか知らねえけど、長年に亘って子供たちの面倒を無償で見ていたら、いつかは食いつぶすだろ」

　祥子の経済事情を心配してあげられなかったことを、私は悔やんだ。

　空を見上げると、木々の隙間から雲一つない夜の青空が見えた。夜空は真っ暗ではなかった。目が慣れてくると、その美しい青が見えてくる。

「ねえ、ミチオ、祥子さんの暮らしって、前から質素だったよね」

「そうだな。それを考えたら、もともと大した遺産はなかったのかもな。なんせ図書館の建物が立派な煉瓦造りだし、祥子さん自身がいい家のお嬢さま然としていたから、俺は子供の頃から、祥子さんは大金持ちだと思ってたけど、間違いだったのかもな」

以前にも寄付をしたことがあったが少額だった。子供たちのために新しい本を買い揃えたり、古びたソファを張り替える程度だった。

「あのさ、ミチオ、私、祥子さんに少しでいいから恩返ししたいと思うんだよね」

――人のことなんか、かまってる場合かよ。

昔のミチオならそう言っただろう。でも今はきっと違う。

「少しでいいって、お前、いつからそんなセコい人間になったんだよ」

「え？」

「どう考えたって、絶対に閉館させられねえだろ」

「だよね」

「俺たち順調に儲かってるしな。この際、ドカンと寄付しようぜ」

「それに、私たちそんなにお金は要らないよね。贅沢には馴染みがないし、おしゃれしたところで着ていく所もないし、ミチオなんか、いいもの食べたって味わかんないでしょ」

「は？　何しょぼくれたこと言ってんだよ。俺は、じゃんじゃん稼ぐ。所詮はカネだろ、人生は」

「そうかなあ」

「カネがあるからこそ祥子さんや子供たちを救えるんだぜ」

「それはそうだけどさ」

「これからもよろしくな」

そう言うと、ミチオはいきなり立ち止まり、私を見つめた。

「なに？　どうしたの？」

ミチオは返事をせず、手を伸ばしてきて私を抱きすくめた。

「は？　やめてよ。何すんの」

私はそう言って、力いっぱい押しのけた。

「なんだよ、男同士の友情だろ」

「私は男じゃないんだよ、こう見えても女なんだから」

「いいんだよ、そんなの、どっちでも。人間同士ってことで仲良くやっていこうぜ」

「うん、まあ……いいけどね」

美しい夜空の色を、私はそっと記憶の中にしまった。
いつでも引き出せるように目次をつけて。

（了）

主要参考資料

浅井美智子・柘植あづみ編『つくられる生殖神話――生殖技術・家族・生命』制作同人社発行・サイエンスハウス発売、一九九五年
根津八紘『代理出産　不妊患者の切なる願い』小学館文庫、二〇〇一年
平井美帆『あなたの子宮を貸してください』講談社、二〇〇六年
柘植あづみ『生殖技術　不妊治療と再生医療は社会に何をもたらすか』みすず書房、二〇一二年
日比野由利『ルポ　生殖ビジネス』朝日新聞出版、二〇一五年
メイ・フォン（小谷まさ代訳）『中国「絶望」家族「一人っ子政策」は中国をどう変えたか』草思社、二〇一七年
NHK　BS1スペシャル「いのち爆買い～米中・過熱する不妊ビジネス～」二〇一七年十二月二十四日放映

解説

山田昌弘

「山田先生、家族社会学者にならなかったらどんな仕事がしたかったですか？」と学生に質問されたことがあります。その時、「映画監督や俳優とまでは言わないが、演出家とか作家とか、人々に未来の希望を語れる職業につきたかった」と答えました。

社会学者は、現代社会に広がる社会問題を掘り起こし、それを人々の前に晒《さら》すことを生業にしています。特に私は、「パラサイトシングルの将来が不安」「将来に希望をもてない若者が増えている」「婚活しなければ結婚できない時代になった」など、これから確実に問題になる社会現象をとりあげ、人々の危機感に訴える仕事をしてきました。講演すれば、「暗い」としょっちゅういわれます。

垣谷さんの小説は、家族に関する深刻な社会問題をテーマにしながら、人々に希望の道筋を示します。『老後の資金がありません』では、金融庁が老後の資金が「二〇〇〇万円」必要という試算を発表した問題を、『夫の墓には入りません』では、夫が亡くなった後の夫の家族との関係の難しさの問題を描いています。他にも、定年後の夫の居場所問題など、現代日本人が直面する可能性の高い家族問題に、主人公がどのように対処し乗り越えていくか、そのプロセスがみごとに描かれています。小説という形で、読者を楽しませながら、社会問題を提起できる、ほんとうにうらやましく思います。

今回のテーマは、自分に代わって人に子どもを産んでもらう「代理出産」です。代理出産」自体は、多くの人にとってはなじみのない問題と思われるでしょう。代理母をした、または、代理出産を頼んだ人が家族や知り合いにいる方は、めったにいないと思います。いるとしても多くの人はそのことを表だって口にしません。だからといって、それは多くの人に「無関係」な問題とはいえません。なぜなら、「代理出産」の背景にあるのは、「晩婚化や未婚化」、そして、「経済格差の拡大」という日本社会が抱える大きな社会問題だからです。

今、日本では結婚年齢が遅くなるだけでなく、未婚化が進み結婚していない人が増大しています。平均初婚年齢は、二〇二二年には、男性三一・〇歳、女性二九・五歳まで上昇しています。一九七〇年には、男性二六・九歳、女性二四・二歳でした。女性は生物学的に年齢が高いと妊娠しにくくなります（男性もそうだと言われています）。結婚年齢が高くなった分、子どもをもちたくてもできない不妊に悩むカップルが増えています。

そして、未婚率も高まっています。「結婚して子どもがほしかったけれど、結局結婚できていない」人も増えているのです。日本では、未婚で子どもをもつ人の割合は欧米に比べれば圧倒的に少数です（二〇二〇年で二％程度）。結婚を待つうちに、年齢を重ねてしまったという人も多くいます。五〇歳時点での未婚率は、男性では二八・三％、女性では一七・八％（二〇二〇年の国勢調査）に達しています。

このように、今の日本では、さまざまな理由で、「自分の子どもがほしいけどもてない」人が増えています。不妊の場合、夫婦であれば、まず、人工授精や体外受精などの不妊治療が試みられますが、うまく行かないケースも多々あります。病気等で子宮に障害がある人もいます。そんな人たちに対し、自分に代わって他人に産んでもらう代理出産も一つの選択肢としてでてきました。

独身者の場合の事情は複雑です。女性の場合は何らかの方法で「精子を入手」すれば妊娠・出産する可能性もあります。日本でも特にレズビアン・カップルは、この方法をとるものが増えています。ただ、男性の場合、そして、女性でも不妊、年齢や仕事の都合で自分で妊娠できない場合、頼る手段が代理出産なのです。

本小説では、様々な背景をもった人が代理出産を頼みにクリニックに来ます。不妊治療が不成功だった妻もいれば、独身女性、更に明らかに子ども売買目的と思われる男性も依頼してきます。二人の主人公（代理母経験のある代理出産エージェントと、産婦人科医）が、多様なクライアントの事情に、どのように対処していくのかというのも、読んでいて面白いところです。

「代理出産」に関しては、賛否両論があります。それは、本小説でも随所に語られるところです。反対には、様々な理由があります。体を売買の対象にするのは倫理的に許されるものではないという人もいれば、子どもの親をどのように決めるのか難しいという法的な立場から反対する人もいれば、富裕な人が子どもをもつために、貧困女性の体を使いリスクを負わせるのはけしからんという経済格差を問題にする人もいます。

様々な事情で子どもを持ちたいけどできない、養子をとるのではなく、なんらかのつながりをもった「自分の子」が欲しいという人々の気持ちも理解できます。そのような思いを持つことを非難することはできませんし、それを可能にする生殖技術ができたらそれを使うことはよくないと簡単に言い切れるものではありません。

生殖技術の発達によって「代理出産」にフォーカスが当たったことは事実です。ただ、「自分の子どもをもちたいけどできない」だから「誰かに代わって産んでもらう」ということは、昔からあったことです。いわゆる「借り腹」といって、妻が不妊の場合、夫が他の女性と性関係を持って跡継ぎを産んでもらうという習慣があった国もあります。伝統社会の一夫多妻習慣もそれに近いものがあるでしょう。時代劇に描かれることがありますが、側室が産んだ子どもを取り上げて、正妻の子として育てることも昔の日本では時に行われていたことです。

だから「代理出産」を認めるべきだというのではありません。性や生殖に関するものを、頭ごなしによい、悪いと決めつけることはできないのではないか、という提案です。学生に講義した時に、「手を使って人を気持ちよくさせるマッサージと、性器を使って人に快楽を与える売春と、他人のために子宮を一〇ヶ月貸すのとどこに線引きができるのか」と問いかけたら、女子学生から「山田先生は男性だから、性や出産で女性がどのくらい健康や命の危険に晒《さら》されるか分からないんだ」と抗議されたこともありますが。

代理出産に関しても、近代社会ですから、暴力的に強制されるものは許されません。それは、人権侵害です。また、命の危険がある場合は合意があっても止めるべきでしょう。ただ、合意があって健康上のリスクが少ない場合でも、代理出産契約が、双方、そして、何より生まれてくる子どもの利益になるかどうかが重要な論点になります。本小説の中でも、主人公である二人の女性は、悩みに悩みます。不幸な出来事もありますが、その中で、依頼人も代理母もそして生まれてくる子もハッピーになれるような様々なルールを関係者と相談しながら模索して作っていきます。そのプロセスを丁寧に描いています。

現実に日本では、本書で書かれているように、代理出産に関する法的規制は今のところありません。出産した者を母親とみなすという裁判所の判例があるくらいで、行政は関与していません。この問題をつつくと、様々な利害関係者から矛盾した要望がでて収拾がつかなくなるので、とりあえず検討だけして放置しているのだと思っています。産婦人科学会の紳士協定はありますが、違反しても罰則はありません。

今後代理出産に関する法整備をすすめる場合、本書は、その指針にもなる内容だと思いました。

長々と家族社会学の講義のような解説になってすみません。

本小説は、このような背景知識がなくても十分に楽しめます。なぜなら、「代理出産」の仕組みやリスク、そして、日本における制度上の問題点などが丁寧に解説されているからです。

垣谷さんが、あえて舞台を「近未来日本」に設定したのも、頷けます。富士山爆発によって首都が移転し、お金持ちは被害が少ない地方に移住します。その結果、首都圏は居住環境が悪化する中、うち捨てられた空きマンションに貧困層が流れ込む。これは、まさに、経済格差を際立たせる設定です。

　そして、現在の日本に比べて、グローバル化も進んだ社会を描いています。そのグローバル化も、経済格差を反映しています。代理出産の依頼者に中国人のお金持ちが登場したかと思うと、強制的に連れてこられたと思われるインド人貧困女性が代理母を引き受けます。そして、母国の女性差別的環境のせいで出産の仕組みさえ知らない外国人女性もでてきます。垣谷さんの細かい設定が光ります。

　そして、何よりも「女性（＋ゲイ男性）の連帯」が描かれます。二人の主人公、父親に代理母を強制され搾取される未成年女性、そして、現行の代理出産のシステムに疑問をもつ女性産婦人科医、二人の邂逅《かいこう》から物語が始まり、再会によって物語が収束に向かいます。篤志《とくし》家の独身女性、そして、生活上かつ仕事上のパートナーであるゲイ男性。時には違った意見を戦わせることもありますが、助け合い、知恵を出し合って、問題を解決していくストーリーは痛快です。私はシス男性なので、活躍する男性が少ないのが、唯一の残念な点です。

　現代社会では、「法律や血縁でつながった関係」がますます家族らしくなくなり（例えば児童虐待）、今まで家族とはみなされなかった関係（例えば、ゲイカップル）が、ますます家族らしくなるという状況が生じています。垣谷さんの小説は、家族でないもの同士の連帯をどのように築いていくかのヒントが豊富に含まれています。代理出産は、「家族をつくりたい」と願う依頼者と、「出産するけど家族にならない」代理母の思いが交錯する場なのです。そういう意味で、家族研究者としても、興味深く読ませていただきました。

次に垣谷さんがどのような家族問題を取り上げるのか、興味深くお待ちしています。

（やまだ・まさひろ／中央大学文学部教授）

『代理母、はじめました』二〇二一年二月　中央公論新社刊

中公文庫

代《だい》理《り》母《ぼ》、はじめました

2023年10月25日　初版発行
2024年２月20日　３刷発行

著　者　垣《かき》谷《や》 美《み》雨《う》

発行者　安 部 順 一

発行所　中央公論新社
〒100-8152　東京都千代田区大手町1-7-1
電話　販売 03-5299-1730　編集 03-5299-1890
URL https://www.chuko.co.jp/

ＤＴＰ　平面惑星
印　刷　大日本印刷
製　本　大日本印刷

Published by CHUOKORON-SHINSHA, INC.
Printed in Japan　ISBN978-4-12-207427-9 C1193

お-51-3
余白の愛 小川　洋子
耳を病んだわたしの前に現れた速記者Y、その特別な指に惹かれたわたしが彼に求めたものは。記憶と現実の危ういはざまを行き来する、美しく幻想的な長編。
204379-4

お-51-5
ミーナの行進 小川　洋子
美しくて、かよわくて、本を愛したミーナ。あなたとの思い出は、損なわれることがない——懐かしい時代に育まれた、ふたりの少女と、家族の物語。谷崎潤一郎賞受賞作。
205158-4

お-51-6
人質の朗読会 小川　洋子
慎み深い拍手で始まる朗読会。耳を澄ませるのは人質たちと見張り役の犯人、そして……。しみじみと深く胸を打つ、祈りにも似た小説世界。〈解説〉佐藤隆太
205912-2

お-51-7
あとは切手を、一枚貼るだけ 小川　洋子／堀江　敏幸
交わす言葉、愛し合った記憶、離ればなれの二人の哀しい秘密——互いの声に耳を澄まして編み上げたのは、純水のように豊かな小説世界。著者特別対談収録。
207215-2

お-51-8
完璧な病室 小川　洋子
病に冒された弟と姉との時間を描く表題作他、デビュー短篇を含む最初期の四作収録。みずみずしい輝きを放ち、作家小川洋子の出現を告げる作品集。新装改版。
207319-7

か-61-1
愛してるなんていうわけないだろ 角田　光代
時間を気にせず靴を履き、いつでも自由な夜の中に飛び出していけるよう…好きな人のもとへ、タクシーをぶっ飛ばすのだ！　エッセイデビュー作の復刊。
203611-6

か-61-2
夜をゆく飛行機 角田　光代
谷島酒店の四女里々子には「ぴょん吉」と名付けた弟がいて……うとましいけれど憎めない、古ぼけてるから懐かしい家族の日々を温かに描く長篇小説。
205146-1

か-61-3
八日目の蟬《せみ》 角田　光代
逃げて、逃げて、逃げのびたら、私はあなたの母になれるだろうか……。心ゆさぶるラストまで息もつがせぬ傑作長編。第二回中央公論文芸賞受賞作。〈解説〉池澤夏樹
205425-7

各書目の下段の数字はISBNコードです。978－4－12が省略してあります。

か-61-4 **月と雷** 角田光代
幼い頃暮らしをともにした見知らぬ女と男の子。再び現れたふたりを前に、泰子の今のしあわせが揺らいで……偶然がもたらす人生の変転を描く長編小説。
206120-0

か-61-5 **世界は終わりそうにない** 角田光代
恋なんて、世間で言われているほど、いいものではない。それでも……愛おしい人生の凸凹を味わうエッセイ集。三浦しをん、吉本ばなな他との爆笑対談も収録。
206512-3

き-30-15 **エッセイの書き方** 読んでもらえる文章のコツ 岸本葉子
エッセイ道30年の人気作家が、スマホ時代の文章術を大公開。起承転結の転に機転を利かし自分の「えーっ」を読み手の「へえーっ」に換える極意とは？
206623-6

き-30-16 **二人の親を見送って** 岸本葉子
老いの途上で、親の死は必ず訪れる。介護や看取りを経て、カラダとココロの構えは変わる。生と死や人と自然のつながりを優しくみつめ直す感動のエッセイ。
206706-6

き-30-17 **捨てきらなくてもいいじゃない？** 岸本葉子
思い切ってモノ減らし！でも捨てられない？心と体の変化によりモノに向き合い、ポスト・ミニマリズムの立場から持ちつつも小さく暮らせるスタイルを提案。
206797-4

き-30-18 **生と死をめぐる断想** 岸本葉子
がんから生還したエッセイストが、治療や瞑想の経験や仏教・神道・心理学を渉猟、生老病死や時間と存在について辿り着いた境地を語る。
206973-2

き-30-19 **50代からしたくなるコト、なくていいモノ** 岸本葉子
両親を見送り、少しのゆとりを手に入れた一方で、無理はきかないのが五〇代。自分らしく柔軟に年を重ねるヒント満載の、シニアへ向かう世代を応援するエッセイ。
207043-1

き-30-20 **楽しみ上手は老い上手** 岸本葉子
心や体の変化にとまどいつつも、今からできることをみつけたい。時間と気持ちにゆとりができたなら、新たな出会いや意外な発見？ 期待も高まります！
207198-8

き-30-21
50代、足していいもの、引いていいもの 岸本 葉子
50代は棚卸しの時期！ 老後に向けて減らすもの、はじめるもの。これからをスッキリと過ごせるよう入れ替えは続きます。人生の総決算はまだまだ先。
207402-6

く-33-1
たおやかに輪をえがいて 窪 美澄
結婚二十年。主婦・絵里子の人生に思いがけない家族の秘め事が次々と突きつけられ……。妻でも母でもない道が、鮮やかに輝き出す長編小説。〈解説〉島本理生
207295-4

て-11-1
架空の犬と嘘をつく猫 寺地はるな
羽猫家は、みんな「嘘つき」である――。これは、破綻した嘘をつき続けたある家族の素敵な物語。寺地はるなの人気作、遂に文庫化！〈解説〉彩瀬まる
207006-6

て-11-2
わたしの良い子 寺地はるな
出奔した妹の子ども・朔と暮らすことになった椿。決して《育てやすく》はない朔を、いつしか他の子どもと比べていることに気づき――。〈解説〉村中直人
207262-6

は-74-1
三千円の使いかた 原田 ひ香
「人は三千円の使いかたで、人生が決まるよ」突然の入院、離婚、介護費用……。一生懸命生きるあなたのための「節約」家族小説！〈解説〉垣谷美雨
207100-1

あ-98-1
ここだけのお金の使いかた 大崎 梢／図子 慧／永嶋恵美／新津きよみ／原田ひ香／福田和代／松村比呂美
給料は安いし、貯金も少ない。ムダなお金は一円だって払えません！ 七名の人気作家が「お金」にまつわる悲喜こもごもを描く、書き下ろし短篇アンソロジー。
207291-6

ま-55-1
52ヘルツのクジラたち 町田そのこ
二〇二一年本屋大賞第一位。自分の人生を家族に搾取されてきた女性・貴瑚と、母に虐待され「ムシ」と呼ばれていた少年の新たな魂の物語――。〈解説〉内田 剛
207370-8

や-64-1
出張料亭おりおり堂 ふっくらアラ煮と婚活ゾンビ 安田 依央
天才料理人の助手になって、仕事も結婚も一挙両得？ 恋愛下手のアラサー女子と、料理ひとすじのイケメン、もどかしすぎる二人三脚のゆくえやいかに。シリーズ第一弾。
206473-7

各書目の下段の数字はＩＳＢＮコードです。978－4－12が省略してあります。

や-64-2
出張料亭おりおり堂 ほろにが鮎と恋の刺客
安田依央
仁さんの胸に飛びこむ可憐な娘。立ち尽くす澄香……！ 突如現れたライバルが語る、仁さんの秘められた過去とは？ 早くも波瀾のおいしいラブコメ、第二弾！
206495-9

や-64-3
出張料亭おりおり堂 コトコトおでんといばら姫
安田依央
天才イケメン料理人・仁への恋を秘め、助手を務めてきた山田。「おりおり堂」休業の危機を乗り越え、再び春を迎えられるのか？ 人気のおいしいラブコメ第三弾！
206536-9

や-64-4
出張料亭おりおり堂 夏の終わりのいなりずし
安田依央
「必ず戻る」その言葉を残し、仁が京都へ旅立ってから一年半が経った。彼を待ち続ける澄香の心は揺らぎ続け……。謎の人物も登場し、新章突入へ！
206719-6

や-64-5
出張料亭おりおり堂 月下美人とホイコーロー
安田依央
「おりおり堂」に仁が戻り、澄香はまさかの「喪女卒業」か――に思われたが、新たな居候が邪魔をしてきて……。新章第二弾！
206803-2

や-64-6
出張料亭おりおり堂 ほこほこ芋煮と秋空のすれ違い
安田依央
仁にプロポーズされた⁉ 浮かれていた山田澄香だが、仁はあれ以降何も言ってこない。不安になる中、謎の美女も店に現れて……？
206874-2

や-64-7
出張料亭おりおり堂 こっくり冬瓜と長い悪夢
安田依央
料理の依頼で老舗旅館に赴いた仁と山田。だが周囲で「こりこり堂」という仁の偽者が出現！ 更に仁の様子もいつもと違い……。シリーズ第七弾！
207116-2

や-64-8
出張料亭おりおり堂 あつあつ鍋焼きうどんと二人の船出
安田依央
様々な因縁がほどけた時、仁はやっと自分の気持ちを打ち明けはじめた。その告白に対し、山田の返事は……。人気シリーズ最終巻！
207329-6

や-65-1
賢者の愛
山田詠美
想い人の諒一を奪った百合。復讐に燃える真由子は、二人の息子・直巳を手に入れると決意する――。『痴人の愛』に真っ向から挑む恋愛長篇。〈解説〉柚木麻子
206507-9

や-65-3
つみびと 山田詠美
灼熱の夏、彼女はなぜ幼な子二人を置き去りにしたのか。追い詰められた母親、痛ましいネグレクト死。圧巻の筆致で事件の深層を探る、迫真の長編小説。
207117-9

や-65-2
愛してるよ、愛してるぜ 山田詠美 安部譲二
アウトロー街道を突っ走る二人の作家が、読者の悩みに答えながら、自らの山あり谷ありの人生模様を語る爆笑対談！『人生相談劇場』改題。〈解説〉宇垣美里
206875-9

よ-39-1
それからはスープのことばかり考えて暮らした 吉田篤弘
路面電車が走る町に越して来た青年が出会う、愛すべき人々。いくつもの人生がとけあった「名前のないスープ」をめぐる、ささやかであたたかい物語。
205198-0

よ-39-2
水晶萬年筆 吉田篤弘
アルファベットのSと〈水読み〉に導かれ、物語を探す物書き。繁茂する道草に迷い込んだ師匠と助手——人々がすれ違う十字路で物語がはじまる。きらめく六篇の物語。
205339-7

よ-39-3
小さな男＊静かな声 吉田篤弘
百貨店に勤めながら百科事典の執筆に勤しむ〈小さな男〉。ラジオのパーソナリティの〈静香〉。ささやかな日々のいとおしさが伝わる物語。〈解説〉重松 清
205564-3

よ-39-4
針がとぶ Goodbye Porkpie Hat 吉田篤弘
伯母が遺したLPの小さなキズ。針がとぶ一瞬の空白に、どこかで出会ったなつかしい人の記憶が降りてくる。響き合う七つのストーリー。〈解説〉小川洋子
205871-2

よ-39-5
モナ・リザの背中 吉田篤弘
美術館に出かけた曇天先生。ダ・ヴィンチの『受胎告知』の前に立つや、画面右隅の暗がりへ引き込まれ……。さぁ、絵の中をさすらう摩訶不思議な冒険へ！
206350-1

よ-39-6
レインコートを着た犬 吉田篤弘
〈月舟シネマ〉の看板犬ジャンゴは、「犬だって笑いたい」と密かに期している。小さな映画館と、十字路に立つ食堂を舞台に繰り広げられる雨と希望の物語。
206587-1